SILVERKRONAN

Anna Jansson

SILVERKRONAN

NORSTEDTS

AV ANNA JANSSON PÅ NORSTEDTS:

Stum sitter guden 2000

Alla de stillsamma döda 2001

Må döden sova 2002

Silverkronan 2003

Drömmar ur snö 2004

Svart fjäril 2005

Främmande fågel 2006

Pojke försvunnen 2007

Inte ens det förflutna 2008

Hantverkarsvett är dyrare än saffran 2008

Först när givaren är död 2009

Drömmen förde dej vilse 2010

Alkemins eviga eld 2011

FSC
www.fsc.org
MIX
Papper från ansvarsfulla källor
FSC® C007584

ISBN 978-91-1-304430-9

Norstedts, Stockholm

Tredje pocketutgåvan 2011

Omslag: Norma Communication

Svensk utgåva enligt avtal med Nordin Agency

Tryckt hos ScandBook AB, Falun 2011

www.norstedts.se

Norstedts ingår i
Norstedts Förlagsgrupp AB,
grundad 1823

BRASKLAPP

Vetenskapen är bara ett preliminärt antagande i väntan på nya upptäckter. Det här är min historia om Martebomyr och Knutstorp. Om jag här och var har tullat på vedertagna sanningar är det endast i syfte att göra sanningen mera sannolik.

Med tillönskan om en trevlig lässtund

Anna Jansson

Drömmare, dåre ...

Drömmare, dåre – din vaggas fe
vad gav hon i morgongåva?
Allt vad som bränner i brott och ve,
allt vad du känner av spott och spe,
allt vad som drömmarna lova,
allt vad som gäckar i stjärnors glans,
allt vad som aldrig i världen fanns
binder du dej till en sorgekrans...
– när klockorna klämta, de dova,
då går du bort med din rikedom
och lägger dej ned att sova.

Ur Nils Ferlins diktsamling
En döddansares visor

I

OM TEVE HADE HAFT ETT ANNAT UTBUD av romantik på lördagskvällen skulle Mona Jacobsson inte ha blivit åtalad för medhjälp till mord. Sannolikt skulle hon inte heller ha blivit ormbiten. Nu steg hon ut i sommarskymningen, knäppte igen den ljusblå hemstickade bomullskoftan och tog några djupa andetag. Det var kyligare i luften än hon tänkt när hon stod i köksfönstret och såg ut över trädgården. På den vitkalkade husväggen upp mot tegeltaket klättrade klängrosorna i rödgula kaskader. Pionerna hängde överblommade och brunsolkiga i rabatten, förbrukade som försommarens flyktiga grönska. Hon borde ha rensat ogräs i jordgubbslandet och grusgången höll på att växa igen, men allt sådant fick vara. Det var mycket som fick anstå nu, som hon inte hade kraft att ta tag i. Sakta men obevekligt föll tiden med sin svarta skugga över soluret i rundeln, varv på varv. Var dag har nog av sin egen tyngd, sin egen plåga. Hon hade i alla fall hängt upp tvätten. De gråvita lakanen svängde i blåsten, tunnslitna på mitten. Nätter av orolig sömn hade satt sina spår. Vindens osynliga hand ryckte och slet i dem, kallade till äventyr i en virvlande dans ut över nattens ängar. Men i hårda klädnypor bevarades allt vid det gamla, i gråhetens präktiga ordning. Ändå fanns en längtan i luften, det kände hon nu, en längtan till det sinnliga. Kanske fanns den i rosendoften som flöt över trädgården, eller i frånlandsvinden som inte blygdes för att röra vid hennes bara bruna lår, i huden som knottrade sig vid beröringen, i den lekfulla smekningen över håret. Dock anade hon föga vart hennes längtan denna kväll skulle bära.

Grusvägen ner till havet kantades av råg- och rapsfält. Dikesrenen svällde av vallmo, blåeld och prästkrage. Pudrade med kalkdamm lyste de sammetsmilt i kvällssolen. Lejongapens fylliga läppar dolde en vällust, en berusande nektar.

Om längtan har en doft, tänkte hon, så är det en blandning av backtimjan efter regnet, ängsblommor och havets sälta. Så hade det doftat när han första gången tog henne i ängsgräset på strandängen i skydd av ett gammalt övergivet skjul och en stenmur, varligt, djärvt och så förbjudet. Han hade kallat henne Cikoriaöga, för de runda ljusblå ögonens skull. Hon hade varit så förtvivlat ung och hans ord så vackra och annorlunda. Orden hade fångat och smekt hennes hud långt innan hans händer rörde vid den. De fick hennes ögon att glänsa och hennes kropp att längta. Nattluftens svalka mot hudens hetta. Kyssarna som inte gick att motstå, som oundvikligen drev dem längre. Hans hand som målmedvetet knäppte upp klänningslivet och sökte sig innanför hennes trosor. Erfarna fingrar som visste vad de sökte. Daggen som föll. Hennes nej, som lockades till ett ja. Hon såg hans byxor i en hög på stenen. Vi måste vara försiktiga. En flyktig tanke bara, som uppslukades av stundens åtrå. Ansiktets oskarpa drag ovanför hennes i skugga. Smärta blandad med njutning. Hans avslappade tyngd, en fuktig kyla som spred sig över kroppen.

Just när han skulle dra sig ur henne ropade någon uppifrån vägen. Far? De hade tryckt sig tätt tillsammans. Tyst! Hans arm hade stelnat i ett hårt grepp om henne. Hörseln hade skärpts till det yttersta. Närmade sig stegen? Hon hade känt sin älskades hjärtklappning genom sin hud och inte vågat andas. Rösten igen, fars röst. Hårdare nu. Hon hade gråtit av rädsla. Tyst och förtvivlat hade hon sökt efter sina trosor bland prästkragar och blåklockor. Det var en blodfläck på klänningen. Rösten dog bort liksom ljudet av cykelns däck mot gruset. Hon hade skyndsamt sköljt sin klänningskjol i havsvattnets vita mångata innan hon sprang hem i sommarnatten. Dansmusiken från Djupviksfesten tonade sakta bort. Ytterdörren hade varit låst för kvällen, men hon hittade reservnyckeln på sin plats ovanför dörrposten i brygghuset. Trappan hade knarrat när hon full av ånger smög upp till sitt rum. När far öppnade dörren låg hon stel och ängslig under täcket, försökte låta ögonen vara stilla under de tunna ögonlocken, försökte kontrollera sina vilda andetag. Hon hade bett till Gud att far inte skulle se klänningen, inte röra vid vätan. Och hon hade tur den gången. Tyget hade torkat över en pinnstol i flickrummet. När morgonsolen lyste upp den blommiga tapeten fanns inget spår av natten. Men det var inte det sista kärleksmötet på ängen, långt ifrån det sista. Av den älskades flyktiga väsen skapade hennes längtan en gud och i hans närhet var allting möjligt. Under hans händer förvandlades hon till en av de avundsvärda på andra sidan gränsen, till en av dem som dög. Det var allt hon önskade då.

Om hennes längtan till det som en gång varit inte hade hemsökt henne så starkt i sommarnatten, hade hon inte blivit vittne till ett mord. Men lusten att just i kväll se platsen där de älskat drev på stegen ner mot havet. När hon fick fri sikt för strandbodarnas grå kroppar såg hon den svarta silhuetten av en manskropp nere vid vattnet. Hon kisade mot solen med handen över ögonen. Frånlandsvinden svepte hennes hår över ansiktet och en hårslinga kittlade på näsan. Hans rörelser var välkända när han lämnade sin eka och bredbent vaggade mot land med den tunga zinkbaljan i famnen. Strömming förstås, det var just aldrig annat. Någon flundra kunde det bli ibland, fast allt mer sällan. Wilhelm stannade till uppe vid grusvägen, ställde ner baljan, tog upp pipan ur fickan och knackade ur den mot klacken. Hon skulle just till att ropa på sin make när hon såg att han hälsade på någon annan. Han nickade en hälsning genom att knycka på nacken så kepsens skärm kom att likna en guppande anknäbb.

Hon blev kvar i skuggan. Blåsten rev inpå kroppen, sökte sig innanför kofta och klänning. Hon hörde deras samtal, allt hetsigare, men kunde inte se dem längre. Rösterna blev tunnare och suddigare trots vreden som stegrades. Orden fick henne att krypa ihop av ängslan med kinden mot bodväggen. Vad hade hon här att göra? Dörren till strandboden slog igen. Orden, som blev kvar där ute, fick luften att darra. De drog henne närmare fast hon, äcklad av rädsla, i den stunden anade vad en upptäckt kunde leda till. Fiskeläget var folktomt, turisterna hade krupit in i sina natthärbärgen eller sökt sig in till Visbys nöjesliv. Förutom kvinnan som satt hopkurad under fönsterbrädan fanns bara de två männen, girigheten och döden.

Mörkret svepte över henne när kvällssolen sjunkit ner i havet och lämnat bara en smal guldkant vid horisonten. Måsarna tystnade. Vågorna la sig tillrätta. De tände fotogenlampan där inne, ljuset flämtade till och blev stadigt. Männen stod mitt emot varann. Jämnlånga såg de varann stint i ögonen och mätte den andres styrka. Käkmusklerna spelade, ögonen smalnade. De dansade runt i långsamma cirklande rörelser, med utbredda, lätt böjda armar. Hon hade sett det förr och det var inte lönt att gå emellan. Som när hankatter slåss och blir till ett nystan av klor och sylvassa tänder, då är det klokt att hålla fingrarna borta.

”Varför ser du så in i helvete dum ut!” Hon såg Wilhelms fingrar kröka sig i ett stryptag om den andres hals. Den oväntade smockan som for genom luften befriade honom ur greppet.

”Du har ett ansvar. Fattar du vad du har gjort?” Väsningarna trängde ut genom fönstret lika tydligt som de vredgade ropen.

”Ska du tala om ansvar!” Wilhelm måttade ett slag med eldgaffeln han ryckt upp ur vedkorgen. Ett ögonblick av ouppmärksamhet. Ett kraftfullt slag som träffade sitt mål. Wilhelm vacklade till och föll mot golvet. Sen blev det tyst. Hon reste sig upp utan att tänka sig för och såg honom ligga dubbelvikt över trasmattan. Ett nytt slag med spiskroken fick den slaka kroppens gråa huvud att vika i sidled.

Hon måste ha skrikit. Efteråt mindes hon inte säkert, allt hände så fort. Skriket inuti huvudet var så stort, kanske slapp det ut. Benen hade vikit sig under henne då hon borde ha rusat därifrån. Nu blev hon en medbrottsling. Tillsammans såg de färgen vika ur det runda rödmosiga ansiktet, liksom livet. Orörliga såg de det ske. Så påtagligt och på samma gång overkligt att se hur livet rann ur en välkänd människokropp. En människa som nyss talat och brukat sina händer. Mona hade sett döden komma hundratals gånger i sitt arbete, som en oundviklig del av livet, ibland som en befriare. Men aldrig i denna skepnad.

”Det var inte meningen att jag skulle döda honom!” Han lyfte upp hennes ansikte, såg sin egen rädsla speglas i hennes blick. När hon inte svarade skakade han hennes axlar. Hon svalde och försökte säga något. Tankarna svällde och blev för stora för orden.

”Nej”, viskade hon. ”Nej.”

Hennes egen tanke hade stannat som sovrumsklockans pendel i dödsögonblicket. En återkommande dröm. Den som äger kraften styr i tiden. Hon hade fått mordvapnet i sin hand. Släng spiskroken i vattnet, hade han sagt. Om hon hade vågat skulle hon ha gått ut i mörkret på bryggan, men benen ville inte lyda henne mer än tanken. Hon blev stående ensam ute på garngården, som en skälvande skugga under en övermäktig stjärnhimmel. Anselms cykel stod utmed bodväggen. Det fanns en verktygslåda under sadeln. Där stoppade hon in spiskroken och spände åt läderremmen. Lådan passade precis. Händerna utförde det av sig själva. Så kom han ut, tog cykeln och for hem efter Wilhelms Opel innan hon hann att tänka efter. Kanske borde hon ha berättat för honom var hon gjort av spiskroken, men hon tordes inte. Det fanns en stor vrede i hans rörelser.

Viljelös släpade hon sig fram med bördan av en människokropp över den mörka garngården. Hon vacklade över tuvor med vissnande blåeld och kände sina armar sakta domna under tyngden av den dödes kraftiga lår. Hans kängor skavde mot hennes höftben. Steg för steg gned och skrapade de genom det tunna tyget. Hon kände metallsmak i munnen. Mannen, som ägde styrkan, gick före och bar den döde under armarna. Upp på vägen mot bilen stapplade de och stjälpte av det tunga byltet i bakluckan på offrets bil.

"Du kör." Han la sig ner på golvet i baksätet. Kroppen lydde henne med automatik, högerhanden växlade upp. Vänsterhanden skakade på ratten, skakade som resten av kroppen av kylan som kom inifrån. De lämnade fiskeläget i Eksta och fortsatte kustvägen in mot stan. Det var inte bara rädsla och handlingsförlamning som gjorde henne till medbrottsling, det var kärlek. Ändå förvånade det henne att han tog det så för givet, så självklart räknade med att hon skulle dela hans skuld.

Hon hade svårt att se i mörkret. Glasögonen hade blivit kvar på tevetidningen bredvid kanalväljaren och den tomma godispåsen. Som i en annan tid då ännu inget hänt. Hon kunde fortfarande känna den salta smaken av lakrits i sin mun. När hon återvände till samma rum igen skulle allt vara detsamma och ändå väsensskilt annorlunda. Hon själv hade blivit en annan genom det fruktansvärda. Om det varit en bra film på teve, hade hon inte gått ner till stranden. Då skulle hon ha legat i sin säng vid det här laget, ställt väckarklockan och släckt lyset inför natten. Det märkligaste var att hon till och med känt en ilning av lust, en hetta i sitt sköte, när hon stod vid dikesrenen och betraktade lejongapen.

Alldeles nyss. Så märkligt! De kärleksmöten som slutat i upptäckt och skam, hur hade hon åter kunnat lockas av dem? Just nu i bilens mörker, under tyngden av rädsla och skuld, var det obegripligt. Så uppfyllt henne liv hade varit av dessa känslor – rädsla och skuld. Ibland hade de låtit sig dövas, men bara för stunden. Med åren hade de vävts samman med jaget som en siamesisk tvilling utan eget hjärta.

Rädsla och skuld. Far hade slagit henne över kinden, med ett stadigt tag om håret dunkat hennes huvud hårt mot sänggaveln, tills hon tappade andan. Ungjävel, har du vart i min plånbok! Det hade hon. De sista kolorna hade smakat ångest i munnen. De sista två. Resten hade hon bjudit på för att få vara med, för att få vara en av dem, om så bara för en stund. Hon hade inte tänkt att Anselm skulle kunna upptäcka det. Inte när hon tagit lite undan för undan. Hon försökte värja sig för hans sura andedräkt. Han stank av fylla. Hans förvridna ansiktsdrag vibrerade på näthinnan. Stå upp när ja talar till di. Se mi i ögona! röt Anselm. Hon hade tvingat sig att lyfta upp hakan och i samma stund känt något varmt och vått rinna utefter benen. Ungjävel, står du å pinkar på di. Jag ska vise di… Skuggan, som var mor, gick emellan och slogs till golvet. En kvidande gråt, ett vinande slag som träffade med ett krasande läte. Tystnaden som överröstade allt. Mona hade lyckats krypa ut och gömma sig under stentrappan. Hört skriken och slagen där inifrån förlamad i sin rädsla, oförmögen att hjälpa den som räddat henne. Det var den tyngsta skulden. Att modet så helt hade svikit henne. En vredgad mansröst och hon blev till en våt fläck på golvet. Så var det fortfarande. Hon tänkte på byltet där i bakluckan. Tänk om Wilhelm inte var riktigt död! Om han skulle ge sig på henne i rödaste vansinne när de öppnade luckan. Nej, någon puls hade inte funnits på hans hals. Blicken hade flytt ur hans ögon. Två slag, ett dödande och ett för säkerhets skull, nog borde det räcka för tid och evighet.

Hon svängde upp på grusvägen, stannade på den avtalade platsen och drog på sig arbetshandskarna, precis som mannen vars vilja hon delade. De släpade den döde över stättan och fortsatte in på stigen i månljuset. Hon trampade snett i sina tunna sandaler. Mannen framför släppte oavsiktligt en gren i hennes ansikte. Det gjorde inte ont i huden. Det kändes mest som nya mjuka granskott. Det var rädslan som gav upphov till smärta. Det var droppen som fick tårarna att rinna över och förblinda. Han hyschade på henne, stannade till och lyssnade. Där fanns bara nattens egna ljud; vinden i trädtopparna, prasslet av smådjuren i det höga gräset och havets nästan omärkliga rörelse mot stranden. Gråten som pressades tillbaka i strupen överröstade dem alla. Hon hade önskat att han velat hålla om henne, men han kunde nog inte det. Då skulle hårdheten och beslutsamheten ge vika.

Sten efter sten bar de i händerna. Täckte kroppen tills månljuset inte längre kunde nå den döde i gravröset. Det var då, just när hon sträckte sig mot den sista stenen och tog ett kliv upp i stenhögen, hon kände smärtan. Den smärta som sedan skulle komma att avslöja henne och leda till åtal för medhjälp till mord. Ett svagt väsande ljud. Hon märkte det knappt. Så svedan i benet och rasslet när den fjälliga kroppen med sitt sicksackmönster försökte ringla bort. Hon stod på hans svans. Ormen höjde sitt huvud på nytt och vände sig mot henne. Orörliga iakttog de varann. Så svajade djuret till med kroppen och kom emot henne med sin spelande tunga. Hon stampade och hörde hur huvudet krossades mellan stenen och sandalens slitna sula, kände hur det gav vika under skon. Skrikande sprang hon rakt in i snåren och skyddade sitt ansikte, försökte hitta stigen ut, medan bilderna flimrade för ögonen. Gråsvarta grenar snärjde och rev hennes ben. Den hårda näven över munnen tystade henne. Han strök henne strävt över håret. Då tog hon upp handen för att röra vid hans kind. Den var fuktig av svett.

”Det var inte meningen att jag skulle döda honom.”

”Nej.” Han höll sina båda händer om hennes ansikte nu, såg henne i ögonen en lång stund och vägde sitt beslut.

”Det jag ska göra nu vill du inte se. Vänta på mej vid bilen.”

”Ja.” Hon frågade inte. Tordes inte. Orkade inte heller. Hans drag var så hårda i månljuset. Hakan och den kraftiga näsan lyste vita. Ögonhålorna låg i djup skugga under ögonbrynen. I månljuset blänkte den vassa eggen. Mona såg det i ögonvinkeln, utan att notera det. Det var sant. Hon ville inte veta vad han tänkte göra.

I det första gryningsljuset släppte han av henne vid korsvägen i Eksta, och for för att fullborda sitt verk så som det måste bli.

2

”’§ 15 OM NÅGON ÖVERFALLER EN ANNAN och hugger av båda händerna eller båda fötterna eller sticker ut båda ögonen och mannen lever sedan, då skall för vardera bötas tolv marker silver. § 16 Om näsan är skuren av någon, så att han ej kan hålla tillbaka slem och snor, då skall också bötas tolv marker silver. § 17 Om tungan blir utdragen ur huvudet och avskuren ... bötas tolv mark silver. § 18 Om någon blir skadad i manslemmen, så han ej kan bliva fader till barn, då är böterna sex marker silver för var sten ... Om den är av med skaftet så mannen ej kan förrätta sin nödtorft annat än sittande som en kvinna, då är böterna aderton marker silver.’ Så står det i Gutalagen.” Vega Kraft la ner laghäftet i knäet och sörplade i sig kaffe från fatet som hon skickligt balanserade på tre fingrar, tog ytterligare en sockerbit mellan läpparna och lyfte fatet igen. Hennes kraftfulla vita hår var hopdraget i en stor knut mitt på huvudet och guppade med i rörelsen.

”Det låter inte så trevligt.” Kriminalinspektör Maria Wern studerade sin hyresvärdinna lätt konfunderad och bytte en hastig blick med sin kollega, Tomas Hartman.

”Trevligt! Som dom höll på med varann kan man förstå varför det kallas den mörka medeltiden. ’Slår du tänderna ur huvudet på någon, då bötar du för var tand som den är värd.’ Det låter som någon sorts Monopolregler i mina öron, där saker bara händer sedan tärningen blivit kastad; oundvikligen skär man tungan av någon. Priset är redan fastställt, som om man hamnar på Norrmalmstorg. När man läser det här ser man i alla fall att civilisationen har gått framåt, Gutalagen nedtecknades i mitten av trettonhundratalet. Jag tänkte att det kunde vara bra att läsa lagen för er, innan ni ger er ut och patrullerar. Gotland är en gammal bonderepublik och har alltid strävat efter en viss autonomi. Doppa mera nu. Du har ju inte smakat mina klenäter, Tomas. Var så god."

Kriminalinspektör Tomas Hartman sträckte lydigt handen mot det överdådiga kakfatet och sneglade på Maria. Kanske skämdes han lite för sin moster Vega. Hennes dragning till det makabra kunde ibland bli lite påfrestande och hade hon kommit i tagen var hon inte så lätt att hejda.

"Klinten är verkligen ett charmigt område." Maria lät blicken vila på kaprifol och rosor som klättrade på det gula planket mot Norra Murgatan. I långa revor hängde de in över fönstret till vindsvåningen hon hyrt för några sommarveckor. På motsatt sida utgjorde själva ringmuren tomtgräns, där den hög och grå reste sig och gav skugga åt ormbunkarna. Den lilla grusgården, där de satt, omgärdades av låga trähus på ömse sidor. Vega ägde båda och hyrde ut det ena över sommaren, nedre botten till Hartman och övervåningen till familjen Wern. Hartman hade i förtroende viskat till Maria att han och hans fru på senare år beslutat att hälsa på de mest omdiskuterade släktingarna var för sig. Det sparade äktenskapet. Genom att arbeta på Gotland ett par veckor under sommaren hade han slagit två flugor i en smäll. Maria kunde förstå poängen och nickade i samförstånd. Köksdörren stod öppen och i skuggan låg en flämtande pudel med korslagda tassar. Vegas ögonsten, Tjelvar.

"Charmigt! Pha! Förr bodde här bara slödder och pack, löskefolket. Här på Klinten härskade loppor, löss och lungsot. Inte blev det tjusigare för att bödeln, rackaren, bodde här. Det var ett medeltida ghetto. Husen ser ut att vilja sjunka under jorden av skam. Det är omständligt för en fullvuxen karl att ta sig in genom dörrarna här, det kräver ett visst mått av ödmjukhet. Du såg hur Tomas fick böja på nacken. Fast numer anses det vara ett attraktivt område. Följer man Norra Murgatan norrut kommer man till Rackarbacken och ännu en bit norr över har vi Galgberget med sina tre stenpelare. Det kan vara ett inspirerande utflyktsmål för lagens väktare, tycker jag. Vanliga bondtölpar blev hängda på galgbacken, fint folk halshuggna på Klinttorget. Kvinnor brändes på bål, stenades eller begravdes levande. Det ansågs inte anständigt att hänga dem i fall någon skulle få syn på något anstötligt under kjolen. På Klinttorget, som ni ju passerade på vägen hit, ni såg väl gamla brandstationen, fanns Kåken. Det var en sorts schavott för skamstraff där brottslingen slogs i halsjärn, piskades och fick stå till allmän beskådan. Ändå var man nog mild i sina straffsatser i Visby och inte alltför snar till dödsstraff. Ska det vara en liten tretår till saffranspannkakan, Maria? Mullbärssylt? Du ska inte snåla på grädde och späka dej så där. Släpp loss tanten i dej och unna dej livets goda, vet ja; smör och grädde, bekväma skor och kläder som inte sitter åt. Jag äter vad jag vill när jag vill, och gott ska det vara! Jag tror inte karlarna vill ha såna där bengetter. Det ska vara lite att ta i, eller hur Tomas? Smör och riktig grädde ska det vara för att göra huden slät och len."

"Jag har inte funderat så mycket över det", svarade Hartman diplomatiskt. "Min hustru säger att de flesta självmord begås med kniv och gaffel." Han ångrade sitt ordval redan innan han fullbordat meningen. Men sagt var sagt.

"Det kan inte vara roligt att leva på bara salladsblad, som Marianne. Kaninföda." Vega såg värderande på Hartman och han kände sig i den stunden tacksam över att hustrun inte var närvarande. Det var repliker av det här slaget som brukade leda rakt in i kalla kriget.

"Det enda som gör mej riktigt upprörd i Gutalagen är avsnittet om ofredande av kvinnor", återtog Vega när hon inte fick något mothugg. "Fy Sakran! När man läser det förstår man att det var män som stiftade lagarna, mulliga inbilska mansgrisar! Där såg man hur genomskinlig den medeltida höviskheten var. En tunn slöja av romantik som i praktiken dolde ett djupt kvinnoförakt; synden kom till världen genom kvinnan, som lurade i den stackars mannen ett äpple. Där ser du, Tomas, man kan aldrig vara nog försiktig med frukt och grönt!"

"Vad står det då", undrade Maria och fick en avvärjande blick av Hartman. Vega petade upp glasögonen på näsroten och lyfte Gutalagen mot skyn. Det här stycket kunde hon utantill.

"'Tar du henne om axeln, böta fem örtugar. Tar du henne om bröstet, böta en öre. Tar du henne om ankeln, böta en halv mark. Tar du henne mellan knäet och vaden, böta åtta örtugar. Tar du ännu högre upp, då är det det skamliga greppet och heter en dåres grepp – där gäller inga penningböter – de flesta tål när det har kommit därhän.' Fy Sakran, säger jag. Sådana är dom, karlarna, undra på att man aldrig gift sej. Har man arbetat som baderska på Varmbadhuset i hela sitt liv har man sett vad man behöver och lite till. Men du är gift." Vega gav Maria en blick av högdraget medlidande. "Han skulle visst komma senare, maken?"

"Ja, Krister och barnen kommer till Gotland nästa vecka, hoppas jag. Kristers mamma blev hastigt sjuk, hjärtat. Så dom blev kvar i Kronviken, annars skulle vi ha rest hit tillsammans."

"Är det klokt det att arbeta på sin semester?" frågade Vega och såg från Maria till Hartman.

"Det finns inte så många alternativ för den som är fattig. Vi har köpt ett gammalt trähus som slukar pengar. Jag tror att det mesta som kan gå sönder är åtgärdat nu, men det blev inget över att resa för. Så jag tog ett vikariat på Gotland för att familjen skulle kunna komma hit och ha semester under tiden."

"Ni är alltså fyra poliser från fastlandet i år. Var bor dom andra?"

"Arvidsson och Ek hyr en stuga någonstans i Kneippbyn", sa Hartman.

"Vid Pippi Långstrumps hus? Kan det vara något för vuxna män?"

"Det finns en vattenrutschbana."

"Å, det förklarar saken." Vega sköt upp glasögonen i pannan, kisade mot solen och lutade sig tillbaka så att trädgårdssoffan knakade. "Varför blir en kvinna polis?" Hon la armarna i kors över bröstet utan att släppa Marias ansikte med blicken. Tomas Hartman skruvade olustigt på sig. Först hade han tyckt att idén att hyra av Vega var lysande. Nu var han inte lika säker. Han hade glömt att hon kunde vara så rakt på sak, i det närmaste distanslös i sin nyfikenhet. Själv var han van vid henne sedan barnsben, men med Maria bredvid sig såg han sin faster med andra ögon. Men nu var det som det var, bara att gilla läget. Hartman kände det som sin plikt att svara i Marias ställe.

"Skulle tro att kvinnor blir det av samma skäl som män: En tro på rättvisan, en känsla av att man uträttar något som är bra för andra, något nödvändigt."

"Jag kan nog inte svara för alla kvinnor. Men jag bestämde mej för att bli polis när jag gick i nian", inflikade Maria.

"Varför då?" Vega lät sitt kaffefat dröja halvvägs till mun och log för första gången. Hon hade efter kritisk granskning just bestämt sig för att acceptera den här fastlänningen trots att hon inte klarade språket särskilt bra.

”Vi flyttade till Uppsala när jag skulle börja i högstadiet. Jag var ny och blyg och talade konstigt. Tjejerna, i klassen dit jag kom, var väldigt avancerade för sin ålder, drack på helgerna, smygrökte och var ute med killar. Jag var nog ganska barnslig. Det som först var ett utanförskap blev till regelrätt mobbing. Min mor hade låtit publicera en serie debattartiklar. Hon var politiskt aktiv på den tiden och hennes åsikter föll inte alla klassföräldrar i smaken. Jag blev ett legitimt offer. Om en vuxen blivit kallad det jag fick heta i skolan hade det rubricerats som ärekränkning. För barn gäller andra regler. Hade en vuxen blivit inlåst i källarförrådet hade det kallats olaga frihetsberövande. Och om en vuxen hade fått brännmärken av cigaretter och sitt hår svett med cigarettändare hade det definitivt ansetts som misshandel. Nu rörde det ett barn och fick passera som busstreck. Jag gick aldrig på skolavslutningen i nian.”

”Det där har du aldrig berättat för mej.” Hartman la sin stora breda näve på Marias hand, lutade sig fram och såg henne i ögonen.

”Jag har väl inte det. Det kanske inte är det enklaste. En dag på vårterminen i nian, det var på frukostrasten, såg jag hur dom drog in en liten kille på toaletten. Dom tvingade honom att blotta sej. Han var inte större än min lillebror. Dom tvingade honom att själv dra ner byxorna och han grät av skam. Jag blev så jävla arg så all rädsla rann av mej i det ögonblicket. Jag slog mot deras flinande ansikten, sparkade och skrek. I blint raseri råkade jag klippa till den lärare som kom för att se vad som stod på. Säg inget, viskade lillgrabben och jag såg hans rädsla. Säg inget till fröken. Jag fick hemanmärkning. Dagen därpå blev det rättegång hos rektorn. Pojkens föräldrar hade reagerat på att han mådde dåligt.

”Berättade du för dina föräldrar vad du utsatts för?”

”Nej, jag skämdes för att jag inte var så populär och lyckad som dom ville ha mej. Jag förfalskade mammas namnteckning på anmärkningen, det var inte så svårt. Ändå var det någon gång vid den tiden jag insåg att det inte finns någon rätt, något rättssamhälle om vi inte tillsammans står upp för det.

3

MONA! MOOONAA! ANSELMS SKRIK hördes långt ut på lagårdsbacken när Mona klev ur bilen. Hon kände magen dra ihop sig av rädsla. Helvete! Hon kastade ängsliga blickar omkring sig. Måtte ingen ha hört honom och ringt polisen. Tyst, snälla var tyst! Vad skulle han vakna för, gubben? Han väckte ju upp halva socknen med sitt brölande. Tänk om hon varit stark nog att driva igenom sin vilja när det var på gång. Wilhelm hade varit med på att hans svärfar skulle flyttas till hemmet. Bestäm du, hade han sagt. Det är din far. Men hade hon vågat säga det till honom? Nej. Det hade inte blivit av. Nu förbannade hon sin feghet. Fönstret på övervåningen över trappan stod på vid gavel. I månljuset såg hon hur Anselm hängde ut med överkroppen som en gök ur ett gökur, livsfarligt balanserande på magen. Mooonaa! Hon tog ett kliv över en krossad blomkruka med en illa stukad pelargon, steg över den utspridda blomjorden, slet upp ytterdörren och rusade upp för trappan, välte tvättkorgen, snubblade över smutstvätten men fortsatte.

”Jag är här, far.” Stanken som slog emot henne fick henne nästan att kasta upp.

”Bank int så i dörrn. Var tusan ha du vart?!” Han vände sig långsamt från fönstret, sjönk ihop på golvet och såg med blinda ögon på henne. Anklagande. ”Jag har skit ner mi. Var i helvete har du håll hus?!”

”Jag sov väl tungt.” Hon var glad att han inte kunde se hennes ansikte. Med ett kraftfullt livtag försökte hon hjälpa honom upp i rullstolen och kände att hon inte mäktade med hans tyngd när han inte hjälpte till med armarna ett enda dugg.

”Jag fick kryp fram ti fönstre. Det var näre att jag fått överbalans och fare i backen när jag drog mi upp. Men det är väl meningen det, att man ska gå hädan så fort som möjligt, mens de finns någe kvar å ärve. Blompottan ligga nere på trappen. Där kan den ligge! När jag ropa på di måst du för helvete kum hit!"

"Kanske bäst att tvätta av dej där du ligger på golvet." Mona sträckte sig efter kudden och placerade den under hans huvud. Sängen formligen flöt av avföring. Han vägrade envetet att ha blöjor i sommarvärmen. Av fingrarna att döma hade han försökt plocka sig själv och sedan hade proppen gått ur. Han borde inte få dosera laxermedlet själv, det hade hon tänkt åtskilliga gånger nu.

"Ja tyckt ja hörde en bil." Mona väntade med att svara tills hon kunde lita på rösten. Kände rädslan komma som en ny våg av illamående. Hon blev stående alldeles stilla och väntade tills andningen lugnat sig.

"Jaha."

"Såg du vem det var?" frågade han.

"Jag hörde inte nåt. Har du tagit ditt insulin?" Hennes röst var oroväckande tunn.

"Helvete!" Hon knäppte fram rätt dos och räckte honom insulinpennan samtidigt som hon la märke till sina lortiga, repade händer och de bara benen. Ormen! Hon kände rysningen fortplanta sig genom kroppen. Benet bultade och en ful rodnad av en handflatas storlek bredde ut sig från stället där ormen huggit över huden. Kan man dö av ett ormbett? Man kanske skulle suga ut giftet? Eller lägga på något omslag? Inte tordes hon gå till läkaren på vårdcentralen. Han skulle säkert ställa frågor, obehagliga frågor. Foten var kraftigt svullen och bullade upp ur sandalens stasande grepp. Mona bar ut de smutsiga lakanen till badrummet och såg på sig själv i spegeln. Hon hajade till inför sin egen uppspärrade blick. Blekheten, som letade sig ut genom solbrännan, fick huden att se alldeles grå ut i skenet från lysröret. Ljuset skar i ögonen och ökade på huvudvärken till det olidliga. Bröstkorgen hävdes och sänktes med onormal häftighet. Hon hade en repa i ansiktet. Ett smalt rött streck gick från mungipan och ner över hakan. Håret var i oordning. Hon plockade bort ett barr som fastnat i luggen. Vad skulle hon ta sig till? Hur hade det kunnat hända?

"Kumma du int snart? Hur länge ska man behöve ligge på kalle golvet?" Hans ton var inte lika vass som annars. Han skämdes väl lite när han gjort ner sig. Den där artigheten brukade inte sitta i så länge, men man fick vara tacksam för det lilla. ”Fick han nå flundrar?”

”Va?”

”Wilhelm?”

Wilhelm. Gode Gud, vad hade hon gjort! Om hon inte varit så fruktansvärt feg skulle hon ha vägrat att bli delaktig. När som helst kunde polisen komma och fråga efter honom. Vad skulle hon göra? Vad skulle hon svara dem? Snart kunde de vara här och hon skulle straffas, ställas ut till skam och allmän beskådan. Herre Jesus vad det skulle talas i gårdarna. Det värsta skulle inte vara att bli inlåst, det värsta var skammen. Skam över barnen och släkten och gården. Aldrig mer skulle hon kunna handla i affären, aldrig mer gå till jobbet. Vem skulle vilja bli vårdad av en brottsling? De dementa skulle inte bry sig om vem som bytte deras blöjor, men de anhöriga skulle nog ta anstöt och kräva att hon fick lämna avdelningen. Det skulle viskas bakom ryggen, men hon skulle inte bli tilltalad mer. Aldrig mer öga mot öga som en anständig människa. Avgrunden gapade hisnande djup.

”Fick han nå flundrar? Tänka du svar mi i dag ella inte?”

Wilhelm! Hade han fått någon fisk? Mona kunde se för sin inre syn hur han bar upp zinkbaljan till boden. Den såg ut att vara tung. Hade den varit tom skulle han ha burit den i ett handtag, hängande efter benet. Herre Gud, baljan stod säkert kvar i boden med fisk i! Tänk om det fanns blodspår kvar på trasmattan! Eller om någon hittade spiskroken som hon gömt under cykelsadeln. Han hade bett henne kasta den i vattnet. Kanske borde hon ha gjort som han sa, men hon hade inte vågat gå ut ensam på bryggan. Hon hade inte velat se sin spegelbild i det svarta vattnet. Det hade med drömmen att göra. Hon ville inte se sitt ansikte genom vattenytan, från andra sidan där Wilhelm fanns. Sommargästerna skulle komma med båten! Om det fanns blod på golvet i strandboden måste hon få bort det nu genast innan det torkade in.

”Hör du mi ella är du stein döv? Var är du, Mona?” Anselm vred huvudet med oseende ögon och drog tungan över tänderna så överläppen bulnade.

”Här, far. Det ser ut att bli regn. Jag får nog ta in tvätten i kväll.”

”Du får aldri upp mi i rullstolen själv. Du få nog hämte Wilhelm.”

”Det ska nog gå, far.” Hon hörde själv hur käckt det lät.

”Knäck inte ryggen bare.”

Hon ställde sig bredbent, böjde knäna och tog tag om hans runda mage. ”Ta tag i rullstolen med handen. Här! Nu lyfter vi. Nej, nej det går inte. Du får sätta dej på golvet igen.”

”Va var det jag sa. Du måst hämte Wilhelm!”

”Han sover.”

”Då får du väl väck han!”

”Nej, det går inte.” Hon kunde inte hindra ett hysteriskt fnitter från att rinna över läpparna.

”Det va det dummaste jag hört. Wilhelm! Wilhelm! Han får väl mase si upp.”

”Nej, sluta! Sluta, far!” Hon kände gråten som ville tränga ur strupen. Anselm noterade förändringen och såg forskande på henne med sina skumma ögon.

”Va är de?”

”Han ska med båten i morgon bitti. Han måste få sova.”

”Och ja ska ligge här på golvet. Jo, du tack!” Hon tvättade av hans bruna fingrar med en skumgummilapp och torkade dem på handduken. Naglarna såg hemska ut med sina sorgkanter, men de fick vara.

”Så får det nog bli. Jag lägger madrassen här på golvet så kan du rulla upp på den och så stoppar jag om dej filten. Det blir bra, ska far se.”

”Så i helvete hellar.” Han nöp henne hårt i underarmen med sina bajsiga naglar. Ögonen blev till smala springor när han rynkade ihop ansiktet.

”God natt”, sa hon sammanbitet.

”Kum tillbaks, Mona!” befallde han. Hon stålsatte sig, spände alla muskler till försvar mot hans röst. Stängde dörren om honom rak i ryggen, med högt uppdragna axlar.

”Kum tillbaks, kum tillbaks du din jävla surfitta!”

Hon kröp upp i hörnet av soffan i salen och höll för sina öron, blundade länge, länge tills han tystnat och hon kunde tänka sina egna tankar igen. Sakta öppnade hon ögonen och såg på familjeporträttet i sin pråliga guldram på den motsatta väggen. Hon själv så ung med stelt uppsprayat hår och ett spänt drag kring munnen. Tvillingarna, Olov och Christoffer, sittande på varsitt knä och Wilhelm som ett berg i bakgrunden. Buttert plirande under buskiga ögonbryn, kastade han sin skugga över dem alla. En förljugen idyll, en halvsanning. Mona lutade sig fram för att resa sig, huvudet sprängde. Wilhelm såg anklagande på henne, borrade sin blick i hennes bleka Cikoriaögon och höll henne fast. Illamåendet kom så hastigt att hon inte hann ut på toaletten. Hon kände den varma vätskan rinna över sina bara fötter. Jag skulle aldrig ha gift mej med dej om jag inte varit tvungen, viskade hon till sitt försvar och drog handen över munnen. Aldrig.

4

TYSTNADEN BRUSADE I HENNES ÖRON som ljudet av stora vatten när Anselm äntligen somnat och de eviga ramsorna tynat bort. Horjävel, fittjävel. Mona sköljde av hans lakan och såg det bruna vattnet virvla runt i hon. Tillsammans med brynjan och kalsongerna stoppade hon dem i tvättmaskinen. Maskinen mullrade igång och sjöng högt, sjöng på sista versen som resten av maskinparken i huset. I det oljudet skulle han kanske inte tycka det var lönt att skrika på henne om han vaknade. Nu gällde det att tänka! Hon måste ner till strandboden. Mekaniskt samlade Mona upp tvätten i trappan där Wilhelm slängt den. Hon lyfte upp hans rödrutiga skjorta och släppte den igen som om hon bränt sig. Det kändes som om hans ande fortfarande levde i plagget, i vardagsskjortans tunnslitna tyg. Hon tvingade sig att ta upp den igen, i yttersta nypan, och lägga den i tvättkorgen. Kalsongerna, gula av pink i fronten, hängde över trappsteget som en nackad höna. Strumporna var styva av svett. Blåbyxorna, med intorkad lera på knäna, stod nästan för sig själva. Hon tömde fickorna på skruvar, muttrar och krokiga spikar. Ett par gånger hade hon försiktigt bett honom att bära upp smutstvätten till tvättstugan, men han hade helt ignorerat hennes vädjan. Katten hade mer än en gång markerat revir på hans kläder när svettlukten varit utmanande skarp. Hade hon sagt honom sanningen skulle han med all säkerhet ha skjutit djuret på fläcken. Hon hade inte vågat ta upp saken igen när hon märkte irritationen i hans kroppsrörelser. Livet hade tvingat henne att bli en mästare på att tolka kroppsspråk, registrera tidiga signaler för att undvika katastrof: En stelnad nackrörelse, en hastigt påkommen tystnad, ett tonfall, ögon som smalnade. Varje skiftning noterade hon sekundsnabbt, för att kunna slå till reträtt och krypa in i sitt innersta rum.

Gult intorkat pink, skamfläckar... pojkarna hade nappat åt sig hennes trosor i omklädningsrummet när flickorna var i duschen efter gymnastiken. Hon hade inte velat duscha och därför dröjt sig kvar i gymnastiksalen bakom den stora mattan. Kroppen var så mager, med bara två myggbett till bröst. Hon ville inte utsätta sig för de andra flickornas ogenerade blickar, bli jämförd och värderad. De andra, de som dög, hade bh med spets i överkanten. Mona fick nöja sig med linne. Far hade gapflabbat när hon bad om pengar till något så onödigt. Revbenen stack ut fram och skulderbladen bak som stora fladdermusvingar. Hon hade inte vågat klä av sig i solen och var vitast i klassen när höstterminen började. Men det värsta var hårstråna som började växa på skamliga ställen. Det fick ingen se. Ingen! Hon ville skyla sin kropp, men blev inmotad i duschen av läraren utan pardon och kom sist ut. Det är ju inte trevligt att lukta svett, eller hur? Dörren mellan omklädningsrummen hade av någon anledning varit upplåst. Hon hörde skriken och skratten och förstod att killarna tagit sig in på förbjudet område. Handduken hon hade att vira runt kroppen kändes alldeles för liten. Duschrummets mögellukt dröjde sig kvar i näsborrarna när hon kikade ut, halvt dold bakom dörren. Ett par underbyxor gick från hand till hand. Fan va äckligt! Vilka skitränder! Hon bad en tyst bön att de skulle vara någon annans. De hölls upp till allmän beskådan, kastades högt upp mot taket. Någon fick dem på huvudet och ned över axeln i ett försök att ducka. Monas skitbrallor! Väggarna hade böljat fram och tillbaka för hennes syn. Hon såg deras ansikten fyllda av äckel och skadeglädje, och slog ner blicken. Där hade den sedan fastnat, nedslagen. Fy vad de luktar. Rädsla och skam. Ljudet av deras röster ekade. Har du pinkat på dej?! Skitiga Mona! Du stinker så vi kan inte ha dej i klassrummet. In på skithuset med dej, ditt äckel! Det finns smuts som aldrig går att tvätta bort, orenhet som äter sig inåt som likmaskar. Hon hade tvättat sina underbyxor tills det gick hål i tyget, men vad hjälpte det när alla hade sett. Vad hjälpte det när mamma var död och far inte tyckte det var så nödvändigt att tvätta. Hon hade skrubbat sig rödfnasig, skrubbat sig så det blödde, men smutsen kom att kleta vid och blev till ett med huden.

Två cyklar stod i uthusets mörker, Anselms antika Hermes och hennes egen Monark. Wilhelm hade köpt den åt henne på Lions loppmarknad i Klinte. Egentligen var det inte så dumt att spiskroken låg där den låg i verktygslådan under sadeln på Anselms cykel. Han skulle aldrig mer komma att använda den, knappast någon av pojkarna heller. Mona trevade sig fram till sin cykel och fann ett styre, sparkade loss stödet och lyfte i bakändan. När hon dragit fram cykeln ur skjulet såg hon att det lyste i grannens köksfönster. Hade Henrik hört Anselm skrika? Mona trängde undan tanken och hängde plastpåsar med trasor, grönsåpa och en termos med varmvatten på cykelstyret. I påsarna kunde hon ta hem fisken, om det fanns någon. Vem vet hur många Wilhelm skrutit för om fångsten varit god. När polisen dök upp och började ställa frågor måste allt vara som det skulle, även om tanken på att rensa fisk på småtimmarna inte var lockande. Tröttheten fanns som en tyngd i benen, även när hon cyklade i nedförsbacke. Över himlen seglade svarta moln som fick månljuset att försvinna och återkomma i blinkande sekundsnabba växlingar, som hemliga ljussignaler. Himlen vet vad du har gjort! Du har blod på dina fingrar. Skyldig! Skyldig! Skyldig!

Mona vågade inte tända fotogenlampan i strandboden. Istället trevade hon sig fram över golvet. Hon rullade ihop trasmattan, där Wilhelms kropp legat, och bar den ner till stranden. En varm vind från land höll henne om ryggen. Stilla vågor smekte bryggan med ett kluckande ljud. Hon lyssnade efter mänskliga steg, billjud, röster. Men natten gled tyst som en fågelvinge över fiskeläget. Vid strandkanten formade hon mattan till ett knyte, fyllde det med stenar och släppte ner byltet i vattnet från bryggan. Något hon sedan kom att ångra bittert. Men det är lätt att vara efterklok. När rädslan härjar sinnet är det svårt att tänka klart. I mörker skurade hon golvet i strandboden, om och om igen. Tvättade och gnodde bort det som kunde dröja sig kvar av Wilhelm. Precis som hon brukade göra efter hans tjurrusningar i sängkammarens mörker och sen byta lakan, särk och trosor. Det var först nu hon insåg vilken lättnad det innebar att han inte fanns mer. Hon skämdes för tanken, och likväl fanns den där som en stilla porlande glädje. Han fanns inte mer. Hon var fri att råda över sin egen kropp. Krypande efter golvet sökte hon sig fram till zinkbaljan och stack ner händerna i det okända. De kalla hala fiskkropparna gled ur hennes händer när hon försökte stoppa dem i plastkassen. Abborrarnas vassa fenor skar hennes fingrar. Abborrar och ett tjugotal strömmingar, mer var det inte. Lukten kändes påträngande. Hon torkade bort fiskfjällen från sina händer på klänningskjolen.

När hon cyklade hem hade himlen ljusnat en nyans trots att molntäcket tätnat. Vinden låg på från sydväst. Naturen vredgades inte. Det fanns en försoning i den milda luften. Wilhelm fanns icke mer bland de levande. Väl borde hon sörja. Men sorgen liksom kärleken följer sina egna vägar.

5

TVÅ TIMMARS SÖMN SKULLE HON FÅ innan det var dags att stiga upp och fara till Mariagårdens sjukhem. Då skulle hon precis hinna med lagården och ta upp Anselm i rullstolen och ge honom frukost. Tanken på att lägga sig sjuk hade lockat henne outsägligt, men i samma stund hon tänkte det insåg hon hur oklokt det skulle vara. Mona Jacobsson, som inte haft en sjukdag sen influensan för fyra år sedan, stannar hemma samma dag som maken försvinner. Det skulle väcka misstankar om något. Huvudet bultade trots Treo och Alvedon. Mer av Anselms vodka tordes hon inte dricka trots att hon bestämt sig för att ta bussen in till stan klockan sex. Det fanns en gräns när utfyllnaden blev för vattenstark för den gamle. Av erfarenhet visste hon det, sedan hon försökt dämpa hans fylleslag med vidhängande illamående och blodsockersvängningar. Gryningsljuset letade sig in mellan väggen och rullgardinen och irriterade henne fast hon blundade. Anselm hostade på övervåningen. Vanligtvis var det Wilhelms skrällande hosta som brukade hacka sönder nattsömnen. Han borde ha sökt för den. En bil hördes nere på vägen. Mona undrade vem det kunde vara. Tankarna irrade i oroliga mönster då hon var på väg in i slummer, men rycktes till ytan av rädsla för upptäckt och straff. Gång på gång fick hon lugna och trösta sig själv, smeka sig själv över armarna, tills sömnen tog över med sina egna bilder av verkligheten.

Hon vandrade över myren i dimman, fötterna sjönk ner och skorna fylldes med gyttja. Förnimmelser av stillastående vatten, fuktig jord och pors trängde upp ur marken. I sin klänningskjol bar hon en sten, den tyngde henne allt djupare ner i dyn. Hon hade inte tillåtelse att lägga den ifrån sig. Varje steg var mödosamt. Vadmusklerna sved av mjölksyra. Stenen hon bar i famnen hade hon tagit från röset i skogen. Från kallvarpen, där sten på sten lagts i århundraden av dem som ville hålla det onda på avstånd. Förbannelse och oändlig olycka över den som tar sten från röse! hade ormen viskat och lyft sitt fjälliga huvud så hon kunde se tungan spela under de iskalla ögonen. Wilhelms ande svävade över mossen, sökte henne i dimman. Inget träd till skydd, ingenstans att fly så långt ögat nådde. Hon kände vittringen av hans vrede i sina näsborrar, en sur alkoholmättad stank som tätnade allt mer, och hon stapplade mot skogen för att finna ett gömställe. Marken sög tag om vristerna och höll henne kvar. Hon försökte ta sig upp och hoppa från gungfly till gungfly, men varje gång hon trampade fel sjönk hon allt djupare ner i sankmarken. Träddungarna kunde hon bara ana långt borta som svarta utsträckta armar. Kom till oss, skynda dej. Kom fort! Hans vredes röst var över henne. Hans anklagelse rungade som en örfil över myren, som en brand över gulnat gräs. Ett klot av eld rullade mot henne, fruktansvärt i sin väsande vrede. Hon vände och sprang, sjönk ner med benet och föll raklång. Sumpmarken slöt sig om hennes ansikte. Han var alldeles nära nu. Hon hörde hans steg över tuvorna, stövlarnas klafsande ljud. Ve den som tagit sten från röse! Ve! Ve! Hon försökte resa sig och sjönk ner till knäna, grep med händerna om gräset och drog sig upp med ett ben i taget. Mona, Moona! Hon kröp framåt med händerna över huvudet. Han hade funnit henne och ingen nåd fanns att vänta. En iskall hand grep om hennes vrist. Hon kände en bultande smärta. Mona. Moona! Hela benet sprängde och i smärta vaknade hon. Illamående och kallsvettig slängde hon undan täcket för att se på sitt ben. En blånad, som en mans handflata, bredde ut sig över vristen upp mot vaden. Mona. Moona! Tydligt kunde man se märken efter starka fingrars grepp på huden. Wilhelms fingrar. Benet var tjockt och blåmelerat. Ormen! Mooona!! Fars röst från övervåningen. Mödosamt tog hon sig ur sängen och höll sig i väggarna på väg ut i hallen. Illamåendet gungade i halsen. Moona! Med handen på ledstången drog hon sig uppför trappan.

”Jag kommer!”

”Ska man behöve ligge här och förblöde!”

Hon tände lyset och vacklade till inför åsynen av Anselms blodiga ansikte.

”Ja blöda näsblod. Men de bryr du di int um ett dugg, najda. Här ska man ligge tills man går hädan i sitt eget blod.”

Hon såg med stigande förtvivlan på hans fingrar, blodiga upp till knogarna. Har man långtråkigt så har man, gryningstimmarna var alltid värst. Det var inte första gången han pillat sig till näsblod av understimulans. Det var som med tvillingarnas ständiga kräkningar. På BVC hade man kallat det ”habituell kräkning”, vanemässiga uppstötningar orsakade av tristess och övermättnad. Begreppet habituella näsblödningar hade hon inte råkat på, men med all tydlighet existerade det. Mona tog ett djupt andetag och klämde åt med handen över hans rödmosiga kran.

”Ha du satt på kaffi.”

”Nej.”

”De måste väl va dags nu! Jag hörde aldri när Wilhelm åkte. Ja tänkt att han kunde ha kum upp me kaffi åt mi, men de had han väl int tid me. De va väl så skitviktigt me den där fälttävlan på fastlande, så de brann i baken på han.”

”Lugn, så fort det slutar blöda lovar jag att sätta på kaffe åt far.”

”Ha Wilhelm tatt in tidningen?”

”Jag ska se efter, alldeles strax.”

”Å sen vill ja ha hjälp me pinkeflasken innan de sker en olycke. Å så får du dra upp rullgardin så det syns att man är vaken. Sätt på radion, för tusingen! Ja måst höre på sjörapporten. Å så vill ja ha strumpa på mi.”

Lycklig den vars gryningskval kunde mildras med varmt kaffe och sjörapportens monotona uppläsning. För Anselm fanns en trygghet i att höra samma saga om och om igen. Allt är som vanligt, ingenting har hänt.

Om allt varit som vanligt skulle Wilhelm ha ätit frukost och läst tidningen innan han for. Mona hällde kaffe i hans nötta Gröna Anna-kopp av gammal vana och ställde den på hans plats vid fönstret. Med en rysning insåg hon vad hon just gjort. Hon skruvade på radion. Snart var det dags för sjörapporten. Om Wilhelm varit hemma skulle han ha lyssnat. Gud hjälpe den som inte hade vett att tiga då. Nästan andäktigt lyssnade hon till orden som kom i stereo från övervåningen och från transistorradion i köket: Anholt nord och Gotska Sandön, måttlig till frisk bris, tilltagande vind från väst. Under dagen uppehåll, enstaka skurar fram mot kvällen, under morgondagen klart till halvklart. Hon kunde inte själv ha givit ett värdigare tal till åminnelse av honom. Det var vackrare ord än han förtjänat. Almagrundet och Ölands norra udde, det klingade som en uråldrig mässa. När högtidsstunden var över hällde hon ut hans kaffe i slasken. Wilhelm brukade ställa koppen i fönstret till höger för att ta sig ytterligare en kopp när det var dags för ”kluckoti”. Nu skulle han ha rest sig och borstat smulorna från byxan och den brunrutiga vaxduken ner på golvet. En hastig blick på klockan. Han skulle ha kommit precis till Gotlandsfärjan. Fyrtiofem-minuter-före-regeln var bara till för turister, ansåg han. Hederligt arbetande människor skulle inte behöva tillbringa dyrbar tid i färjekön. Om detta och mycket annat kunde han ha eviga utläggningar där han krävde hennes fulla uppmärksamhet. Aldrig mer skulle hon bli stående med mjölkpaketet i handen på väg till kylen, fastnaglad av hans mässande röst. Se på mej när jag talar till dej! Hon förväntades aldrig svara, bara nicka bekräftande eller skaka på huvudet. Och himlen hjälpe henne om det blev fel. Som i leken gör si, gör så, krävde det full koncentration. Ett ja på fel ställe och föreläsningen skulle öka med minst dubbla tiden. Gå tillbaka till gå.

Den gårandiga katten strök sig kelen mot hennes bara ben samtidigt som en telefonsignal skar genom köket. Hon skulle just ställa ned mjölkskålen och stjälpte den över sina bara fötter. Polisen? Nej, inte ännu. Men om... om man redan funnit honom i röset. Hjärtat rusade, slagen susade ut i öronen. Tonen, den ständigt påträngande tonen i huvudet ökade i volym och överröstade telefonsignalen. Hon lyfte luren med kraftlös hand.

”Mona Jacobsson.”

”Skinnjackan, du måste skaffa undan den!” sa han. Och så var samtalet brutet.

Det var kylan i hans röst som skrämde henne mer än något annat. När hade hon först lagt märke till den? Hon visste inte. En total avsaknad av medkänsla, för det mesta väl kamouflerad, men i de stunder den blev synlig bävade hon. Det var ett tillstånd där inget och ingen kunde nå honom. Ändå älskade hon. Var det någonsin möjligt för honom att förstå hennes förtvivlan? Var det möjligt för honom att älska ens sig själv?

Nu skulle Wilhelm ha tagit ner skinnpajen från kroken i hallen. Det spelade ingen roll hur varmt det var ute, reser man till fastlandet krävs det en skinnrock för att inge respekt. Mona tyckte att det svarta skinnplagget kom emot henne med anklagelser. Plånboken med biljett hade han haft i byxfickan. Vad skulle hon göra med skinnjackan? Den var nött på armbågarna. Nog hade han talat om att köpa sig en ny. Han kanske skulle köpa sig en på fastlandet? Kunde hon säga det? Nej, det skulle ingen tro på när han kunde få rabatt hos skinnhandlaren i stan. På det viset var han lojal, Wilhelm. Var skulle hon göra av den? Var skulle hon gömma jackan så ingen fann den under hennes livstid? Kunde hon gräva ner den? Nej, nu var det fullt dagsljus och hon tordes inte låta den hänga kvar i hallen. Han hade rätt i det. Polisen kunde ju komma, eller någon granne. Hon kom att tänka på gödselstacken! Cementplattan som inte längre dög för att EU-gubbarna kommit med nya direktiv och de hade fått order om att anlägga en ny. Var Wilhelm fått pengar ifrån kunde hon inte begripa. Gödselstacken hade sina fördelar. Ett par månaders behandling och skinnjackan skulle vara förbränd. En handfull mull, inget mera. Så blev det med katten som ramlade ner. De hittade den efter tre månader. Skelettet. Mona fick en impuls och gick ut i köket efter saxen. Först klippte hon av kragen, sen ärmarna. Det viktigaste var att få bort syntetfodret och plastknapparna. Sånt måste hon lägga i de vanliga soporna. Tog hon med det och la det i sopsäcken på jobbet skulle risken för upptäckt vara minimal.

Det fanns en tillfredsställelse i att köra saxens vassa egg genom det slitna skinnet. Tänk om han kunnat se henne nu. Tänk om han *kunde* se henne nu. Hur vet man sånt? Hur vet man att man inte är iakttagen från andra sidan? Han kanske satt som vanligt påköksstolen, fast själva kroppen låg uppe i röset. Han kanske vrålade för full hals när hon klippte sönder jackan, fast hon inte kunde höra hans röst. Den var nog på en annan frekvens, ett högt ljud som bara katter och hundar kan höra. Med en rysning svepte hon ner skinnbitarna i en plasthink, la lite morotsblast överst och gick ut. Hon rundade Grållen som stod på lagårdsbacken. Försiktigt hade hon i våras nämnt att de borde köpa en ny traktor, men han envisades med att behålla sin gamla Ferguson. Här skulle det inte vara några nymodigheter. Det som hade dugt åt gamle Jacobsson, dög också åt hans son. Henriks nya tupp gol triumferande på andra sidan planket. I går hade det varit ett liv och kackel utan like i hönshuset, när nye tuppen våldtog alla sina fruar och därigenom visade sin makt.

Nu skulle Wilhelm ha gått ut till bilen, utan att se sig om, redan på väg i tanken. Kunde någon ha lagt märke till att Opeln varit borta under natten? Inte troligt, men tanken fanns där ändå och oroade henne.

6

DEN PSYKOGERIATRISKA AVDELNINGENS egna dofter av skurmedel, urin och nybryggt kaffe fyllde hennes näsborrar.

”Mona, Moona! Var är du?” Hon kurade ihop sig på toaletten, gjorde sig mindre genom att slå armarna runt knäna och böja in huvudet. Armmusklerna värkte av nattens ovana ansträngning, sedan hon burit den tunga manskroppen till bilen. Benen sved av trötthet. Och ändå var hon inte otränad efter sina tjugo år på långvården. Stödstrumpan, på det svullna benet, skavde under de vita syntetlångbyxorna. Det bultade otäckt, men hon vågade inte lossa och se efter hur det såg ut. Säkert skulle det bli svårt att få på den igen.

”Moona!” Rösten hördes starkare nu, lite mer krävande, lite mer irriterad. Mona kände hur tröttheten drog henne tillbaka när hon försökte resa sig från toastolen. Hon såg sig själv i spegeln. Hårfärgen höll på att helt förlora greppet. Tre centimeter grått i benan, resten gyllenblont och vågigt som på en ung flicka. Hon kunde ha färgat slingor om hon haft råd, men Wilhelm släppte inte gärna till plånboken för sådana onödigheter. Hon hade försökt färga själv en gång men resultatet blev ett annat än hon tänkt. Du ser ut som ett jävla luder, hade fader Anselm sagt. Det var inget nytt tillmäle, men sorgligt att höra ändå när det var sant. Hon hade tryckt in alltihop i en basker innan hon kunde gå ner till affären och köpa havregryn den dagen. En månad i basker hade det blivit innan hon kunde förlika sig med sitt hår. Förresten var det inte enbart snyggt med färg, inte med slingor i alla fall. Inte när man arbetar på långvården och har sett det mesta av mänsklig förnedring. Mer än en gång hade hon duschat kvinnor som färgat ljusbruna slingor. Och det med den färg som naturen själv erbjöd under rubriken elimination i omvårdnadsdokumentationen.

”Moona!” Huvudet bultade hårdare än knytnäven på toalettdörren. "Är du klar snart? Jag behöver hjälp på 22:an. Edvin har glidit ner på golvet. Skulle ut och mjölka korna igen. Han glömmer ringklockan. Är du där?"

"Mmmm." Mona reste sig och satte på vattenkranen. Vattnet bildade en virvel som gjorde henne yr. Runt, runt med en hastighet som fick blicken att rotera och sugas ner i det svarta hålet. Hon ville kräkas och gå hem, men magen var tom.

"Du tog väl blodsocker på Svea?" Nej, det hade hon inte gjort, men nu satt tanten uppe och åt så det var inte hela världen att fejka ett värde.

"6,4. Jag skriver in det sen."

"Blodtrycket då?"

"Visst." Mona var glad att Iris inte kunde se hennes ansikte. Bara hon lät bli att fråga om Wilhelm så skulle nog den här dagen kunna passera utan katastrof. Hon öppnade dörren och kisade mot Iris, avdelningsföreståndaren.

"Ni på A-sidan städar sköljen i dag. Mår du dåligt? Du är alldeles vit i ansiktet."

"Lite dålig i magen bara. Jag tror det var leverpastejen jag åt i går kväll."

"Man får passa sej när det är rötmånad. Inte låta maten stå framme för länge. Så Wilhelm har åkt till fastlandet nu?" Frågan var obehaglig. Iris intensivt blåa ögon strålade rakt in i pupillen. Mona kunde inte värja sig, inte vrida på huvudet. Iris mun rörde sig men Mona kunde inte längre uppfatta orden. Konstiga omotiverade läten utan mening lämnade de rödmålade läpparna som rörde sig på ett obegripligt sätt. Det brusade i öronen. Brusade, och i bruset fanns den ihållande höga tonen som överröstade allting annat och skar som en sågklinga genom huvudsvålen.

"Jag mår illa!" Halvblind trevade hon sig tillbaka till toaletten och knäböjde inför tronen. Iris hand brände på axeln. "Jag klarar mej själv. Gå till Edvin." Hon kunde bara hoppas att orden lyckats ta sig förbi det ylande ljudet. Kanske var rösten bara en viskning, i ett kaos av andra ljud. Handen släppte greppet. De vita träskorna steg över tröskeln och ut i korridoren. Med en hastig rörelse låste Mona dörren och släckte ljuset. I mörkret fanns en gnutta trygghet, där kunde hon kura ihop sig ännu en liten stund.

Mona försökte tänka på sitt liv som det varit innan det hemska inträffade. Vad skulle tankarna ha kretsat kring om det varit en vanlig dag? Om inget hade hänt? Då skulle hon ha sett fram emot kvällen, den lilla stund på kvällen när hon i Wilhelms frånvaro fick rå sig själv. När Anselm tystnat och dagens arbete i hemmet var slutfört. Kanske skulle hon ha flytt in i en tevefilm, bytt skepnad med hjältinnan för en stund och glidit in i den vackra världen, leende och självsäker. Hon skulle ha haft fötterna i soffan, när Wilhelm inte var hemma och kunde säga åt henne att ta ner dem. Hon skulle ha ätit kvällsmat i bästrumssoffan på rent trots. Fast hans mors heligt broderade kuddar och soffans ljusa tyg var i farozonen om hon skulle råka spilla.

För äggpengarna i den gamla runda Gevaliaburken ovanför spisen skulle hon ha köpt sig en påse lösgodis, salta fiskar och engelsk konfekt. Om inte Christoffer tagit allt när han var hemma i går eftermiddag förstås. Pojkarna! När skulle hon kunna säga till dem att… far… saknades? Först måste hon vänta på att polisen skulle kontakta henne och sen… Mona kände magen dra ihop sig i kramp. Hade hon inte suttit på rätt plats skulle det ha blivit väldigt bråttom. Gråten fanns där först som en besvärande nästäppa, sen som en salt smak i munnen.

”Hur går det för dej?” Avdelningsföreståndarens röst letade sig in i mörkret.

”Jag överlever.” Mona ryggade till för sina egna ord. Varför sa hon så? Överlever. Kunde hon inte längre lita på sin egen mun? Hur skulle hon klara av att vara på arbetet hela dagen utan att någon märkte hur fel allt var? Sen, när hon väl fått meddelande om vad som inträffat, kunde hon leva ut sin rädsla, gråta, bryta ihop men inte nu. Absolut inte nu.

”Tror du att du orkar arbeta i dag, eller ska jag försöka ringa in någon annan?”

Ringa in någon mitt i semestern, när solen skiner och folk har hunnit till stranden! Klart det inte skulle gå att få tag i någon nu. Det kunde vem som helst begripa. Dessutom skulle Anselm undra om hon kom hem igen mitt på blanka förmiddagen. Om han väl gav sig till att fundera skulle han säkert komma att fråga ett och annat.

”Jag kommer ut snart.”

”Har du maginfluensa är det nog bäst att du far hem. Det vill vi inte ha på avdelningen i sommar. Du har alltså ätit leverpastej. Det ska man nog akta sej för om den stått framme länge i värmen. Precis som med skaldjur. Du har inte ätit skaldjur? Har man väl tinat dom ska man nog äta dom på en gång. Man bör vara försiktig om man äter på restaurang. Jag brukar aldrig beställa skaldjur på sommaren. Du har inte varit på restaurang?” fortsatte Iris felsökningen.

”Nej.” Mona reste sig mödosamt upp. Rev av papper och konstaterade uppgivet att det var det sista på rullen. ”Jag kan städa sköljen så jag inte smittar ner någon och sen tar jag tvätten.” Hon öppnade dörren och kisade mot ljuset. Avdelningsföreståndarens rock var bländande vit.

”Det är nog bra om du låter bli köket i dag.”

”Självklart.” När ska man behandlas som en vuxen tänkande människa på sin arbetsplats? tänkte Mona och bet ihop käkarna.

”Kom Wilhelm i väg i tid i morse? Min Anders var lite orolig att dom inte skulle hinna med båten. Dom skulle träffas utanför hamnterminalen. Anders tyckte det var bra att dom kunde samåka så han slapp ta över bilen till fastlandet. Den är på verkstad. Det var nåt med bromsarna som behövde ses över. Men du är ju askgrå i ansiktet. Ska du inte fara hem?”

”Nej.”

”Lägg dej och vila en stund i personalrummet. Det ordnar sej med sköljen, Mona.” Avdelningsföreståndaren bet sig i underläppen. ”Och jag som hade tänkt be dej ta delad tur i morgon. Nu får vi se hur det blir. Har du lämnat in ansökan till undersköterskekursen ännu? Ja, jag vet vad du anser om studier. Matten är inte så svår som du tror. Alla andra har ju klarat den. Du måste faktiskt gå kursen om du ska behålla din tjänst. Vi har tagit ett principbeslut på det.”

Mona reste sig häftigt med handen för munnen. ”Inte behöver du väl kräkas igen.” Avdelningsföreståndaren följde efter henne ett par steg i korridoren mot toaletten innan hon blev stående med hjälplöst hängande armar.

Mona måste få tag i en telefon. Hon måste komma åt att varna honom snarast. Om Anders bestämt träff med Wilhelm fanns en uppenbar risk. I iskallt vatten sköljde hon ansiktet och drack ett par klunkar ur sina kupade händer. Telefonen på sköterskeexpeditionen vågade hon inte använda. Avdelningsföreståndaren fick en specificerad lista för att se att inga onödiga privatsamtal ringdes. Ibland blev det räfst och rättarting. Mona hade råkat ut för det förra sommaren när Christoffer ställde till det för sig.

Mona stönade och sjönk ner på golvet. Svedan i magsäcken tog nästan andan ur henne. Om Iris Anders hade väntat vid hamnstationen borde han ha lagt märke till att någon annan körde Wilhelms bil. Tänk om han lagt märke till att Wilhelm inte var med på färjan redan innan de lagt ut? Hon måste ta sig till en telefon. Med stor ansträngning reste hon sig och trevade sig genom korridoren mot hissen till entrén. Hon behövde inte vänta. Hissen var tom så när som på några svarta sopsäckar med nattens skörd av blöjor. Den landade med en lätt fjädring som fortplantade sig genom magen.

Kiosktanten studerade henne nyfiket. Registrerade allt och alla för att kunna meddela det senaste skvallret till sin trogna kundkrets som en självklar service. Mona kände hennes ögon när hon vände ryggen åt och tog telefonluren. Det kändes som om de plirande svarta ögonen följde med över nummerknapparna. Satkärring! Mona talade så tyst hon kunde och höll handen över luren.

”Vi kom överens om att du aldrig skulle ringa mej på arbetet! Aldrig någonsin!” sa han innan hon hunnit förklara.

7

”TY VALDEMAR ATTERDAG var ohjälpligt begiven på kvinnfolk!” Antikvarie Arne Folhammar såg leende ut över hopen av de församlade och torkade svetten ur pannan med en pappersnäsduk. Trots föreläsningssalens hetta bar han slips och en kavaj i mörkblått ylle. Den vita skjortan lyste i skenet från projektorn.

”Ser han inte ut som Rhett Butler?” viskade Vega och stötte Maria i sidan.

”Jo, kanske.” Maria sökte i sitt svartvita arkivminne bland barndomens långfilmer: Borta med vinden, Clark Gable och Vivien Leigh. Möjligen liknade han en Rhett som dragits ut i sträckbänk och förlorat motsvarande massa på bredden. Mustaschen satt där den skulle. Leendet, ett överkorrigerat bett med fyrkantiga tänder, var lika iögonfallande som på förlagan. Jo, där fanns det bestämt något.

”Sökte Valdemar sig inte in under kvinnokjolar av gängse anledning så var det för att få skydd när fienden var honom i hälarna”, konstaterade Folhammar.

”Där hör du.” Vega stötte Maria i sidan igen och nickade menande. ”Såna är di.”

”Männen eller danskarna?” undrade Hartman road.

Kommissarie Trygvesson lutade sig bakåt och blundade. Maria tyckte det såg ut som om han sov.

”Men låt oss ta berättelsen om brandskattningen från början. Denna händelse, som kanske är den mest omtalade i Gotlands historia, utspelar sig under Hansatiden då Visby var en rik, mäktig och internationell handelsstad. Redan under första hälften av 1600-talet nedtecknades Valdemarsagorna i H.N. Strelows Gotländska krönika, Cronica Guthilandorum. Allt är inte sant, men sägnerna är ändå väl värda att berätta. Med åren har dom kryddats på sin vandring från mun till mun, för att så småningom få den mustighet dom äger i dag."

Arne Folhammar lättade på slipsen. Hans ögon strålade av berättarlust. "Den första maj 1361 varnar kung Magnus borgarna i Visby för Atterdags expansiva planer. Själv har han händerna fulla av den heliga Birgitta, som envisas med att han ska fasta på fredagar och tvätta fötterna på fattiga och säkert dödligt generade undersåtar. Relationen mellan Sverige och Danmark är lite infekterad sedan kung Valdemar året innan annekterat Skåne och Blekinge. Nu vänder den danske konungen sina lystna blickar mot det välbärgade Visby. Gotland hade sin egen Judas på den tiden, Nils Guldsmed, som sökt upp konung Valdemar och berättat om Visbys omätliga rikedomar. Detta som hämnd för att Visbyborna hade smädat hans vackra och högfärdiga dotter, Birgitta."

"Det sägs att Folhammar har bott ihop med en skådespelerska från fastlandet, som gott och väl kunde ha varit hans mor", viskade Vega och nickade i riktning mot antikvarien.

Hartman gav henne en irriterad blick, som hon elegant undvek. Här fanns saker att berätta. Arne Folhammar knäppte fram nästa diabild och höjde rösten för att fånga deras uppmärksamhet.

"Förklädd till köpman tog sig kung Valdemar till ön för att rekognoscera. På Unghanse gård, på södra Gotland, fick han tak över huvudet. Men inte bara det. Unghanse hade en dotter och Valdemar tog det han ville ha, ty han var som sagt ohjälpligt begiven på kvinnfolk. Dom inledde en kärleksaffär."

"Kärleksaffärer har han haft själv, Folhammar, så det låter tala om sej", mumlade Vega utan att se på Hartman.

"Den 22 juli 1361 återvände Valdemar Atterdag med sin flotta till Garnahamn, numera Västergarn på Gotlands västra kust, efter att i förbigående ha slaktat en bondehär på Öland. Det finns också uppgifter om att han steg i land vid Kronvalls fiskeläge i Eksta, men jag finner det mindre troligt då där inte fanns någon hamn. Efter landstigningen tågade danskarna mot Visby. Första striden, där 600 gutar stupade, stod vid Ejmunds bro och på Fjäle myr som den sommaren var uttorkad. Förlusterna skylldes på trolldom och kors restes till minne av händelsen på Gunilde och Grens gård.

Det var den gängse uppfattningen att olycka och sjukdom berodde på övernaturliga väsen.

Om man i dag skulle söka medicinsk expertis för att en trollkunnig granne slagit en med blindhet eller plötslig förlamning, skulle det väcka en viss förundran. Men icke på Valdemars tid, icke. Där fanns det plats för andar och demoner, trollkärringar och Di sma under jordi. Ingen behövde skämmas för sina nederlag när de kunde skyllas på trolldom, för nog stod han i förbund med svarta makter, kung Valdemar."

Antikvarien visade nästa bild. Ett kranium med pilspetsar i bakhuvudet.

"Trenne dagar efter sankt Jacobi möter Valdemars välrustade armé ett uppbåd av bönder utanför ringmuren vid Solberga kloster. Den gutniska armén består till stor del av gamla gubbar, invalider och unga pojkar som utan förbarmande slaktas och sen hastigt begravs i en massgrav. Allt medan Visbyborna åser skådespelet från muren utan att ingripa, om man får tro sägnen."

I en rask serie bilder visades lemlästade kroppar, genomborrade hjälmar och krossade ben för dem på vita duken. Vega tog Maria hårt i armen när Arne gjorde en kort paus.

"Vet du, polisen var hemma hos Folhammar och henne skådespelerskan. Dom skrek åt varandra så grannarna klagade. Möbler vräktes ikull och det var ett Herrans liv. En basröst och en gäll kvinnoröst, växelvis."

"Verkligen", sa Maria utan större entusiasm. Arne tog fram nästa magasin med bilder och mörkret tätnade igen.

"I sagorna finns det ofta berättelser om jungfrur i torn, så ock i Valdemarsagan.

För att komma in i Visby krävdes en nyckel till stadsporten. Nils Guldsmeds dotter, som förälskat sig i kung Valdemar, öppnade för danskarna. Vem vet vilka löften han givit henne under herdestunderna? En man i dyrbara kläder, med fint manér och bildat språk, hur skulle hon ha kunnat motstå honom? Hon bländades av utanverket. 'En kvinna som du är ämnad att bli Danmarks drottning. Till dej duger bara det allra bästa.' Förblindad av kärlek förrådde hon sina närmaste och Valdemar kunde tåga in i full slagordning sedan han rivit en del av muren mellan Söder- och Österport.

På torget i Visby ställde han upp tre bryggkar att fyllas med guld och silver, under hot att annars bränna ner staden. Till och med kyrkorna plundrades och från S:t Nicolai tog han ner de oskattbara karbunkelstenarna."

"Vad är karbunkelstenar?" undrade Trygvesson som vaknat upp ur sin dvala. Arne Folhammar ryckte till. En längre stund hade han talat liksom för sig själv, glömsk av sin publik. Yrvaket såg han ut över den lilla skara som samlats för att lyssna på honom denna soliga sommardag. Att hålla föredrag för fem personer var egentligen under hans värdighet, men så var det med det mesta i livet, bara en skillnad i grad av förnedring.

"Karbunkel? Man kallade allt som var fint och dyrbart för karbunkel. Ett medeltida modeord kan man säga, typ."

"Vad hände med Birgitta, guldsmedsdottern?" undrade Maria.

"Enligt sägnen murades hon in i jungfrutornet. Hat och vrede följde henne i döden. En ensam flickunge mot en rasande mobb. Sviken av sin älskade kvävdes hon sakta till döds i mörkret. Under stormiga nätter, när vattnet slår mot stranden nedanför, kan man ännu höra hennes rop på hjälp, hennes vädjan om nåd och förbarmande innan syret tar slut i det unkna fängelset. Om en jungfru verkligen blivit levande inmurad vet man inte säkert. Vad man dock med bestämdhet kan hävda är att så inte var fallet i Jungfrutornet, ringmurens minsta torn. Jungfrutornet uppfördes först i början på 1400-talet. Troligare är att namnet uppkommit efter det brännvinsmått på 8,2 cl som kallas jungfru."

"Vet du vad som hände sen med Folhammars skådespelerska?" Vegas teaterviskning undgick inte någon. Maria försökte ignorera frågan, men det hindrade inte Vega från att fortsätta. "Skådespelerskan skrek som om någon stuckit kniven i henne. Grannarna hade samlats i trapphuset. När polisen bröt upp dörren tystnade hon. Hade det varit slagsmål? Nej då! Folhammar var inte ens hemma. Hon spelade bara olika roller i ett Shakespearedrama. Jag tror det var Othello. Hon övade inför en föreställning i Roma klosterruin, förstår du. Så säger dom i alla fall."

"Nu håller du tyst!" väste Hartman. Trots mörkret kunde Maria se att han skiftat färg. Vega flinade upp sig. Jag vet vad jag vet, sa hennes min.

”En månad efter brandskattningen avseglade Valdemar Atterdag mot Danmark efter att ha tillsatt danska fogdar, som dock inte blev så långlivade i gutarnas sällskap. Strax utanför Karlsöarna sjönk skeppet och skatterna till botten. Valdemar lyckades rädda sej själv, men dom dyrbarheter han rövat både i Visby och på södra Gotland kom aldrig mer i dagen. Något som har sysselsatt fantasin hos folk i alla tider sedan dess. Var gömde han bytet från brandskattningen medan han företog sin rövarfärd på södra Gotland? Varför har man inte funnit någon skatt utanför Karlsöarna? Sjönk verkligen skeppet och om inte, varför har man inte funnit delar av skatten i Danmark, till exempel karbunkelstenar stora som kvarnhjul? Ägde brandskattningen rum överhuvudtaget?”

”Jag hörde i affären att han går i giftastankar.” Vega räckte fram handen och hälsade artigt på Arne Folhammar, som mest av allt såg ut att vilja glida därifrån. Blicken ryckte i sidled och de stora fötterna stod inte stilla på golvet.

”Ja, det stämmer. Vi tyckte att medeltidsveckan var en fin inramning till ett sådant evenemang.”

”Blir det i kyrkan?” Vega höll kvar hans hand tills han svarat.

”Birgitta vill väl det.”

”Enligt gammalt får brudkronan bara bäras av den som är jungfru.”

Hartman gav sin faster en sidoblick och suckade tungt.

”Då lär den få rosta”, bet Arne Folhammar av och gick mot dörren.

8

ARNE FOLHAMMAR TÄNKTE PÅ BIRGITTA och skakade av sig en känsla av olust. Han såg ut över salen med bildstenar. Runskrift slingrade som ormar med viskande väsningar från en annan tid. Magi. Här fanns en svalka. Han knäppte upp kavajen och lossade slipsen helt, la den i fickan och drog handen över sin svettiga panna. Som att fånga en fjäril i en burk, tänkte han, i en insektsburk av glas med lock. Så hade han fångat och studerat Birgitta, en artfrämmande människovarelse, så olik honom själv. Hon hade skrattat när han sa det. Hon skrattade ofta, Birgitta. Tog livet med en klackspark. Hon var så vacker när hon skrattade. Det gjorde honom ont. Det var bara en tidsfråga innan hon skulle tröttna på honom och inse hur tråkig han egentligen var. Hur lång tid skulle det ta innan hon märkte att det bara var hon som pratade? Hon var så mycket yngre. Så levnadsglad. Själv funderade Arne vissa dagar på om livet var värt att genomlida. Om den förälskelse han kände var värd sitt pris i bundenhet och svartsjuka. När hon var fysiskt närvarande var svaret alltid ja. Men i ensamma stunder spirade tvivlet.

Första gången de träffades hade han tyckt att hon var en blåst tonårstjej. Snygg, fast definitivt en bimbo. Hon hade ringt på hans dörr, berättat att hon var nyinflyttad i huset och att det gemensamma frysskåpet i källaren läckte. En pöl på golvet bekräftade den saken. Maten från fyra hushåll hade tinat, skaldjur hade börjat lukta. Saften från hallon förpackade i plastpåsar rann från översta hyllan ner över bakverk och styckfrysta flundror. Hans egen inkokta ål hade tagit ett livtag på en förpackning bladspenat. Felsökningen var enkel. Kontakten satt inte i. Förundrad såg han hur tårarna steg i hennes mörkblå ögon. Han hade tänkt att hennes gråt var estetiskt tilltalande, ingen rödnästhet, inget ulkande läte, ingen kladdig kosmetika som rann över kinderna. Bara de stora ögonen som blev blanka och svämmade över av kristallklart vatten, blå sjöar med avflöden. Hon bekände sig skyldig. Hade lånat eluttaget för att prova en luftfuktare hon köpt på loppmarknaden och sen glömt sätta i kontakten till frysen igen.

"Jag kan betala. Fast inte den här månaden. Jag kanske kan bjuda dej på middag." Han hade accepterat hennes inbjudan, mest för att hon skulle sluta gråta. Det kändes som om han var den skyldige och hon offret. Ändå hade han inte ens fått en chans att bli arg.

Det blev middag samma kväll. På några sekunder hade han konstaterat att laga mat kunde hon definitivt inte. Lika lite som han kunde konversera. Pastasåsen innehöll lite av varje, dolt i en vit osaltad soppa. Spagettin knastrade mellan tänderna och salladen var fortfarande jordig. Han hade inget att säga. Så blev det ofta. Han var fortfarande tillsammans med Beatrice då, eller var det Kristina? Nej, Malin var det, skådespelerskan. Hon flyttade till ett ödetorp i Fole efter det att polisen brutit sig in. Han hade inte haft så mycket att tala med henne om heller. Hans tillgångar var av ett annat slag.

Efter den misslyckade middagen hade han inte pratat med Birgitta på några månader. På Gutekällaren såg han henne ett par gånger tillsammans med riddar Olov; Riddaren av det Gyllene svärdet, som han kallades vid tornerspelen. Ett vackert par. Med sitt långa ljusa hår såg hon ut som en medeltida jungfru. Ofta bar hon en vit långklänning med djärv urringning och ett medeltida guldsmycke med växtornamentik om halsen. Dyrbart, men inte oöverkomligt då hennes far var guldsmed. Själv sålde hon smycken i ett stånd på Stora Torget. Enkla valsade kopior hade han konstaterat när han hastigt gled förbi i folkmassan. De passade väl inte riktigt in i den fina guldsmedsbutiken. En del ovanliga modeller, men något finare hantverk var det inte tal om. Han tyckte om att se på henne när hon skrattade, när hon pratade och dansade. Det fanns så mycket liv i henne, en sådan intensitet. Händerna berättade i mun på orden, ögonen spelade. Håret blänkte för varje rörelse i discobelysningen. Den vita klänningen gjorde henne synlig i det blåa halvdunklet. Det var ingen tvekan om vem som var nattens drottning.

En natt i juni hade det knackat på fönstret. I och för sig inte så märkvärdigt, om man inte bor på tredje våningen. Om man gör det kan det väcka en viss förundran. Han låg i halsfluss, med fyrtio graders feber och reagerade inte omedelbart. När det bankade för fjärde gången satte han benet över sängkanten, reste sig och kände hur det flimrade för ögonen. Men han tog sig fram till balkongdörren, och uppfattade en suddig gestalt utanför rutan.

"Får jag komma in", sa Birgitta då han fånstirrat på henne en stund. När hon klev över tröskeln märkte han generat att rummet stank av svett och dålig andedräkt. "Ska du inte fråga vad jag gör här?" sa hon. Han kröp i säng utan att svara. "Är du sjuk eller nåt?" Han undrade för sig själv vad "eller nåt" kunde vara, men orkade inte fråga. Hon kröp objuden upp i sängens fotända, drog upp benen under sig och lutade huvudet mot knäna så att det ljusa håret föll fram som en mantel. Han kände sig lite besvärad av att ha henne i sin omedelbara närhet, men orkade inte fundera över vad som förväntades av honom.

"Har man inte rätt att vara oskuld?" Ett ögonblick trodde han att han yrade, eller hon. Just influgen genom balkongdörren och nedkrupen i hans säng verkade hennes ord höra hemma i ett annat sammanhang.

"Vad sa du?"

"Tycker du att det är rätt att bli arg om en kvinna vill bevara sin oskuld till bröllopsnatten?" Han försökte tänka, men måste ha somnat av pur ansträngning.

När han vaknade var det ljust i rummet, balkongdörren stod öppen och det fläktade i den tunna sommargardinen. Det luktade nybakat bröd och kaffe. På nattduksbordet fanns ett glas vatten och en ask Alvedon. Det skvalade i duschen. Yrvaken satte han sig upp med en känsla av förväntan, ja just så var det. En känsla av att inget mer skulle bli sig likt. Hon sjöng där inne. Han kände igen vissa strofer ur Ruinspelens Petrus de Dacia: Ave Maria stella... Höga stämningsfulla toner. Han beklagade att akustiken inte var bättre. Nu tystnade hon. Han låtsades sova när han hörde hennes steg i hallen.

"Vill du ha rabarberkräm? Tror du att du kan svälja det?" Han kikade lite med ena ögat och log.

"Ja, tack." Hon såg ut som Toker i hans allt för stora morgonrock. En present från Eva eller var den från Gunilla? Den röda sammeten släpade efter henne när hon skred ut i köket. "Jag tycker inte om vattnig kräm, gör du? Du har väl potatismjöl hemma? Jag tycker den ska klara kattprovet. Om en vuxen katt kan kliva över krämen utan att sjunka ner med tassarna är den okej. Har du någon rakhyvel?"

"Har du flyttat hit?"

"Kanske. Olov tog min nyckel till lägenheten. Jag sprang ifrån honom. Jag blev så arg på honom. Han lyssnar inte på vad jag säger. När jag letade i badrummet efter rakhyvel hittade jag ett foto på Olovs mamma i kommoden. Mona heter hon, visst gör hon? Att du har ett foto på henne! Olov tycker att jag liknar henne när hon var ung. Gör jag det?"

"Va faan!" Hade han inte varit så sjuk hade han kanske klippt till henne. "Gå!"

Hon tittade förvånat på honom med sina stora blå ögon. De förbaskade tårarna igen. Han lutade sig stönande mot kuddarna.

"Du tycker inte om mej."

"Jo, men jag vill inte att du rör mina saker." Hennes svala armar omfamnade honom blixtsnabbt. Han kände en slinga av hennes våta hår över sitt ansikte. Hon luktade gott. Hennes kind var så mjuk.

"Säg en gång till att du tycker om mej." Han blundade och försökte förgäves få grepp om situationen. "Då stannar jag", sa hon.

9

KANSKE BERODDE DET PÅ FEBERN eller på hennes lätta smekning över hans orakade kind, efteråt var det obegripligt. Han hade börjat gråta. När hon la fotot av Mona ovanpå hans bröst, hade gråten överraskat honom. Påslakanet kastades åt sidan och han rusade in på toaletten. I ljudet från vattenkranens flöde kämpade han för att återvinna kontrollen. Ett barns gråt? Eller en slagrörd åldrings? Föga estetisk, tänkte han när känslorna mattats av och han såg sitt rödmosiga ansikte i den ovala spegeln ovanför kommoden. Sen kom vreden. Om hon så mycket som knystade om det här skulle han vrida nacken av henne. Rota bland hans saker! Minnet han inte själv rört vid på många år! Hon kanske inte hann lägga märke till att han grät? I den stunden hatade han henne, och Mona, och alla kvinnor han någonsin mött.

”Jag lånar din telefon.” Hennes röst på andra sidan dörren. Ett konstaterande, ingen fråga. När han kom ut satt hon uppflugen på hans skrivbord med luren fastklämd under hakan och målade tånaglarna.

”Han är skitsnygg för sin ålder, fast han klär sig som en gubbe... får väl gå med honom ut och shoppa nån dag.” Arne Folhammar gav henne en lång blick och kröp i säng igen. Kroppen värkte av feber. Halsen ömmade kraftigt när han svalde. Men huvudvärken var värst, som en nöt i en nötknäckare. Hennes röst kvittrade och drillade upp och ner i skalor. ”Han behöver mej verkligen... Nej, han vet inget... Det är svårt att bli gammal och inte kunna behålla sina egna tänder... så dyrt.”

”Vad i helvete!” Arne reste sig häftigt till sittande med stöd av armbågen.

”Jag måste sluta nu. Puss!”

”Vem var det?”

”Mamma.”

”Hyggligt!”

”Vi pratade inte om dej, om du tror det. Vi pratade faktiskt om pappa. Det är inte så roligt att få en tandläkarräkning på nio tusen. Jag måste ner till affären i eftermiddag. Pappa ska till tandläkaren och mamma hinner inte med allt själv. Det är konfirmationer och förlovningar, midsommarbrudar och skolavslutningar. Värsta tiden.”

”Kommer du tillbaka sen?” Han ångrade omedelbart sin fråga. Ville han det?

”Ska jag handla med något ätbart hem?”

”Överraska mej.” Sen tillade han: ”Ta gärna något färdiglagat.” Redan när hon stod i hallen saknade han henne. Ville hålla henne kvar en stund till. Önskade att hon skulle röra vid honom som ett litet barn, kravlöst. Bara finnas där med sin vänliga närvaro, pyssla i köket, småsjunga, prata med honom om ditt och datt utan att vänta något svar.

”Kan du hämta ett glas vatten, snälla!” Hon ställde det på nattduksbordet och stoppade om honom, och han kände att han tyckte mycket om det.

”Tycker du att jag klär mej som en gubbe?”

”Ja, kanske. När du säger det så... jag kan gå med dej ut och shoppa någon dag. Vi kanske kan gå tillsammans.”

”Det finns gränser.”

Fotot av Mona låg kvar på golvet. Han tog upp det och såg på henne. Fortfarande gjorde det ont. Och ändå hade de inte tillbringat särskilt mycket tid tillsammans. Hon var kurvig och solbränd. Fotot var taget strax efter att hon fått Olov och Christoffer. Bakgrunden var Norrgatts konditori. De hade varit inne och ätit Banansatårta för att fira hans födelsedag, en tårta med chokladpudrad mandelmassa och bananer. Han hade fått välja låt på jukeboxen. Det hade varit en lyx och ett överdåd han inte var van vid. Men det han starkast kunde minnas från den stunden var känslan av ett outtalat hot och smaken av gråt. Monas förtvivlade ansikte, hastiga leenden som dog bort innan de fallit på plats.

Kvinnan från barnavårdsnämnden stod bakom honom. Det var

hennes skugga som föll över Monas ben. Mona var precis på väg att sätta upp händerna för ansiktet. Han visste hur illa hon tyckte om att bli fotograferad, till och med av honom. Han hade använt en Instamatickamera, sin första som han fått av morfar Anselm. Avståndsinställningen hade tre lägen: hel gubbe, halv gubbe och berg. Mona var fotograferad på hel gubbe. Hon hade högklackade skor. Han mindes att de var röda fast bilden var svartvit. Kjolen hade också varit röd, och blusen vit med många små knappar. Fast det såg man ju på fotot. Barnet i honom hatade henne och längtade efter henne fortfarande. Men den vuxne mannen hade förlåtit den femtonåriga flickungen som fick en son hon inte kunde ta vara på.

Vad han inte kunde glömma var att hon inte kämpat för rätten till honom när han for illa i fosterfamiljen. Fast hur skulle hon ha kunnat bevisa det hon bara kände intuitivt? Hur skulle hon ha vågat? En ny process kunde ha lett till att hon förlorat tvillingarna också. Hur många mödrar brändes inte på psykoterapins häxbål under primalskrikens era. Kanske hade han sig själv att skylla för det som hände, kanske inte. Det sätt hans fostermor Cecilia utnyttjade honom på var så sofistikerat att han inte själv haft ord för det, hade det knappt nu heller. De hade tagit emot honom som fosterbarn och han hade blivit ett attribut till hennes godhet. Ju sämre han bar sig åt, desto mer lyste hennes osjälviska gärningar. Ju konstigare han uppförde sig, desto intressantare blev hennes förtroenden till alla och envar som ville lyssna. Fast egentligen hade Cecilia nog velat ha en boxer, som väninnan på brukshundsklubben. Det hade gått lika bra med en hundvalp. Först nu kunde han le åt det.

”Se på honom nu, så märkligt han beter sej i kontakten med andra barn. Man kan bara gissa vad han blivit utsatt för… Han var så smutsig och rädd när han kom till oss… och som han äter, han får aldrig nog av riktig lagad mat… som modern har levt måste han ha sett sådant som ett barn *aldrig* borde få se.”

Samtalen handlade om Mona. Av deras kroppsspråk och tonfall förstod han vad de menade långt innan han begrep alla ord. Han förstod att Mona var en sämre sorts människa, han själv också. Ett problem för alla inblandade att ständigt diskutera. Född i uselhet, ett illvilligt barn, en egensinnig och självisk människa. Det var bara genom Cecilias godhet han hade rätt att existera. En skuld han aldrig kunde betala igen, därför hatade han. Men det fanns också en längtan.

Han hade ritat en jättekuk på svensklektionen i ettan. Lennart hade retat honom och sagt att han inte vågade, men det var Fredriks idé från början. Hans pappa kunde slå ner tolv liggande enkronor med sin balle. Tolv enkronor! Det sa han i alla fall. Killarna hade skrattat. Tjejerna hade skrikit och klungat ihop sig i små förnärmade grupper.

Visst hade han fått uppmärksamhet. Ett litet ögonblick hade han varit i centrum innan läraren kom. Sen blev det barnpsyk. Det var som om de väntat på själva startskottet. Cecilia var snarast upprymd. Efter varje möte med barnpsykologen gick telefonen varm i timmar. Ord som övergrepp och incest viskades fram med tydliga bokstäver. På sjuttiotalet var alla yttringar som kunde tolkas som incest, sannolikt incest. I fallet Arne var det utom allt rimligt tvivel. Det fanns bildbevis! Psykoterapeuterna, som på den tiden for på weekendkurser till USA, kom hem som fullfjädrade profeter för att lära de stackare som ännu famlade i mörker de verkliga sanningarna om människan. Inget mänskligt var dem främmande.

Arnes psykolog hade också fått fara på kurs, men bara till Enköping. Icke desto mindre ville hon göra praktik av sina insikter. Därför dängde hon till med de tillgångar hon hade – brösten. Arne skulle behöva få vara riktigt liten, regrediera, menade hon, och om det krävdes var hon villig att låta honom dia. Hon hade handsvett, blanka ögon och ställde frågor till honom med släpig röst. Fast han var så liten kände han vittringen av lystnad. En spänning mellan de vuxna kvinnorna. Ett spel där han bara var en Fiatopp och inte förstod reglerna. Cecilia fyllde i när hans svar inte motsvarade förväntningarna. Han fick uppmärksamhet. Och han fick betala den dyrt. När han svarade rätt log hon mot honom och han kände sig alldeles varm inuti. Om han vetat vilket pris dessa leenden betingade skulle han ha tigit fullt ut. Men bara tanken på att bli accepterad var värd vilket inträdesprov som helst. Han sålde sin morfar.

”Har det hänt att din morfar... tagit på dej?” Kunde han inte neka till. "Har han hotat dej med stryk om du inte gjort... som han ville?" Visst, så var det ibland. Han teg och mindes hur han inte velat plocka upp Lego efter sig en gång och blivit luggad. En gång hade han krossat ägg mot Henriks hönshusvägg och fått en örfil. Det var nesligt och det behövde hon inte få reda på.

Anselm hade kallats till samtal. Sen hade han inte fått träffa sin morfar på mycket länge. Inte förrän han var tonåring och det allmänna intresset för Cecilias godhet hade svalnat och hennes tålamod med honom sinat i motsvarande grad.

Då var det åttiotal och man skulle förverkliga sig själv och lära sig säga nej. Hon skaffade den hundvalp hon velat ha från början, en boxer, och flyttade till väninnan på brukshundsklubben. Så var han fri att gå. Mona hade träffat Wilhelm. Tvillingarna skulle börja skolan. Anselm vägrade befatta sig med honom över huvud taget. Nu som vuxen kunde han bättre förstå varför.

Arne Folhammar stängde dörren till Fornsalen efter de sista besökarna. En ljum vind drog över Strandvägen och bar med sig dofter från restaurangerna. Det fanns fest och förväntan i luften. Skrattande och pratande människor i ljusa sommarkläder strövade förbi. Han hade så ofta längtat efter att få berätta allt för Birgitta, men visste i sitt innersta att han aldrig skulle komma att göra det.

"Enligt gammalt får brudkronan bara bäras av den som är jungfru", hade baderskan sagt, satkärringen, och med ett rynkigt pekfinger petat på den ömtåligaste punkten i deras samliv. Och han hade svikit Birgitta för att slippa fler kommentarer. "Då lär den få rosta."

10

KRIMINALINSPEKTÖR MARIA WERN studerade skulpturen i polishusets entré medan hon väntade på Hartman, Arvidsson och Ek. De hade bestämt träff klockan 12 för att gå ut och äta lunch. Ek hade hittat en restaurang med stil, Rosengården. Där kunde man bli serverad lammkotletter och saffranspannkaka med vispgrädde, salmbärssylt och chokladdoppade vindruvor. Restaurangen låg alldeles vid S:ta Carins ruin på Stora Torget. Men de dröjde. Maria såg på klockan, redan en kvart försenade. Hartman hade förvarnat om att han kunde bli sen, men var fanns Arvidsson och Ek? Frågan var om de alls skulle hinna ner på stan. Maria gick ett varv i entrén och blev åter stående framför skulpturen

”Vad vet datamaskinen om oss människor egentligen?” löd inskriptionen på Pye Engströms konstverk framför henne. På skulpturens ena sida myllrade det av levande varelser; klättrande, krypande människor i livets oförutsägbara villervalla. På andra sidan den vita marmordatorn stod likformiga, stela stereotyper på rad. En tänkvärd tanke när man letar i brottsregistret. ”Vad vet datamaskinen om oss människor egentligen?” Maria slog sig ner i en av de vinröda fåtöljerna och väntade. Hon hade blivit väl omhändertagen som utredare på krim. Sitt skrivbord fick hon en trappa upp i samma rum som Hartman. Ek och Arvidsson hade sökt yttre tjänst och hamnat på Visby närpolisområde. Förutom Visby fanns Slite i norr och Hemse i söder, men det var bara stationen i Visby som hade nattöppet. Vilket passade Ek alldeles utomordentligt, då han var en utpräglad nattmänniska. Arvidsson var inte lika förtjust, särskilt inte sedan han fått höra om krogarnas utvidgade tider för öppethållande från klockan 02 till 04. Två timmar mer för folk att fyllna till på, menade han. Och färre timmar att nyktra till på innan de ska till arbetet. De boende i innerstan hade också protesterat, även om man från ja-sidan ansåg sig ha tagit beslutet för att värna om nattsömnen för de boende. Det måste ju vara bättre om folk droppade av lite undan för undan i stället för att alla gick hem klockan två. Bättre och bättre, det var frågan om pest eller kolera, menade Vega Kraft, som diskuterat saken med Hartman sedan den stund han stack in huvudet i getingboet på Norra Murgatan 14.

Kommissarie Trygvesson tog entrégolvet med ett par kliv. Han såg ut som en polsk målvakt i civila kläder, tyckte Maria. Ett par år yngre än Hartman och mycket stabil. Rakat huvud, skäggstubb efter halva dagen och polotröja med löst sittande krage. Ingen kavaj. Hans ögon var mycket blå. Maria hörde honom växla några ord med aspiranten i receptionen. Irritationen hördes tydligare än orden. Aspirantens fråga och Trygvessons mullrande svar: ”På min tid fick man lära sig arbeta.”

”Arrestantvakt, men jag skulle ju få yttre tjänst”, sa aspiranten uppgivet.

Trygvesson blev i den stunden medveten om Marias närvaro. Han sökte genom en gest hennes samförstånd, men Maria gav honom inget medhåll.

”Surt, sa rävjäveln”, muttrade Trygvesson. ”Väntar du på grabbarna från fastlandet?”

”Ja, har du sett till dom? Vi skulle till Rosengården. Har du ätit? Kom med oss om du har tid”, sa Maria och reste sig. ”Jag har en del saker jag vill stämma av med dej.”

”Tackar som bjuder. Du, det dröjer nog en kvart till innan de är inne. Det får nog bli cafeterian eller McDonald’s.”

Och McDonald’s blev det. Salladsmenyn för Hartman och Maria, och Big Mac för de andra med extra pommes frites och dubbel cola. De satte sig på uteserveringen i Östercentrum, längst bort i hörnet mot gatan. Två bord bort satt en barnfamilj med övertrötta småkillar som slingrade under bordet, runt bordet och över de vuxnas knän.

”Han lipade åt mej!”

”För det gjorde jag inte, ditt pucko.”

Maria tänkte på sina barn, på Emil och Linda, och kände ett styng av dåligt samvete. De var troligtvis på fritids nu. Och Krister satt säkert hos sin mamma på lasarettet, han skulle skjutsa henne hade han lovat. Det gällde att sätta sig i respekt och då var det mer imponerande att komma med make och son i egen bil än att fara med sjukbilen, tyckte svärmor. Därför hade Krister lämnat in barnen.

Under gårdagen hade Gudrun Wern gått med bandspelar-EKG, för att utreda hur hjärtat fungerade vid normal ansträngning. Ordet bandspelare hade slagit djupa rötter. Hela dagen hade hon gått och hyschat på folk, för hon trodde att allt som sades blev inspelat. Det krävs så lite oväsen för att överrösta hjärtats försiktiga pickande, menade hon. Därför måste Krister följa med och förklara för doktorn att det knappast varit en normalt ansträngande dag, inte om man hela tiden måste ta ansvar för vad alla andra säger eller inte säger på bandet. Maria gissade att det skulle dröja innan hon fick se sin man igen. Med remissgång, utredningar och väntetider på sjukhus kunde det nog ta merparten av semestern om Krister skulle agera moraliskt stöd i varje detalj.

”Ni blev sena.” Maria såg från Arvidsson till Ek.

Arvidsson svarade: ”Det har försvunnit en man på färjan till Nynäshamn. Självmord är inte uteslutet. När dom angjort hamnen i Nynäs och bilpassagerarna skulle rulla av färjan stod det en vit Opel i vägen. Det händer ibland att folk försover sej i sina hytter och inte kommer ner i tid. Men det här är något annat. Dom fick bärga den för att få plats med dom bilar som var bokade till återresan.”

”En kollega från Nynäshamn ringde och berättade att bilnyckeln och en keps lämnats in på hamnterminalen. Hytten han hade är plomberad nu, men städerskan hann dessvärre riva ur det mesta sänglinnet. Vad hon kunde minnas var sängen bäddad. Vill någon ha kaffe på maten?” undrade Ek.

”Kan föraren ha glömt att han hade bil och promenerat av? Han kanske hade förfriskat sej i baren.” Hartman såg längtansfullt på Arvidssons pommes frites och ropade efter Ek att han ville ha en kaka till kaffet. Trygvesson avböjde sötsaker.

Maria såg på den äldste av smågrabbarna som övade prickskytte på de välmatade duvor som dästa spatserade på serveringen.

Genom att ladda den ena näsborren med pommes frites, hålla för den andra näsborren med pekfingret och sen hastigt fnysa till lyckades han träffa en duva mitt i huvudet. Hyfsad precision, tänkte Maria. Äckligt, tycktes andra Mc Donald's besökare tänka av minerna att döma. De vuxna såg på varann och liksom säckade ihop av den gemensamma bördan. De vinkade till sig en clown som delade ut ballonger och vimplar. Med sina nya vapen fortsatte pojken jaga duvor, och hans lillebror hängde på. Donk, donk slog de ballongerna mot marken och fåglarna flaxade skrämda mot tryggheten på andra sidan gatan. Nu var grabbarna i alla fall sams.

"Man hittade ett par nötta, men blankputsade, skor under en av livbåtarna där det finns en grind i relingen. Personalhytterna ligger mitt emot, men ingen har sett något. Nynäshamnspolisen har larmat MRCC. Det finns väl inte stort hopp, men sjöräddningen har gått ut med båt och helikopter. Det är varmt i vattnet och havet ligger lugnt", sa Arvidsson.

"Har dom bokningslistor ombord?" undrade Maria.

"Nej inte nu längre." Trygvesson skakade på huvudet och drog sig i underläppen. "Det uppstod så många komplicerade situationer när vissa passagerare ville ha tag i andra, som hade hytt. Dom som hade hytt ville inte alltid bli störda och så uppstod ett dilemma för receptionspersonalen. Skulle man lämna ut hyttnummer eller inte? Därför beslutades det att bokningslistorna skulle finnas endast i terminalen."

"Kan man se vem som har vilken hytt?"

"Ja, vid incheckningen får passageraren, som beställt hytt i förväg, sitt hyttnummer. Det finns kvar i datorn. Beställs hytten över disk i receptionen behöver namn inte uppges. Men vi hade tur. Hytt nr 8032, där man fann bilnyckeln, fanns med i listorna och var bokad av Wilhelm Jacobsson. Vi har också kollat med bilregistret. Opeln är hans." Trygvesson tystnade när Ek anlände med kaffet.

Solen gassade och värmen tryckte under parasollerna. Maria undrade för sig själv varför hon inte valt något kallt att dricka, men vanans makt är stor. En gång koffeinist, alltid koffeinist. Det kändes märkligt att sitta i en stad som så påtagligt präglades av medeltiden och äta hamburgare på McDonald's. Från sin plats vid bordet kunde Maria se Österport resa sig som ett monument över glansen från en svunnen tid. Tre kilometer ringmur inger en känsla av vördnad för ett gigantiskt arbete utfört med andra redskap än dem vi har tillgång till i dag. En förundran över hur man kunde ta vara på naturens egna krafter. Hartman hade berättat hur man gick till väga i kalkbrotten i Östergravar och vid Galgberget. Att man högg upp kilspår i den naturliga sprickbildningen och slog ner ekkilar. När kilarna sedan spolades med vatten svällde de och sprängde loss stenar. Ett imponerande arbete.

"Har han några anhöriga?" sa Hartman och Maria återvände till nuet.

"Jag talade med frun i telefon." Arvidsson såg med ens mycket allvarlig ut. "Vi behöver nog fara dit. Hon bor i Eksta. Hittar du?" Trygvesson kisade mot solen över kanten på sin pappmugg och ångrade att han inte tagit mjölk i kaffet.

"Jag kan visa på kartan. Det är inte svårt."

Maria gav Hartman en road blick när Trygvesson gick in och beställde ytterligare en Big. Han tog den i näven för att ha som färdkost på väg till polishuset. Det skulle ha imponerat på Vega, tänkte Maria.

"När polishuset var nytt målades det knallblått, som kopparsulfat, nästan självlysande. Fast det har bleknat nu. Precis som jag", sa Trygvesson och svepte med handen över den rakade skulten. "Inget är som förr. Det finns ingen respekt längre. Aspirantjävlarna tar sej ton."

"Eller också kan man se dom som en tillgång", sa Maria och mötte Trygvessons vresiga blick. "Dom är ofta mer uppdaterade på lagstiftningen än vi. Man kan lära av varann."

"Skitprat", sa Trygvesson och spottade på trottoaren.

11

PÅ LÅNGT HÅLL SÅG DE BILKÖN, som en långsamt slingrande reptil förbi saftblandarnas orangegula ljus. Strax före vägarbetet blev det tvärstopp och kön från andra hållet släpptes fram. Två män i varselkläder rullade ut en fiberduk.

”Är det nödvändigt att lägga om vägen mitt under turistsäsongen?” muttrade Arvidsson och vevade upp bilrutan för att slippa få in dieselångorna.

”Vi kanske skulle kontrollera så dom inte har grön diesel i tanken, nu när vi ändå sitter här och väntar.” Ek klev ur utan att vänta på svar och Arvidsson stönade högt. Att Ek var känslig för understimulans var ett känt faktum och ibland en tillgång. För stunden hade Arvidsson önskat sig en annan partner. Det var varmt, natten hade varit kort och han ville gärna förbereda sig mentalt inför mötet med Mona Jacobsson.

”Jag sitter kvar.” Arvidsson såg honom gå fram till grävmaskinisten, gestikulera och visa legitimation. Kön från andra hållet glesnade. Motorer rusade, någon tutade. Arvidsson svor en tyst ramsa och körde åt sidan.

”Det var grönt!”

”Var det?” Arvidsson gjorde en ansats att resa sig ur bilen.

”Det var okej, alltså. Genomskinligt. Skattat och klart.”

”Kul.”

”Han som kör grävmaskinen bor granne med kvinnan vi ska till i Eksta.”

”Och...?”

”Han berättade det när jag frågade efter vägen.”

Med stigande irritation körde Arvidsson kustvägen mot Eksta. Inte blev det bättre av medtrafikanternas spontana inbromsningar framför skyltar med texten ”Honung” eller ”Loppmarknad”.

Tvärbromsning, vänstersväng och i bästa fall kom en blinker på i sluttampen.

”Turister!” muttrade Arvidsson upprörd. Ek skrattade.

Mona Jacobsson drog kaffepannan av spisen och lät sumpen sjunka till botten. Tacksam för varje sekund hon kunde låta ansiktet vara vänt in mot väggen och slippa möta de båda polisernas allvarligt forskande ögon. Köksalmanackans siffror dansade som flugor kring det datum som i dag var. Aldrig skulle hon kunna radera det ur sitt minne. Månadens bild var Olov till häst i full rustning, den gröne Riddaren av det Gyllene svärdet. Med fälld lans satte han av på sitt engelska fullblod, som rusade fram över rennerbahn beredd till strid. Hon hade förärats fotoalmanackan i julklapp. Den enda gåva hon fått för övrigt. De flesta fotografierna hade han själv tagit. I dag var det söndag. Nu när hon borde gråta, kunde hon inte.

”Har Wilhelm någonsin talat om att göra sej själv illa”, sa den långe rödhårige som presenterat sig som Arvidsson.

Mona vände sig långsamt om, tvingade sig själv att tala sakta som om hon sökte efter svaren. Det bästa hade varit om hon kunnat gråta, då hade hon sluppit undan, åtminstone för dagen.

”Ja”, sa hon hastigt och drog in luft. Hon tyckte själv att det lät sorgligt.

”Vill du berätta?” sa han. Mona tyckte om hans röst, den var lugn och artig. Inget var farligt. Han var hennes medspelare i dramat om den hedervärda änkan och sorgen.

”Det kom liksom smygande”, svarade hon. ”Inget var riktigt roligt. Han ville aldrig följa med ut och träffa folk, var trött och kände sej värdelös. Hade sömnsvårigheter och problem med potensen.” Symptomen på depression, hade hon läst i en veckotidning på jobbet. Hon brukade få låna den av städerskan att läsa på lunchrasten. Varje vecka presenterades en ny självtest: Är du utbränd? Det var kryssfrågor med poäng. Veckan dessförinnan var det: Passar ni ihop, och innan dess: Vilken städtyp är du? Hade hon fått med allt? Var de nöjda? Den kortväxte med stubbat hår såg konstigt på henne, tyckte hon, och hon la för säkerhets skull till ”aptitlöshet och skuldkänslor”.

”Var du vaken när din make for i morse?” Den stubbade såg rakt på henne, Jesper Ek hette han.

”Ja, Wilhelm behövde ju få frukost.” Det var något obehagligt över den stubbhårige. Hon tyckte inte om hans sätt att hela tiden ändra läge i kökssoffan och snurra på pennan framför sig. Den andre satt i alla fall stilla om än något nedsjunken. Det kliade i fingrarna på henne att få ge den där Ek en örfil. Han måste sitta stilla. Har du myror i baken, brukade Anselm säga innan smockan kom. Sitt still, ungjävel!

”Minns du vad han hade på sej när ni tog farväl i morse?”

Mona hällde upp kaffe åt Arvidsson medan hon funderade. Sanningen var att Wilhelm hade blåbyxor och en kortärmad blårutig skjorta, men de kläderna skulle han aldrig ha tagit på sig om han skulle resa bort. Det kunde alla intyga som kände honom. Om hon däremot föreslog vit skjorta och bruna syntetbyxor och de sedan fann kroppen skulle det bli obehagligt. Hon ville inte vara med om det här! Hon hade inte gjort något! Hade hon haft en kanalväljare skulle hon ha stängt av den obehagliga synen av poliser. Handen skakade och hon hällde utanför Eks kopp. Nu blev han arg. Det förstod hon. Han kanske inte skulle visa det med en gång, men hon visste nog. Det är sånt man får igen senare. Det skvalade på fatet och flöt ut över vaxduken. Han parerade genom att hastigt flytta sig sidledes. Mona tänkte att det var som om han tränat för den manövern ända sen han kom. Som om han visste att hon inte skulle klara av att hälla upp kaffet. En test.

”Kan du minnas vad han hade på sej?” upprepade Ek. ”Det kan ibland underlätta att se efter i garderoben.” Där kom det. Nu anklagade han henne öppet. Hon tog mod till sig och svarade med låg röst.

”Jag vet inte. När man har levt ihop så länge som vi, kanske man inte längre ser varann på det viset. Jag tror inte han skulle ha kunnat berätta vad jag har på mej heller.” Har aldrig kunnat, tänkte hon och satte fram kakfatet. Det kunde de knappast klaga på. Där fanns både sockerkaka, kejsarkronor och eklöv. Och saffransbulle förstås.

”Sökte han läkare för dom här besvären?” undrade Arvidsson.

”Det skulle han aldrig göra!” Det kunde hon säga utan att blinka. Det kändes skönt att få tala sanning, om så bara en smula.

”Har han alkoholproblem?” fortsatte den rödhårige. Mona funderade.

”Han spottade inte i glaset.”

”Mona! Moona! Kumma du int upp me kaffi da?”

”Ursäkta. Det är far. Han bor på övervåningen”, sa Mona. Ek sköt in sin kaffekopp mot mitten av bordet.

”Går det att få tala ett par ord med honom också?”

Fattades bara det! Varför kunde Anselm inte sova middag som han brukade? En timme till och det här skulle vara i land. Vad skulle han kunna berätta? Mona kände sig pressad nu. Tröttheten låg som ett järnband över pannan. Hon försökte fokusera och kontrollera sin röst. Ändå talade hon alldeles för fort och pipigt. Hon hörde själv hur fel det lät och rodnade.

”Jag tror inte ni får mycket ut av det. Han är väldigt senil. Han glömmer mycket och fyller i minnesluckorna med egna fantasier. Det kan bli hur tokigt som helst.”

”Vi kanske kan gå upp och hälsa i alla fall. Han har säkert hört oss.” Ek ställde sig upp men kom inte fram för Arvidsson. Den där Ek var ute efter att sätta dit henne nu. Det kände hon.

”Jag vet inte. Han klär av sej ibland… ni förstår… jag kan ropa på er om han är i skick att ta emot. Är det här nödvändigt?” Mona hade sagt emot och väntade på örfilen, som aldrig kom. Sökte efter vrede i Eks ansikte, men det förblev kvar vid ett stilla lite sorgset leende. Hon förstod ingenting.

”Nej, vi kanske inte… ” Arvidsson reste sig halvvägs.

”Jag skulle gärna vilja tala ett par ord med honom.” Ek fick en ogillande blick av sin kollega.

”Som ni vill. Men låt mej först se efter om han är i ordning. Det är väldigt genant för honom om det har hänt en olycka.”

Mona sparkade av sig skorna och rusade uppför trappan. Anselm satt i sin rullstol vid fönstret med händerna på bordet och lyssnade på radion.

”Va ä de för manfolk i huset?” Filten hade ramlat ner på golvet. Mona tog upp den, böjde sig fram och viskade i hans öra.

”Va i helvete sägar du?” väste han. Hon drog upp volymen på radion för att deras röster inte skulle höras ner.

”Ja, du vet att jag vill ta hand om dej, far, men nu är de här.”
”Öva min döde kropp!”

”Ni kan komma upp nu. Fast jag tror inte han kan vara till någon hjälp. Snälla, säg inget om Wilhelm förrän vi vet... Far blir bara upprörd och oregerlig.”

Arvidsson nickade. Ek gjorde inte en min. De gick uppför trappan, som på ömse sidor var tapetserad med tidningsurklipp av kungafamiljen vid olika evenemang: En hattparad, balklänningar och ordensband. Mona gick i spetsen och lämnade företräde åt de andra när hon nådde översta trappsteget. Den övre hallen hade ett enda takfönster som ljusinsläpp och var mycket sparsamt möblerad.

”Ni kan fare tillbaks igen Ere vårdkåte bögjävlar! Jag följa int me.”

”Vi är från polisen.” Polisinspektör Ek presenterade sig och räckte fram handen, sökte ögonkontakt. Den gamle stirrade oseende ut genom fönstret utan ansats att ta hans utsträckta hand. Nävarna låg knutna framför honom i knäet.

”Vem är det som ha klage? Är de Henrik? Då ska ja säge di att hans tuppjävel hörs ända upp till kyrktuppen. Gå å vrid nacken av han istället.”

”Vi skulle vilja ställa några frågor?” sa Ek uppgivet.

”Ni ä bare ute efta mine penningar. Ja vet nog hur dyrt det är på såne ställen och ja sätta int min fot där.”

Arvidsson som just konstaterat att mannen var dubbelamputerad skakade på huvudet och la handen på sin kollegas axel. Ek drog sig mot dörren. ”Ja har va kvinnfolk ja behöva! Ni kan fare åt helvete!” ekade det efter dem i trappan.

”Vi ber om ursäkt”, sa Arvidsson. ”Det var inte meningen att göra honom så upprörd. Jag bara tänkte att ibland, i klara stunder, kan även förvirrade personer minnas ett och annat. Det är viktigt att man inte slutar räkna med dem. Ek tittade förvånat på honom.

”Vad händer nu?” undrade Mona.

”Finns det någon som kan vara här hos dej?”

”Mina söner är på väg hit. Olov i alla fall. Christoffer har jag inte fått tag på än.”

”Vi hör av oss så snart vi vet något. Vi står i ständig kontakt med kustbevakningen via larmcentralen.”

De passerade Gannarve i Fröjel med sin skeppssättning och Koviks fiskeläge. Arvidsson vevade ner sidorutan och kände en påfallande lukt av ruttnande tång. Rågfälten rodnade av vallmo. Vetefälten lyste guldgula i kvällssolen. I vägkanternas vilda rabatter frodades cikoria, hundkex och blåeld. På Gotland är man så rädd om sin flora vid vägkanten att man inte saltar vägarna på vintern. Vid kiosken i Tofta stannade de och köpte varsin glass. Kvällen var varm och havet låg stilla och blankt. Ljusgrönt inne vid stranden och mörkblått nedanför pallkanten vid Malmunds, som de just passerat. Arvidsson lutade sig mot husväggen och blundade.

”Vad tror du?”

”Hon verkar inte särskilt oroad.” Ek tog fram sitt block och gjorde några anteckningar som stöd för minnet.

”Hon kanske är chockad. Känslorna kan komma sen.”

”Hon sa: ’Han spottade inte i glaset.’ Varför sa hon inte: ’Han spottar inte i glaset’?”

”Tänkte på det också.”

”Det där du sa att det är viktigt att räkna med förvirrade människor, vad tänkte du då?” undrade Ek. Arvidsson drog en djup suck och sjönk ihop på sätet. Det dröjde en stund innan han svarade.

”Min mamma fick Alzheimer när hon var 58. Vi försökte ha henne hemma så länge som möjligt. Nu i våras gick det inte längre. Hon är på en sjukhemsavdelning. På slutet var det kämpigt. Jag tog nattpassen, pappa hade henne när jag arbetade. När vi kommer tillbaka till fastlandet behöver jag en lägenhet.”

”Å fan, det visste jag inte. Har du bott hemma ända tills nu?” sa Ek klentroget.

”Ja. Det blev så”, sa Arvidsson och mötte Eks blick.

12

DET FINNS DAGAR SOM UPPSLUKAS av monotona vardagsbestyr där man inte kan skilja ut tider och stunder. Så finns det andra dagar då alla detaljer och varje skeende bevarar sin skärpa för resten av livet. För Matti Paasikivi skulle dagen bli av det senare slaget.

Matti smekte med handen över relingen på segelbåten han lånat av Anjas bror. Han hade inte velat ta emot någon hyra, hade inte ens velat ta betalt för bränslet. Storsint! Matti hade verkligen sett fram emot kärlekssemestern – två veckor med Anja. Soliga dagar på stranden, heta nätter under däck, öl på en uteservering, kultur och värme. Så såg hans drömmar ut. Han hade givit sin blivande svåger en kram, även om han inte var så mycket för kroppskontakt män emellan.

”Något ska du väl ha? Du får be mej om en tjänst en annan gång. Jag ställer alltid upp, det vet du”, hade han sagt till svågern. Ord, utspillda som vatten i sand, omöjliga att ta tillbaka.

”Jo, jag kanske kunde be dej om en liten gentjänst, om det inte är för mycket besvär?”

”Omöjligen, säg det bara”, hade Matti svarat i sin stora tanklöshet.

”Jag vill inte att ni ska känna er tvungna.”

”Nej, fram med det bara.”

”Kan du ta med mina pojkar? Dom behöver komma ut och få lite luft. Jag måste arbeta resten av sommaren och grabbarna börjar inte skolan förrän i slutet av augusti.”

”Leena då, kan inte hon…?”

”Pojkarnas mor ska också arbeta.”

Matti hade ångrat varje minut av resan, men Anja var fortfarande vid gott mod trots att pojkarna spytt som rävar så fort de kommit ut på öppet vatten och haft långtråkigt resten av tiden. Nu satt hon på fördäck och solade. Det bruna tjocka håret var hopdraget till en hästsvans för att inte skugga axlarna. Hon var läckert brun. Bröstvårtorna syntes genom tyget på den vita bikinin, konstaterade han. Vindens kyla fick dem att knoppas. Han kunde inte slita blicken från dem. Hon vände blad i veckotidningen, tittade upp och fick syn på pojkarna.

”Neej, Lauri! Behöver du kissa får du gå ner på toaletten. Det är inte trevligt att pinka över relingen när man ligger i hamn.”

Lauri hoppade jämfota och viftade provocerande med snoppen.

”Passa dej du”, sa hon med låtsat allvar. ”Det kan komma en mås och knipsa av den!”

Hon lutade sig tillbaka igen och satte på sig solglasögonen. Särade lite på benen. De var bruna och blanka av sololja. Matti följde dem med blicken upp till den vita kullen. Vilade där. Hon hade en liten vit pärla i naveln. Han ville kyssa hennes navel och... brösten... nu var han där igen. Hon kände hans ögon och log retsamt. Såg vad hon såg. Så vadå? Han hade stånd igen. Det var väl inte så jävla konstigt när han hade henne så frestande nära, men inte kunde komma till för ungarna. Inte nu, de kan höra oss! Nej, de kan se oss. Lugna dej! Sen. Vilken semester!

Matti vände sin fladdrande byxfront mot relingen. Det var fan så obekvämt! I ögonvrån såg han hur hon tog av sig solglasögonen och blinkade åt honom. Han undvek ögonkontakt och lyfte blicken mot utsikten i Visby hamn: De medeltida packhusen med sina nya uteserveringar, cykeluthyrningen, den gamla gula fängelsebyggnaden. Av de fyra kvarnarna på höjden hade en brunnit ner till grunden. Han kunde aldrig minnas vilken, bara namnramsan; Högan, Lågan, Kärringen och Plågan. Domkyrkans torn och de många ruinerna, som utgjorde silhuetten av Visby när man seglade i hamn, försvann nästan helt när man väl kommit in till kaj.

”I själva verket kanske sanningen inte existerar... men det människor sett som sanning stirrar oss hela tiden i ögonen och tigger sympati.” Så hade han uttryckt det, Henry Adams, när han betraktat medeltidens kyrkoruiner. En arkitektur som uttryck för sanningen om Kyrkan och universum. De uppåtsträvande valven. Storheten som överträffar sig själv. Det brukar vara början till slutet. En megastjärnas sista manifestation, en kultur som når sin höjdpunkt för att sedan möta sin undergång. Rikedom och makt materialiserade sig i hansastaden Visby som gigantiska byggnader innan missväxt och pest la allt i ruiner.

Matti vände på huvudet och stirrade ut över havet mot Högklint. Det vidunderliga ljuset speglade sig i klippan. Trots den storslagna skönheten längtade han hem. En vecka kvar. Sju helvetes dagar, med hoppborgar, barnteater och Happy meal. Aldrig mer skulle han låna någons segelbåt och stå i tacksamhetsskuld. Aldrig någonsin! Matti hade inte hört Anja komma och ryckte till när han kände det lätta trycket av hennes solvarma kropp mot ryggen. Hennes armar omfamnade honom bakifrån. Händerna gled över hans mage och nedåt. Alldeles lätt och retsamt bara nuddade fingertopparna vid hans hud. Han kände hennes naglar genom tyget.

”Nu”, viskade hon. ”Jag vill, nu.” Kroppen reagerade innan tanken föll på plats. Han kastade ett öga på Lauri och Juho. De satt mitt emot varann med korslagda ben och dissekerade maneter de hade fångat i en röd plasthink. Ingen trevlig sysselsättning, men under rådande omständigheter förmådde han inte komma med alternativ. Båda hade flytväst, noterade han. De skulle inte vara borta lång stund. Anja försvann fnittrande nerför lejdaren. Höfterna gungade. Stringtrosan var den minimalaste. Med en viljeansträngning vände han sig om en gång till för att se att pojkarna satt kvar. De var upptagna med sitt, märkte honom inte.

När han vant sig vid dunklet av de fördragna gardinerna såg han att hon virat in sig i lakan från huvud till fot. Hon älskade maskeradlekar. Det här skulle komma att ta längre tid än han trott, men nöden har ingen lag.

Lauri satte upp en manet på fyra fingrar, ett för varje gelémun, och pressade på med andra handen tills fingrarna kom ut på andra sidan gelékroppen.

”Slemmigt.” Han siktade på båten bredvid och skickade iväg den. Maneten kom bara precis över relingen och landade med ett litet plask i vattnet. ”Jag är pinknödig.” Han såg sig om, men Anja syntes inte till.

”Jag kan pinka mycket längre än du!” sa Juho. ”Sju meter!”

Han var faktiskt ett år äldre och ganska säker på att gå segrande ur tävlingen. De ställde sig vid relingen, drog ner badbrallorna och koncentrerade sig tills Juho kom på att han inte alls var särskilt nödig och därmed ingen självskriven vinnare. Han försökte med en avledande manöver.

”Kolla maneten! Vad konstig den ser ut. Vi fiskar upp den igen.”

”Det går väl inte! Det blir bara snor av den!”

”Ska jag pinka dej i örat så du kantrar? Nu tar vi upp maneten”, sa Juho bestämt.

”Det går inte.”

”Det går visst!” Juho var redan på väg efter metspöet. Han svingade det i en båge över relingen. Flötet landade med ett plopp bredvid den flytande genomskinliga massan, som till större delen låg under vattenytan.

”Kroken kommer inte att fastna, fattaru väl!” Lauri spottade i vattnet, som han sett Matti göra. Det gav en viss dignitet åt det sagda.

”Nu, titta jag fick han!” Juho släppte spöet och halade triumferande in linan.

”Det är ju bara en plastpåse!” skrattade Lauri. ”En vanlig bullpåse!”

”Det är något i den.”

”Får jag se!” Påsen landade på däck och pojkarna satte sig ner på huk för att se bättre. Plastens yta grumlades av kondenserat vatten. Det var något i den. Något mjukt och långsmalt. Det blev tyst en stund medan de iakttog sin fångst.

”Vi säger det inte till någon!” bestämde Juho. Lauri stirrade med runda ögon och höll sig i grenen.

”Faan, va ont det måste ha gjort!”

”Inte till nån. Lova det!” Lauri nickade tankfullt. Det kanske var bäst.

Kvällen kom med all sin längtan efter Björnes magasin, mamma och pappa och chokladmuggen som det stod Lauri på. Han hade inte tagit med sin teddy Björne, inte Snigel heller. I en stund av övermod hade han låtit dem ligga kvar hemma på sängen. Nu saknade han dem. Det lyste så underligt genom gardinerna. Ondskefullt blänkte det mörka vattnet och kastade svarta solkatter, olyckskatter genom tyget. Skuggor vandrade på väggen och försvann. Ljus i flimrande smala ränder ständigt i rörelse, ständigt på jakt för att fånga skuggorna. Det knakade konstigt i fendrarna. Knarrade som om någon gick över däck med släpande steg. Trots musiken från Skeppet och de andra serveringarna i hamnen, hörde han det tydligt. En kvinna skrek därute. Hon hade säkert sett spökbarnet, mylingen, som med trasiga kläder kom för att ta tillbaka det som var hans. Lauri kände klumpen i halsen växa till gråt och drog täcket över ansiktet. När det blev alldeles mörkt och Anja och Matti somnat skulle spöket komma in till dem. Gå rakt genom dörren bara eller som en slime pressa sig genom nyckelhålet. Han var säkert jättearg. Om först måsen knipsat av den med sin näbb och sen… ”Var har ni gjort av min snopp!” Han skulle inte hitta den. Nu hade mylingen kommit för att skaffa en ny. Kanske Lauris. Den tanken blev för stor och för hemsk. Lauri grät högljutt och Anja, som hörde honom halvvägs in i sömnen, hoppade ner från sin koj.

”Vad är det, Lauri? Har du ont någonstans?” Han kände efter. Inte än, men kanske snart. Han skrek rakt ut. Matti tände ljuset. Juho satte sig yrvaket upp i sin bädd.

”Längtar du hem?” undrade Matti oroligt.

”Det var en snopp i en plastpåse.” Matti kände sig ställd för en stund. Hade barnen smugit på dem i alla fall och fått se sådant som inte var ämnat för barnaögon? Va fan skulle Leena säga om det här kom fram?

”Du skulle ju inte…” Juho reste sig halvvägs ur sängen. Han hade svårt att vara hård när han såg hur ledsen Lauri var och föll till föga: ”Okej, vi hittade en snopp i en plastpåse.”

Lauri såg lättad ut. Matti kände sig ännu mer konfunderad.

”Var, kan du visa var den finns nu?”

”Ute”, sa Juho. Anja drog på sig jeansen, stoppade ner det korta blanka nattlinnet i byxlinningen och drog upp gylfen.

”Då går vi ut och tittar.”

”Nej, han är arg och farlig. Öppna inte dörren!” Lauri drog upp täcket så bara ögonen syntes. De var runda och mycket skrämda.

”Vem är arg och farlig?” undrade hon.

”Mylingen, han vill ha tillbaka sin snopp, som måsen knipsade av.”

”Förlåt, Lauri, förlåt! Jag bara skojade. Det där om måsen var bara skoj. Jag ska aldrig säga så mer”, sa Anja. Matti skrattade. Så var det med den saken.

”Den finns på riktigt”, sa Juho. ”Vi la den i kistan i sittbrunnen.”

”Därför kan han inte hitta den. Och nu vill han hämnas”, sa Lauri med ängslig röst. ”Jag går inte ut dit, aldrig!”

”Jag stannar inne hos dej, så kan Juho visa Matti vad ni har hittat.” Anja satte sig på Lauris koj och strök honom uppmuntrande över håret. Han var nysnaggad och hon kunde inte låta bli att ta på stubbet. Precis som det inte går att motstå att knipa i knubbiga babylår, tänkte hon och log mot honom.

”I morgon ska vi till Pippi Långstrumps hus. Det blir väl skojigt?” Lauri nickade men han såg fortfarande mycket allvarlig ut. ”Vi kan köpa sockerdricka i sockerdrickströdet och fara med båt till ön där Pippis pappa är negerkung. Visst! Och så kan vi bada.”

Ovan däck hördes i samma stund ett skrik, ett avgrundsvrål ur strupen på en vuxen man. Lauri blundade och höll för öronen. Var det inte det han visste? Mylingen hade tagit dem och stuckit dem med sin kniv. Mattis ansikte blev synligt i dörren.

”Anja, ge mej mobilen. Vi måste ringa polisen.”

13

SOMMARGÄSTERNA! Mona kom ihåg dem först när bilen rullade uppför lagårdsbacken. Olov hade lovat att möta dem vid båten. Nu var de här. Hon torkade händerna på kjolen. Helst hade hon velat se strandboden en gång till i dagsljus innan de kom. Men nu var det för sent. Om inte Anselm hade vaknat och dragit till sig polisernas uppmärksamhet skulle hon ha hunnit. Mona hörde hur de talade med varann därute. Gruset som knastrade under deras fötter förutspådde att de snart skulle ringa på dörren. Det var Wilhelms syster från Stockholm och hennes väninna. De kom varje sommar, ofta med bara en dags varsel. De första fem åren hade de slagit sig ner i huset och väntat sig uppassning. Kommit ner i pyjamas till lunch, beställt frukost som på det värsta pensionat och viskat till varann om hur lortigt badrummet var. Det var minsann inte så lätt att hålla rent när Wilhelm kom in direkt från lagården. Men det värsta var när de skulle hjälpa till, när de rotade i hennes skåp och lådor för att ställa in disken de torkat. Wilhelms syster lyckades alltid hitta något som var salig mors, ett minne, som Wilhelm släppte ifrån sig efter känslomässig påtryckning. En saftkaraff här och ett par vinglas där, en soppterrin och hemvävda handdukar. När de for tillbaka till fastlandet var kappsäckarna tunga som bly och Monas skåp allt mer utsorterade på det som var av värde. Strandboden hade varit en lysande kompromiss. Under pågående konflikt i föreningen gick den inte att hyra ut, men ingen kunde hindra att man deponerade ovälkomna släktingar där över sommaren.

”Så tråkigt att Wilhelm skulle vara bortrest.” Systerns klagande lite nasala röst slog in i hallen med ytterdörren. Det var alltid rösten som först intog rummet, innan hon manifesterade sig fysiskt. Hon tog sin väninna under armen, de utbytte förtroliga blickar innan de hälsade. Mona hade sett det förut och gissat sig till deras hemlighet. Madrasserna som dragits ned från de väggfasta sängarna till en gemensam bädd på golvet hade stärkt hennes insikt i saken. Live and let live. Det rörde henne inte i ryggen. För varje år blev de alltmera lika varann. I år var det svarta kraftiga glasögonbågar och lila byxor som gällde. Rösterna och rörelserna hade också synkroniserats till perfektion. Bill och Bull, tänkte Mona. Ni ser ut som Bill och Bull. Wilhelms syster hette egentligen Sofia, efter Sophia Loren, men det passade henne inte alls. Antingen hade naturen förvägrat henne byst eller också hindrade hon naturen från att komma till uttryck. Bull var desto yppigare.

Det svåraste i mötet med folk var att tvingas handhälsa och se dem i ögonen. Mona hade hatat det hela sitt medvetna liv. Med en rysning kunde hon tvinga sig själv att genomföra akten, men det skedde aldrig utan att hon gjorde våld på sig själv. Hur det kunde komma sig visste hon inte, inte förrän en juldagsmorgon när hon stod i tvättstugan och köpslog med sig själv. Hon ville på julkalas till Henrik, det var innan Wilhelm gjort sig omöjlig, men hon ville inte handhälsa på alla människor. Första gången hade hon dragit på sig vita bomullsvantar och sagt att hon hade ett vätskande eksem. Det fungerade i ett engångsläge, men knappast fortsättningsvis. Hon hatade det, lögnerna och handhälsandet i lika grad. Så hade det kommit över henne när hon stod där och sorterade tvätten. Hon hade hållit ett vitt nattlinne i sin hand och så kom det smygande över henne, alltihop, som en gråt. Det var spetsen och tanken på handhälsandet som förde det glömda upp i ljuset. Minnet av Wilhelms far som hälsade på när Anselm var ute. Det var kväll och hon hade nattlinne på sig, ett alldeles nytt hon fått till jul av Svea, distriktssköterskan. Det var av syntet och väldigt tunt, med spetsar. Oskar Jacobsson, Wilhelms far, hade suttit i soffan. Hans blickar hade sökt henne i köket, klätt av henne allt. Segt leende utan att ta uppmärksamheten från hennes kropp hade han kliat sig på pungen, smekt skrevet och tvingat kvar hennes blick i sin.

"Vi hälsade visst inte." Han hade rest sig upp och tagit tag i hennes hand. Tryckt den hårt och länge. Pinsamt länge. Hon hade försökt dra sig ur, men han hade hållit fast. Det sötsura leendet hade spelat på läpparna. Hon hade känt sig illamående. Kroppen hade stelnat i protest. "I det där nattlinnet är du så söt så man skulle kunna ligga med dej." Han sa det som ett skämt, skrattade bullrande. Hur gammal hade hon varit? Åtta, kanske nio. Hon hade försökt slita sig loss i samma stund som Anselm kom in från lagården.

"Vad är det um?" Hon hade väntat på en rättvisa som aldrig kom.

"Tösen här vill inte hälsa." Hon hade fått en åthutning som hette duga och en örfil när hon försökte förklara sig. Hur många gånger hände det? Hon visste inte. Han rörde henne aldrig på annat vis, inte vad hon kunde minnas. Ändå förgrep han sig på henne varje gång de hälsade. Han visste det och krävde tystnad. Någonstans på vägen gav hon upp sin protest och svek sig själv. Det var långt innan hon fick ihop det med Wilhelm. Hur Wilhelm och Sofia haft det som barn talades det aldrig om. Det var förbjuden mark. Men ibland… det fanns stunder… när hon undrade.

De slog sig ned i syrenbersån med sommargästerna. Olov satt kraftfull och brunbränd mitt emot Mona. Han såg trött ut. En stark känsla av ömhet kom över henne. Hon skulle behöva tala med honom på tu man hand. Mona slog en mygga på sin arm, alltid lika älskad och uppvaktad av flygfäna som gömde sig i bladskuggan. Den var fulltankad med blod. Hon torkade av handen på den vita servetten. Kontrasterna skar i ögonen, rött mot det vita. Hon knölade ihop den.

Olov hade hjälpt Anselm nedför trappan. Far hade halmhatt och uppkavlade skjortärmar sommarvärmen till ära. För en gångs skull såg han nöjd ut.

"Och vad gör Christoffer nu för tiden?" undrade Sofia. Mona hade väntat sig frågan. Och hon hade väntat sig exakt det tonfallet. Det var likadant varje sommar. Same procedure as last year, miss Sophie. Ändå hade Mona inget dräpande svar. Hon ville inte svara. Hon var obeväpnad och Sofia visste det.

"Han jobbar på McDonald's", svarade Olov i sin mors ställe. Lugnt och utan omsvep.

"Vad gör han där? Är han inköpschef?"

Det vet du mycket väl att han inte är, tänkte Mona. Du vet det så väl, ändå frågar du av ren skadeglädje. Det skulle inte falla dej in att fråga Olov vad han gör. Det är inte lika kittlande att någon försörjer sig på akutmottagningen.

”Nej, som Clown. Sen underhåller han på krogar som trubadur och lajvare.”

Mona klarade inte att möta svägerskans blick.

”Vad är det?”

”Han spelar levande rollspel.”

”Men, oj då! Vad säger Wilhelm om det?” sa Bull.

”Inget!”

”Oh jo, inte ser han med blida ögon på att äldste sonen försörjer sig som pajas. Skulle han inte överta gården?”

”Så ont önskar ingen honom”, replikerade Olov och skrattade med friska jämna tänder. ”Att driva ett småjordbruk och ligga vaken om nätterna, fundera på hur ekonomin ska gå ihop och vilka regler som gäller och vilka blanketter som ska fyllas i är inget man önskar sin värsta fiende.”

Sofias ansikte mulnade: ”Gårdens grund är sen 1700-talet! Du får väl vara resonlig, så han har råd att lösa ut dej när Wilhelm inte orkar längre.”

”Christoffer vill inte. Han vill inte binda sej vid jorden”, sa Mona. ”Han är inte skapt för det.”

”Hur blir det då? Vad händer när Wilhelms rygg säger stopp?” undrade Sofia.

”Du kanske ska lägge ett bud själv, um de passa di att gå ut i lagårn um mornar å mocke skit.” Anselm skrattade så han satte bullen i halsen. Han hade fått ett eget fat med sockerfria kakor, ätit upp dem och sedan övergått till den allmänna potten. Mona förebrådde honom inte, det var inte lönt.

”Henrik skulle nog vara intresserad av att köpa, i alla fall av skogen.” Olov skyggade med handen för den lågt stående solen och spanade upp mot granngården där Henriks grävskopa stod parkerad på gårdsplanen. Dyrgripen. Ryktet hade gått om den fabulösa inköpssumman av 1,7 miljoner. Nog hade han pengar alltid.

”Skulle Wilhelm aldrig gå med på”, sa Sofia upprört. Dom två har väl inte tålt varann sen bråket om marken i fiskeläget blossade upp." Hon såg ut som om Olov uttalat en hädelse av det grövre slaget. Han försökte låta bli att le åt hennes bestörtning.

"Far vägrar fortfarande betala arrende till tredje skiftets lag och hävdar att det ska finnas ett papper på länsarkivet som ger alla Ekstabor lika rätt till området." Olov rynkade pannan. "Det kan komma att kosta en förmögenhet om han inte ger med sej snart. Ingen har sett ett sådant dokument på arkivet. Finns det inget papper skrivet är det ingen advokat som vill åta sej ärendet längre."

"Vad säger du då, Mona?"

"Jag lägger mej inte i."

"Då är det väl dags." Sofia reste sig och sopade smulorna från shortsen. Väninnan gjorde detsamma. "Tack för kaffet." De hjälptes åt att duka in och ta reda på disken.

"Ni vill inte plocka med er lite körsbär? Jag har inte riktigt i ordning där nere i strandboden. Om jag cyklar i förväg kan Olov skjutsa ner er när ni tagit vad bär ni vill ha."

"Nej kära du, det är så bra. Nu längtar vi bara efter att få ta ett kvällsdopp och komma i säng."

De trängde in sig alla fyra, och en fågelbur, i Olovs Saab. Kakaduan ryckte av en fjäder och såg anklagande på dem med sina svarta ögon. Övergiven och understimulerad ägnade hon sig åt självplågeri. Precis som den heliga Birgitta, skrattade Olov. Fast Birgitta var nog strået vassare när hon hällde smält vax i armvecken och pillade bort sårskorporna så det blödde, eller slog sin rygg blodig med ett gissel när maken kom hem sent.

Mona hade gärna velat sitta fram hos Olov och småprata, men Sofia var snabbare. Mona hörde dem tala med varann om cistercienserklostret i Roma och ruinerna i Visby, men ordens mening gick snart förlorad i den anspänning hon kände. Tänk om det fanns blodstänk kvar på golvet eller andra lämningar efter natten som hon inte ens tänkt på att undanröja.

"Men Mona, du svarar ju inte?"

"Förlåt!"

Olov bar deras kappsäckar över garngården. Sofia sprang i förväg, tomhänt.

”Titta här finns det blåeld som är albino”, kvittrade hon.

Strandbodarna kastade långa mörka skuggor på marken. Näten gungade sakta på sina eneklykor i kvällsbrisen. Monas ben värkte, bultade i bettets blånad. Hon hade velat vara först, öppna dörren först, men kroppen lydde henne inte. Det var inte bara värken, det var själen som inte orkade mer.

Sofia böjde sig ner för att ta fram nyckeln under stenen vid bulhusets knut. Ett svindlande ögonblick tänkte Mona att hon glömt lägga den där. Hon hade inget minne av att hon lagt dit den. Det var hon säker på nu. Men Sofia tog fram den stora nyckeln. Satte den i låset. Dörren gled upp.

”Det var upplåst!”

”Va!” Mona kom sig inte för med att säga något mer.

”Det var upplåst. Var har du gjort av den trevliga trasmattan som brukar ligga här? Den som mor vävt. Det var hennes allra sista matta. Min examensklänning från första klass och Wilhelms spädbarnsfilt finns med i dom blå ränderna. Dom svarta är gammelmormors brudklänning. Hon gifte sej i en svart sidenklänning och hade en bukett med blodröda pioner. Jag tänkte att om... Wilhelm inte är särskilt fäst vid mattan, så kanske jag kunde ta med den till Stockholm. Har du tagit hem och tvättat den?” Sofia öppnade dörren på vid gavel och steg in.

14

”ETT LILLFINGER?” Kriminalinspektör Maria Wern stirrade klentroget på Ek som rullat in i personalrummet på sina inlines med Ray-Ban-glasögonen blänkande i pannan. T-shirten hade mörka fläckar som bredde ut sig i armhålorna. Hon hoppades att han hade ombyte med sig, men det var inte säkert. Det fåniga var att hon kände ett visst ansvar för hur han uppträdde när de var på annan ort. Redan första dagen i Visby hade Ek råkat få på sin sökare på öppen passning när han var på toaletten och pinkade. Maria hade rusat genom korridoren för att få ett slut på skvalmusiken som sändes över hela NÄPO. Men han hörde henne inte fast hon slog med båda knytnävarna på dörren. Han sjöng där inne och bankade på locket till toalettsitsen. Den enda förklaring han hade att komma med efteråt var att han försökt sjunga Gubben i lådan i sjutakt.

”Det är jävligt svårt, ska jag säga dej. Prova får du se”, sa han. Efter den fadäsen var han ohjälpligt en kandidat för årskrönikan och en vandringssägen för evärdliga tider framgent. Men han var inte ensam. Till historien gick också den polisman som vid ett inbrott med krossad ruta på återvägen hoppat ut genom det andra fönstret som var helt.

Historien om fingret lät som en av Eks vanliga rövarhistorier och borde ha avslutats med ett klurigt leende. Men leendet uteblev.

”Var och en mäter med sin egen måttstock, på en liten grabb är snoppen inte större än ett lillfinger”, sa han undervisande.

Maria lyfte ena ögonbrynet.

”Hur mår pojkarna som hittade det?” Hon släppte inte Ek med blicken, ännu inte helt övertygad om sanningshalten i det han just serverat.

”Jag tror dom var lättade över att det var ett finger, trots allt. Jag tyckte jag kände igen dom från McDonald's. Deras faster, Anja, var råförbannad. Någon sorts chockreaktion? Hon tyckte vi skulle tömma hamnbassängen och leta efter lik mitt i natten. Om det nu är mord.”

”Grov misshandel, åtminstone.”

”Det är nog osannolikt att det skulle vara självförvållat.” Hartman lutade sig fram i den svarta skinnsoffan och sträckte sig efter kaffekannan. ”Fast jag hörde som grabb en historia om en bonde på Sudret som råkade hugga av sig lillfingret. Han tyckte inte han ville slösa bort en arbetsdag på att fara in till lasarettet i stan, så han slängde det åt hunden.” Maria gjorde en grimas.

”Det kanske är en småtjuv”, sa Trygvesson. ”Den här gången tar vi inte hela vänsterhanden, men nästa gång. Under medeltiden skar vi öronen av tjuvar i Visby. Vid upprepade förseelser gjorde man hål i vänster öra, och förvisade tjuven ut ur staden, sen i höger öra och ut genom porten. På den tiden var det inte lönt att söka arbete om man var piercad i öronen, inte. Om man därefter fortsatte på samma bana blev båda öronen avskurna och sen vankades det dödsstraff. För brottslig handling i kyrka eller på avträde utmättes dubbla böter. Men ett finger... nej. Jag vet inte vad jag ska tro.”

”Ek och jag kollade på en thriller i natt, på video.” Arvidsson såg sig lite generat omkring. ”Den handlade om en våldtäktsman som högg av sej ett finger för varje gång han tvingat sej på någon, en självbestraffning för att undgå Guds straff? 'Om din högra hand är dig till förförelse, så hugg av den och kasta den ifrån dig; ty det är bättre för dig att en av dina lemmar fördärvas än att hela din kropp kastas i Gehenna.' Han valde fingrarna, fast andra kroppsdelar borde ha varit mer motiverade att hugga av. Signalementet blev hans fall. En tjej lyckades undkomma och kunde berätta om den fingerlöse. Han arbetade på ett slakteri. Vi hann aldrig se slutet innan vi fick Matti Paasikivis anmälan. Ganska ruggig timing.” Arvidsson skickade bullfatet vidare till Trygvesson, som avböjde.

”Är inte mycket för sötsaker. Fick en släng av diabetes förra hösten. Det beror väl på övervikten. Jag kommer att sitta som förundersökningsledare för den här soppan. Ett finger utan kropp. Kan vara vad som helst. Redan nu kanske vi borde ta till Occams rakkniv, principen om att göra sej av med överflödiga antaganden, och hålla oss till fakta.

Vad gäller den försvunne mannen på Gotlandsbåten talade jag med färjans kapten nu på morgonen. Han sänder oss kopior på dom journaler han skickar till rederiet. Utöver försvinnandet stoppades på den här resan en hästtransport, enligt kapten. En uppfinningsrik man hade försökt smuggla med hela släkten till budgetpris. Alla och hästen i stället för, som i annonsen: Alla och bilen. Sju personer! Är det värt pengarna?"

Anders Öhrn anmälde sin ankomst i polishusets reception. Han svettades ymnigt i sin långärmade skjorta. Syntetbyxorna klibbade fast i grenen. Kavajen hade han tagit av sig. Den hängde löst över armen. Han hade på eget initiativ kommit till polisen för att berätta om sina iakttagelser vid hamnterminalen, ändå kunde han inte låta bli att rannsaka sig själv i denna rättvisans huvudborg. Han hade parkerat lagligt. Det var 10 timmar sedan han druckit sin sista öl och tevelicensen var betald. Ändå var det med en känsla av obehag han följde kriminalinspektör Maria Wern till förhörsrummet, och med en rysning han såg henne stänga dörren bakom dem. De slog sig ner på varsin sida om skrivbordet. Hon knäppte på bandspelaren och gav honom ett uppmuntrande leende efter gängse inledningsfraser. Han kände sig torr i munnen och letade efter orden.

"Det var om Wilhelm Jacobsson. Jag blev bekymrad när han aldrig kom till vårt möte och ringde hem till honom. Frun sa att han givit sig av hemifrån, sent men han borde ha hunnit. Jag stod vid hamnterminalen och väntade på honom. Vi skulle med båten. Han var förbannat sen!" Anders harklade sig. Om han inte känt sig så nervös hade han inte svurit, inte i damsällskap. Det blev tyst en stund medan han studerade sina skor och strumpor. Han hade inte lagt märke till det i morse, men den ena strumpan var faktiskt svart och den andra mörkblå.

"Han var sen, sa du." Maria nickade bekräftande och Anders fortsatte motvilligt. Om inte Iris tvingat honom skulle han aldrig ha gått hit. Han ångrade sig nu. Ville inte bli inblandad.

"Jag såg den vita Opeln och vevade med näven. Och se på fan, han körde bara förbi. Först blev jag förbannad, sen såg jag, att det inte var Wilhelm.

”Och det är du helt säker på?”

”Ja, för helvete.” Anders fuktade överläppen med sin spetsiga tunga av och an och stirrade ut genom fönstret. Han önskade att det hela var över. Situationen var obehaglig. Maria såg hur hans händer snurrade i knäet och hur svetten rann nedför hans panna och droppade från ögonbrynen.

”Hur mår du?”

”För jävligt, rent ut sagt!” Det var en lättnad att få säga det. ”Jag försöker sluta röka och det är ett rent helvete. Jag drömmer om cigarettpaket. Att jag vadar i cigarettlimpor, att jag blir bjuden. Jag har till och med drömt att min husläkare ordinerar mej att röka och skriver ut ett recept, fem cigaretter gånger sju dagligen. När jag kom in kände jag doften av kaffe och då var det kört.”

Maria, som just tänkt föreslå en kopp kaffe för att lätta upp stämningen, log igenkännande. Så dumt.

”Jag vet hur det känns. Hur länge har du hållit upp?”

”Sen i morse. Jag var tvungen att klara av resan hem innan jag tog tag i rökstoppet.” Maria tittade på klockan och konstaterade att den var tio över nio.

”Att inte få det första blosset på morgonen, det är det svåraste. Min fru är över mej som en hök. Jag smygrökte på toaletten i morse, jag vuxna karln. Kan du begripa det?” Maria nickade, det kunde hon.

”Du har inte provat med nikotinplåster?”

”Iris föreslog det. Men jag vill få bestämma någonting själv. Göra på mitt sätt!”

”Det är nog det viktigaste, att man själv känner sig motiverad. Annars går det inte. Kan du beskriva den som körde Opeln?”

”Inte direkt. Jag såg honom bara ett ögonblick.”

”Var det en man som körde?”

”Ja, men Wilhelm var det inte. Den här var längre och grövre på något vis. Han satt framåtlutad. Wilhelm brukar halvligga i bilen.”

”Vilken ålder kan han ha varit i, ung, gammal, medelålders?”

”Vet inte alls. Det gick inte att se håret. Han hade en kebba neddragen i pannan och solglasögon.”

”Såg du vad han hade på sej?”

”Inte en aning.”

”Mörka eller ljusa kläder?”

”Mörka, nej jag vet inte förresten. Vi skulle till fastlandet på hemvärnets fälttävlan. Jag skulle få följa med i Wilhelms bil. Min var på verkstad, bromsarna. Alltså jag har inte kört med dåliga bromsar, de blev…

”Det är okej.”

”Wilhelm är som han är. Förbannat egensinnig och tjurig. Vi antog att han hade tagit hytt för att få vara för sej själv. Han gör så ibland. Om någon har sagt något skitord kan han tjura i månader. Nu var det det här om arrendet av marken där hans strandbod står. Jag fällde väl någon kommentar om att det hänt värre saker i historien. Sånt tåls inte. Typiskt honom att lova skjuts och sen bara köra förbi, tänkte jag. När jag kom på båten frågade jag i receptionen om han hade hytt. Men det kunde dom inte svara på. Så jag gav fan i han helt enkelt. Jag fick skjuts med Eriksson. Det blev trångt utav bara helvete med fyra gubbar i baksätet… tre. Vi hade bälten på oss. Det fanns mittbälte…

”Okej. Såg du honom alls under resan?”

”Nej, men han som körde Opeln såg jag uppe på däck. Han slängde något i vattnet när jag ropade på honom. Sen såg jag honom springa nedför landgången. Opeln stod kvar på bildäck när vi körde av. Eriksson tyckte vi skulle vänta på Wilhelm, men jag tyckte han kunde få ta sej fram själv.” Anders Öhrn såg Maria i ögonen och väntade på någon sorts godkännande av sin tvivelaktiga handling. Han höll armarna tätt efter sidorna för att dölja svettfläckarna som långsamt bredde ut sig i tyget. ”Förbannat varmt”, sa han.

”Berätta vad du vet om Wilhelm, finns det någon som skulle kunna tjäna på att han försvann?”

”Hur då, menar du? Om han hade några fiender? Du, jag ska säga dej att den mannen har inga vänner. Men han är en jävel på att arbeta, det måste man säga.”

”Han är gift.”

"Han gifte sej med byhoran. Det spelade inte så stor roll för hans del, bara hon kunde arbeta. Och det kan hon. Ja jävlar, när hon var ung... nej. Nej, det var inget." Anders såg generat på bandspelaren han glömt av under samtalet. "En annan gång."

När han gått öppnade Maria fönstret. En sur stank av nikotinbegär hängde envist kvar i den stillastående luften. Byhora, existerar sådana begrepp i nutid. Maria satte sig ner, hennes ögon föll på den inramade planschen ovanför bokhyllan. Valdemar Atterdag brandskattar Visby, av C.G. Hellqvist. Finn fem fel, brukade Hartman kalla den. Han hade själv hängt upp den som gåva till Maria när de tog rummet i besittning för att påminna sig om att man bör lyssna till ögonvittnesskildringar med sitt kritiska sinne i behåll. Det är lätt att dras med i stämningar och missa information som inte stämmer med helheten. Konstnärens bild av den medeltida verkligheten, hur levande och detaljrik den än kan te sig, färgas av hans eget liv. Taxar fanns inte på medeltiden i Sverige, ändå smyger den där bakom tunnan som ska fyllas med guld, konstnärens egen hund Medock. Man fångas av tavlan, förförs av färgerna, tänkte Maria. Soldaternas vapenskrammel och tunga steg, dofterna av nybakat bröd, ruttnande sopor och avträde. Den lilla familjen i centrum, kvinnan med ett barn på armen och flickan som håller henne i kjolarna. Moderns utslagna hår glänser. Det förhöjer stämningen i bilden, men är den sann? Inte om hon var en maka och mor. Då skulle hon haft sitt hår sedesamt dolt i ett huckle. Hennes blick är vänd mot himlen i en vädjan om hjälp. Maken sänder Valdemar ett hätskt ögonkast. Han besvarar det, där han svartögd och blek blickar ned från sin röda tron, ser på de tre ölkaren som man motvilligt fyller med guld och silver. Också från klostren tvingar han till sig sin tribut. Den runde munken muttrar nog andra ramsor än Pater Noster. Girighet, Valdemar nöjer sig inte med de tre tunnorna ädelmetall. Varför skulle han det? I en månads tid skövlar och rånar han sedan på södra Gotland efter att ha slaktat manfolket utanför muren. Enkelt som att plocka ägg i ett hönshus.

Om Anders Öhrns ögonvittnesskildring var korrekt, vilket tiden fick utvisa, kunde det innebära att Wilhelm Jacobsson aldrig följt med båten till fastlandet. Ingen hade sett honom köra ombord. Vem som helst kunde ha tagit den förbokade biljetten, checkat in, kört på bilen och sen gått av båten via landgången för passagerare. Något uppvisande av biljett behövs inte i det läget. Fingeravtrycken man funnit i hytten borde jämföras med det avhuggna lillfingrets. Det skulle inte förvåna mej om de matchar, tänkte Maria och kände en rysning utefter ryggraden. Hur kall är inte den mördare som hugger av ett finger på en död? Planerad och iskallt beräknande. Hur kommer man på tanken att göra avtryck med ett finger där liket aldrig befunnit sig? Är det en ögonblicklig ingivelse eller ett resultat av långsiktigt ränksmidande? Om det nu var så det gick till. Maria slog numret till tekniska avdelningen och Björk svarade.

”Det fanns ett tydligt avtryck på spegeln i hytten. Vi har fått svar från Stockholm. Det överensstämmer med lillfingret, som vi misstänkte. Om det är Wilhelm Jacobssons finger återstår att se. Vi har också ett avtryck från Opelns vindruta som är lite otydligt. Men med stor sannolikhet härstammar också det från samma finger. Prover är skickade för DNA-analys.”

”Utmärkt.”

”Hörde du att aspiranten råkade sätta sej på Trygvessons stol vid eftermiddagsfikat?” undrade Björk.

”Nej, skulle det ha gjort något menar du?”

”Ja, jävlar vad sur han blev. Där sätter man sej inte ostraffat. Om blickar kunde döda.”

”Det låter inte särskilt moget.”

”Trygvesson har en blandad repertoar av knivskarpt intellekt, ofelbart minne och en treårings trulighet. Du kommer att märka det med tiden. Man får ta det onda med det goda.”

”Vilken stol är det man bör undvika?”

Kommissarie Tommy Trygvesson promenerade Smittens backe ned mot Stora Torget och hoppades att han inte skulle möta någon bekant. Han behövde tid att tänka, därför gick han inte direkt hem till Lillemor. Det var inte säkert att hon hade kommit hem, men han ville inte ta risken att möta hennes kritiska ögon. Inte nu. Med en känsla av overklighet hade utredningen om den försvunne mannen på Gotlandsbåten fallit på hans lott. Det skulle ta mer tid och tankemöda i anspråk än han ägde. Kanske borde han avsäga sig utredningen, sjukskriva sig och låta någon annan ta över. Tanken var både lockande och skrämmande. Skulle han orka fullfölja utredningen om Lillemor gick ifrån honom?

Trygvesson hade efter en olycklig historia i ungdomen varit försiktig i kontakten med kvinnor och gift sig sent. Lillemor arbetade på biblioteket i Huddinge när de träffades. Det tog många år innan de hände något mellan dem fast de ofta diskuterade litteratur över en kopp kaffe och gick på föreläsningar tillsammans. Det var aldrig tal om någon passion. Han trivdes i hennes sällskap, de blev livskamrater. Så föddes Erika. Hans ögonsten, en gudagåva som föddes för att tas ifrån honom arton år senare. Han orkade inte tänka på det, märkte att synen blev grumlig och lyfte blicken ut över torget. Käkarna ömmade när han bet ihop dem om smärtan. Men han återvann kontrollen.

Marknadsstånden framför honom lockade till sig turister i en ständigt myllrande ström. När Trygvesson var grabb hade små äppelkindade gummor sålt plommon och potatis, honung och fårskinnstofflor. Nu såg det ut som vilken europeisk marknad som helst. Matvarorna var utbytta mot batikkläder, billiga silversmycken och lädervaror. Det var hennes ljusa långa hår han la märke till först och sen leendet. Hon liknade någon han träffat för länge sedan, fast så kunde det ju inte vara. Det här var en ung tös, på sin höjd tjugo år. Fast han hade ju haft fel förr när det gällde att gissa kvinnors ålder, tänkte han med ett stänk av bitterhet. Han lyfte upp en tung armlänk i silver från hennes stånd och betraktade den tankfullt. Trängseln var svår och en svettig äldre man kom honom alltför nära. Han backade lite och fick en armbåge i sidan och ett irriterat ögonkast.

En dryg månad efter Erikas begravning hade Lillemor sagt att hon fått en tjänst på biblioteket i Visby. Han visste inte ens att hon sökt den. Närmaste tiden efter dödsfallet var som ett vakuum. Han kunde inte minnas att de talat med varandra överhuvudtaget, inte om känslor, knappt om det vardagliga. Lillemor vägrade bo kvar i huset. Kvävdes av grannarnas tysta medlidande. Hon tänkte börja ett nytt liv, med eller utan honom, och försöka finna en mening med återstoden av sitt liv. Valet för hans del hade stått mellan ensamheten och att flytta tillbaka till Gotland. Att det skulle ske så snart hade han inte räknat med. Innan de hade lämnat lägenheten till mäklare hade hon hyrt ett litet hus i centrala Visby. Kanske hade hon haft tankar på att lämna honom redan innan det hemska inträffade. Hans äktenskap var nära en upplösning. Så var det, även om han stundtals bedrog sig själv på den punkten. Av ren nåd hade han fått följa henne ännu ett stycke på vägen. Men det var inte längre en självklarhet som när Erika levde.

Stämningen hos polisen i Visby var verkligen god. Arbetet fyllde ett tomrum. Det fanns ett engagemang och en kompetens här han måste beundra, där alla tycktes insatta och delaktiga i varandras arbete. Det fanns ett kamratskap som värmde. Livet skulle naturligtvis aldrig mer kunna bli som med Erika, men han hade i alla fall ett arbete. Än så länge. Fallet med Wilhelm Jacobsson kanske skulle bli honom övermäktigt.

Utan ett ord till Lillemor hade han varit och lyssnat på Arne Folhammars föredrag om Valdemar Atterdag på Fornsalen. Han hade inte velat ha henne med. Nu när hon började gå sina egna vägar var det kanske ren självbevarelsedrift som ledde honom att söka sitt eget liv. Vad det i slutänden skulle leda till bävade han för. Kanske var det därför han köpte silverarmbandet av den söta flickan. Det var länge sedan han uppvaktat Lillemor med någon present. Armbandet var inte dyrt, men ovanligt och vackert. Egen tillverkning, log den förtjusande unga damen. Birgitta Gullberg stod det på hennes kort. Han la det i kavajfickan och fortsatte Nunnegränd förbi ruinerna S:t Lars och Drotten och passerade Katolska kyrkan ned mot stillheten i lusthuset på tempelkullen i "De badande vännernas" botaniska trädgård. Där gömde den vänliga grönskan honom i sin rika dräkt och omslöt honom med sin förlåtande mantel. Där doftade rosengården.

Han borde avsäga sig utredningen. Men till vilket pris? Blotta tanken gjorde honom sjuk av vämjelse. Det slog honom, där han satt i sitt åttakantiga luftslott, att han inte hade talat med någon om livets väsentligheter sen hans far dog. Så många år av ensamhet. Nyss hade han varit en ung man med framtidstro. Nu var livet slut. Allt det som givit mening var över. Allt utom arbetet. Var han värd en sista chans? Han utgick från det när han fattade sitt beslut att sitta kvar som utredningsledare.

15

"VAR NÅGONSTANS PÅ GOTLAND BODDE DU?" undrade Maria.

Kriminalinspektör Hartman saktade farten och stannade, slängde med armarna framför kroppen medan han hämtade luft efter språngmarschen. Det gråa håret hängde fram i pannan, format av medvinden till en fantasifull frisyr. De hade beslutat sig för att jogga en kvällsrunda längs ringmuren och strandpromenaden från lasarettet ned till Almedalen och hade just passerat Jungfrutornet, Sprundflaskan och Kärleksporten. Samtliga med guidande kommentarer, kortfattat och andtrutet framförda av Hartman i egenskap av inföding.

"Jag bodde i Martebo, det ligger på norra Gotland, inte så långt från Lummelunda. Har du hört talas om ljuset över Martebo myr? Lyset, som vi kallar det." Hartman sjönk ned i gräset för att hämta luft och Maria satte sig bredvid honom.

"Det låter som ljuset över Skagen."

"Absolut inte. Ljuset över Martebo myr är snarare ett mörker. Man vet inte vad det är. Det finns ett fenomen som kallas 'The light in the end of the road'. Ett ljusfenomen i slutet på en lång rak väg. Företeelsen har beskrivits på flera håll i världen, utan att kunna förklaras. Som barn gick vi grusvägen över myren förbi Knutstorp när vi skulle hämta posten. Det hände att vi ibland såg ett runt klot av ljus som flöt mellan träden, men vi tyckte aldrig det var konstigt. Inte då. Det var lika naturligt som solnedgången, regnet och vinden. Jag vet inte ens att vi talade om det hemma. Man gjorde inte det. På senare tid har området fått rätt mycket uppmärksamhet."

"Där jag kommer ifrån talar man ibland om lyktgubbar eller irrbloss. Är det något liknande?"

"Man vet som sagt inte. Dom som bodde på Knutstorp senast,

1946 tror jag det var, flyttade för att dom blev skrämda av något. Observationer har gjorts sen 1920-talet. Jag hörde som barn att ljuset ska man inte tala om. Det var nog den gängse uppfattningen. Att det var ofarligt bara man lät det vara ifred och inte nämnde det. Men vad det egentligen är vet ingen. På senare tid har det gjorts UFO-mätningar. Javisst, riksorganisationen UFO-Sverige har delgivit sina resultat i bokform: 'Marteboljuset – myt eller verklighet.' Det finns fler frågor än svar. Kan det vara fluorescerande gaser, sumpgas? Man har också funderat på om det kan vara klotblixtar, spänningsfält mellan jordmagnetiska strålningslinjer eller landningsljus från UFO:n."

"Vad spännande! Vad tror du att det är?"

"Måste allt förklaras? Som barn ville jag alltid avslöja trolleritrick. Det var grejen. Att veta hur det gick till. Nu är jag en gammal man. Jag nöjer mej med att luta mej tillbaka och njuta av underhållningen."

"Det tror jag inte ett dugg på", skrattade Maria. "Inte ett dugg. Jag tror att du skulle ge din högra hand för att få veta hur det egentligen är. Erkänn det!"

"Du har väl rätt. Okej. Ett lillfinger kanske. Jag är nog mest tilltalad av tanken på sumpgas. Jag tycker också att teorierna om att det skulle finnas en förbindelse mellan Lummelundagrottorna och Martebo myr är spännande, att grottsystemet skulle gå ända fram under myren. När man dikade ut Martebo myr i slutet på 1800-talet för att få jordbruksmark grävde man kanaler fram till *slukhål*, där vattnet sökte sig ner. En sorts naturligt bildade vertikala brunnar som dränerar ytvatten ned mot tunnelsystem i underjorden. Förutom droppstenar och underjordiska sjöar kan det säkert finnas luftfickor och fickor med gas där nere. Det händer att tunneltak rasar in ibland. Man kan tänka sej att det just då läcker ut gas som blir till självlysande fenomen i mörkret."

"Det låter väl troligt."

"Eller också är det någon som skojar. Det har varit en del bus med ficklampor och billyktor, men det förklarar inte alla observationer. Somliga har sett ett vitt ljus, ungefär som när man tänder magnesium. Andra har sett ett blått sken eller flera lysande små punkter. Nej, jag vet inte vad jag tror." Hartman skruvade olustigt på sig och Maria fick en känsla av att det var slutpratat för hans del. Att barndomens tysta överenskommelse, att inte tala om ljuset, gjorde sig påmind.

De skulle träffa Arvidsson och Ek i Almedalen för en gemensam picknick. Så var det bestämt sen länge.

"Det skulle vara intressant att besöka Lummelundagrottorna", sa Maria och reste sig. Nacken kändes stel. Hon stretchade lite.

"Arvidsson har också talat om det. Han tänker inte nöja sej med den vanliga guidade turen på tillrättalagd mark om jag känner honom rätt. Han tänkte sig nog grottäventyret."

"Ek då?" undrade Hartman.

"Nej, han är nog lite för klaustrofobisk för sådana evenemang."

"Tror du? Jag har aldrig riktigt tagit hans hisskräck på allvar. Men det är så, menar du?"

"Ja, han har fått kämpa mycket med det. På gott och ont. Han får mycket motion. Ska vi springa sista biten? Det ser bra ut om vi har full fart ner mot dammen. När vi rundat Kruttornet där framme kan dom se oss. Då gäller det att hålla stilen, så dom tror att vi hållit samma tempo sen lasarettet. Fake it until you make it, som dom säger."

Vad kan man vänta sig av en picknick? God mat? En stunds vila i gröngräset, högläsning eller åtminstone en eller annan god historia när man når målet för sin mödosamma joggingtur? Men ingen mötte dem med svalkande drycker eller glada tillrop. Ingen lät sig imponeras. Inte ens de välmatade änderna gitte vända på sina huvuden. Alla hade samlats i en klunga på gräsmattan vid muren. Arvidssons röda kalufs lyste i solskenet där han stod vänd med ryggen mot dem i utkanten av folksamlingen. Maria pressade sig in för att se vad som stod på. Innan hon riktigt hann förstå vad som hände blev hon indragen i ringen. En brun och senig hand hade fattat ett stadigt tag om hennes handled.

"Här har vi en frivillig, stig fram skön jungfru, stig fram." Eks skratt kittlade henne i nacken när hon förvirrad blev stående i centrum. Mannen framför henne bar trasiga hosor och en brun mantel med luva. Hans långa ljusa hår hängde i ovårdade stripor över axlarna. "Tillåt en enkel narr att spörja om Ert namn, o högborna jungfru."

”Maria. Jag är inte frivillig.”

”Ack vad är den fria viljan, ett gudsförgätet begrepp, en chimär. Vi föds i våra roller. Ni i Er. Jag i min, narrens. Förgyll min dag med er skönhet och jag ska jämna marken för era fötter, så att Ni torrskodd må beträda Visbys gator.” Innan Maria visste ordet av hade han slitit av sig byxorna och med en yvigt bugande gest lagt dem framför henne på marken. Ett sus gick genom folksamlingen. Maria såg på Hartman och himlade sig, sökte stöd i nödens stund. Men inte ens han, inte ens den pålitlige gamle Hartman, kunde låta bli att skratta.

”Inget besvär för min skull”, skyndade sig Maria att säga och tog upp plagget för att räcka honom det. Det var en lättnad att lajvaren anammat 2000-talets sed att bära kalsonger. I övrigt var situationen svårhanterlig och oförutsägbar. Han tog en stor klunk ur kruset bredvid sig och antände sin utandningsluft i tre oväntade flammor. Hans ögon spelade vilda i det brunbrända ansiktet. Ur intet tog han fram tre facklor, stack ner dem i kalsongerna, böjde sig i en båge bakåt och tände på.

”Lägg Er ner min sköna. Låt eldens renhet smeka Er liljevita kropp, då jag som man ej är värdig att röra vid dess vita hull.”

”Är du inte riktigt klok.”

”Jag är en narr.” Han lät de tre facklorna cirkulera i luften utan att ta blicken ifrån Maria. ”Min enda önskan i detta fattiga liv är att Ni gör mig till viljes. Se på människorna runtomkring Er. Se hur de sörjer över Ert hårdhjärtade motstånd, hur de lider vid åsynen av den jungfru som icke tar emot narrens ödmjuka tillbedjan. Väl är jag fattig, men mitt hjärta är stort. Låt mig åtminstone få kyssa Era fötter.”

Han böjde sig ner, redo att sätta sitt hot i verket. Hela tiden med facklorna kretsande i luften. Ett klagande ljud hördes från publiken. Hårdhjärtad! Kall! Maria föll till föga för grupptrycket. Att bli utskämd på främmande ort var inte lika vanskligt som om det skulle hända hemma i Kronviken, intalade hon sig. Hon la sig på hans byxor och knep ihop ögonen för att slippa se när han kröp över henne med en fackla i munnen och två roterande ur ena handen. När hon öppnade ögonen igen satt han bredvid henne med en luta i handen. Den svarta massan ovanför henne applåderade och hon gjorde en ansats att resa sig upp men blev tillbakamotad på huk.

”Nej bliv hos mig, skön jungfru, så ska jag sjunga Er en sång.”

”Får jag gå sen?” viskade hon.

”Sen skiljs våra vägar. Ni kanske har något litet ni kan skänka mig, ett minne att ta med på min färd genom jämmerdalen. Ett strumpeband eller något liknande”, sa han hoppfullt.

”Låt han få som han vill, en bh till”, flabbade Ek. Maria hatade sin kollega i den stunden.

”Jag kan visa dej något som bara du får se”, log hon. Kanske kunde det rädda henne i nöden. Det började kännas pinsamt och hon var beredd att pröva allt för att komma ur cirkeln av uppmärksamhet. Hon smög fram sin plånbok och visade polislegitimationen.”

”Kriminalinspektör, vad är det för något?” frågade narren sin beundrarskara. En knekt, ropade någon.

”En knekt i kvinnokläder? Är världen ur led? Så låt mig då få sjunga min visa, du skönaste bland knektar. Om sophanteringen i Visby, som ej förbättrats sen kung Magnus dagar. Det höga berg du skådar i nordost, är icke skapat av naturens lagar. Fast mer av mänskohänder. Nu skeppas avskrädet till fjärran länder. Till Svea rike. Hur är det beställt, när hela vår beredskap är ett partytält?”

”Tyckte du jag var dum mot dej?” Narren drog av sig huvan och presenterade sig som Christoffer Jacobsson sedan han accepterat en plats på picknickfilten och ett kycklinglår.

Maria ryckte på axlarna.

”Jag är inte van vid så mycket uppmärksamhet.”

”Ni har sökt mej. Ryktet har gått i de medeltida gränderna att polisen vill ha tag i mej. Och nu har du mej här. Vad har jag gjort?” Undrar om jag vill veta det, tänkte Maria, men behöll tanken för sig själv. De slantar Christoffer samlat in i sin lerskål efter föreställningen redovisades med all sannolikhet icke på skattmasens skrivbord. Men nu var det inte det saken gällde.

16

"DIN MOR HAR FÖRSÖKT FÅ TAG I DEJ." Kriminalinspektör Maria Wern ställde ner sin öl i gräset och lutade sig fram för att få ögonkontakt. Christoffer Jacobsson lät kycklingklubban dala och följde Hartman, Arvidsson och Ek med blicken där de kastade brödsmulor åt änderna nere vid vattnet.

"Så brukar det vara. Vad nytt?"

"Din far skulle resa med färjan till Nynäshamn i måndags morse. Sen dess har han varit försvunnen."

"Det var en nyhet. Har han glömt att ringa hem? Oss emellan, mamma oroar sej för allting. Går det att måla fan på väggen, och det gör det med lite fantasi, så är hon den första att gripa till penseln. Det sägs att en riktig pessimist är en person som av två onda ting väljer båda. Det är Mona i ett nötskal. Förstår du mej?"

"När träffade du honom senast?"

"Det var väl i julas. Jag skulle lämna en julklapp från Olov."

"Varför överlämnade han den inte själv?"

"Han och pappa är lika jävla envisa. När Wilhelm är i huset kommer Olov inte hem."

"Vad är dom oense om?"

"Olov är en miljöfreak. Pappa är av den bestämda uppfattningen att ingen har dött av lite DDT. Om du förstår vad jag menar. Det finns väl en del säckar och flaskor kvar, med sådant som inte längre borde användas. Inget att hetsa upp sej för, tycker far. Dom är, enkelt uttryckt, inte överens om hur ett jordbruk bör skötas. Wilhelm anser att man bör göra som man alltid har gjort. Olov vill prova nya vägar."

"Lönar det sej?"

"Far tog med i kalkylen att mor skulle arbeta heltid. Hennes tjänst på långvården motsvarar ungefär 15 kor har han räknat ut. Med dom 10 kor vi har i lagården och skogsbruket går det runt."

"Dom har aldrig funderat på att sälja?"

"Tanken var väl att jag skulle ta över. Förväntningarna vilar tungt på den äldste sonen." Christoffer skrattade, men skrattet nådde aldrig ögonen. "Vi är tvillingar, Olov och jag, olika som bär från skilda buskar. Jag råkade komma först, liten och klen. Mot min övertygelse, måste jag tillägga. Men moder Natur är inte alltid rättvis."

"Var befann du dej i måndags morse?"

"Nu blev vi farliga!" Christoffer intog en feminin pose och lyfte handflatorna till skydd mot den förtäckta anklagelsen. "Vill du ha alla detaljer?"

"Jajamensan." Maria satte sig tillrätta och sträckte sig efter ett äpple i korgen och gav ett till Christoffer som avböjde.

"Jag befann mej, på en för mej okänd adress, utanför stadsmuren. I en mörk och sällan vädrad lägenhet med ett hav av prydnadsföremål gjorde jag en kvinna lycklig. Hur jag kom dit är för mej en gåta. Hur jag kom därifrån minns jag tydligt. Människor kan vara så missunnsamma. Du håller med mej där va?"

"Kanske. Vi får se. Fortsätt."

"Visserligen var det han som betalat hyran, mannen som kom in med egen nyckel alltså. Det ifrågasatte jag inte alls. Men lite gästfrihet får man väl ändå visa när det kommer främmande. Jag vet inte om han blev mest upprörd över att jag lånat hans badlakan eller att jag lägrat hans kvinna. Men han blev helt omöjlig att umgås med. Affektinkontinent, som dom säger i psyksvängen. Jag tyckte vi kunde dela broderligt på det som var kvar av vinet, men har var inte törstig. När han började göra åverkan på min lekamen beslutade jag mej för att det var dags att ta farväl.

"Säger du det. Hur dags lämnade du lägenheten?"

"Tillsammans med näktergalen i gryningen. Fast jag hellre skulle dött i min älskades armar, om tillfälle givits. Hon hade dessvärre låst in sej på dass. 'Thus with a kiss I die', som Shakespeare skulle ha uttryckt saken. Jag var dödstrött. Min sargade kropp bar min kränkta ande till ett annat nattkvarter. Det är gott att ha vänner i nöden, så man kan få vila sitt trötta huvud i välviljans och förståelsens brödraskap."

"Var sov du då?"

"I Östergravar med Tunnan och Burken. Du kan fråga dom själv. Den fule knekten där borta sydde in oss i fyllecell i morse." Christoffer pekade med avsmak på Arvidsson. "Mina vänner kallar mej Pesten."

"Om du kan tillåta dej en gnutta allvar skulle jag vilja veta lite mer om din far, Christoffer." Maria såg begrundande på narren framför sig. Inför hennes ögon tappade han masken, ett kort ögonblick av sårbarhet, innan han bytte skepnad och blev den insiktsfulle och förstående sonen.

"Självklart. Vad vill du veta?"

"Hur skulle du beskriva din far?"

"Jag vet inte om det låter sej göras. Han är ett komplex. En stor och stark arbetskarl har han varit, nu dalar hans stjärna. Han blir arg när han inte orkar lika mycket som förut, besviken för att ingen längre ser värdet av hans arbete. Om han visste vad jag tjänar på en sommar skulle han kvävas. Människovärdet ligger i det arbete man presterar, anser han. Och arbete det är vad man utför med sina händer. Han gick med i hemvärnet för några år sedan. Jag hade hoppats att det skulle pigga upp honom. Han har lite svårt med relationer. Det har väl varit en del konflikter, där också. Han har blivit mer irriterad och förbannad med åren. När han super till är han rent för jävlig. Det är ett under att morsan står ut."

"Skulle han kunna vara deprimerad?"

"Svaghet och sjukdom är inget han skulle erkänna i sitt liv. Uppriktigt sagt: jag vet inte."

"Vet du var vi kan få tag i Olov?" undrade Maria.

"Han är väl i Martebo. Du misstycker inte om jag tar för mej? Jag blev inte serverad någon frukost i morse." Christoffer bröt ett stycke baguette och mosade in i munnen utan att vänta på svar.

"I Martebo?"

"Ja, han fick överta torpet efter gammelfarfar. Wilhelms farfar, alltså. Det var helt förfallet när Olov tog över. Nu har han stall med fyra hästar och drivhus där han själv odlar det han äter. Jag brukar bo hos honom på vinterhalvåret."

"Har du sett ljuset över Martebo myr?"

"Är det en invit, försöker du ordna en date? Jag ställer upp. Har aldrig nekat en vacker kvinna någonting. Vad vill du uppleva? Känslan av att bli beamad och upptagen i ett rymdskepp? Bli utsatt för sexuella experiment utan att behöva ta ansvar? Berätta vad du har för drömmar. Vad finns det för lidelser bakom den svala tjänstemannafasaden?"

"Det lär du aldrig få reda på." Maria märkte till sin förargelse att hon rodnade. Hartman kom som en räddare i nöden:

"Är ni klara?" Christoffer log brett och gjorde en överdriven bugning mot Maria.

"I Ert förtjusande sällskap får tiden vingar. Kan jag försäkra mej om ett återseende? Skulle ni vilja tappa Er näsduk, helt diskret? Inte det? Vad sägs om en öl på Enkan? En tur i vikingaskepp på Tingstäde träsk? Ett månskensbad i Ihreviken? Inte det?"

"Ek följer nog gärna med dej om han får vara offer på din eldslukarshow", sa Maria och gäspade demonstrativt. "Egentligen borde jag också få betalt, jag stod för halva föreställningen."

"Javisst, går det bra in natura?"

"Då avstår jag mer än gärna till behövande." Maria suckade uppgivet. Mest av allt längtade hon till Norra Murgatan för att ta en dusch och byta till andra kläder. Det blåste vid havet och kylan smög sig in i de fuktiga kläderna, det kände hon nu.

"Hartman berättade att du är intresserad av att se Lummelundagrottorna", sa Arvidsson när de passerade det gamla posthuset vid Donnersplats.

"Grottäventyret låter spännande. Hur går det till?"

"Första biten tar man sej med båt, sen går eller kryper man som en mask i underjorden. Det handlar om en sträcka på ca 500 meter med grottsalar, tunnlar, underjordiska vattenfall och krypgångar. Formationer som bildats av naturen själv när vatten runnit ner i sprickor och löst upp kalkstenen. Den naturliga mynningen har varit känd sen stenåldern, men det var först på 1950-talet som tre pojkar upptäckte det som nu kallas Turistgrottan."

"Hur långt in går tunnlarna?"

"4,5 kilometer har man hittills kommit in, men mycket återstår att utforska. Det finns intressanta fossil i grottväggarna och droppstenar; stalagmiter och stalaktiter som växer med någon millimeter per år. Man får nog klä på sej bra för det är kallt, bara 5–10 plusgrader, har jag hört.”

”Du då, Hartman, ska inte du följa med?” undrade Maria.

”Jag tror jag hoppar över det i år. Det lär väl bli en del att göra framöver om vi ska börja höra personal och passagerare på Gotlandsfärjan. Vi kommer att behöva gå ut i pressen och de lokala nyhetssändningarna och söka vittnen. Jag hörde dom män som var på väg till fälttävlan, nu på förmiddagen. Ingen av dom såg Wilhelm Jacobsson under båtresan. Han kom inte till tävlingen och han har inte meddelat sej med någon. Det har nu gått tre dygn och allt vi har är en keps, ett par skor och ett lillfinger. Jag tänker besöka riddarspelen i kväll och se om jag kan få en pratstund med Riddaren av det Gyllene svärdet, Olov Jacobsson. Det har inte varit möjligt att få tag i honom under kontorstid. I morgon gör vi ett nytt besök i Eksta. Arvidsson har på känn att Mona Jacobsson trycker på något. En maggropskänsla, som han kallar det. Vad säger du, Maria, passar det dej på förmiddagen?”

17

SNART SKULLE ÄVEN DENNA ARBETSDAG vara till ända. Mona gick ett sista varv på avdelningen, bytte blöjor och kateterpåsar på de gamla och såg till att de tog sin nattmedicin. Ossian gick av och an i korridoren med sin rollator. Mumlade i tyst samspråk med sina röster. Ryggen var krum och förvärkt av de osynliga bördor han burit hela sitt vuxna liv. Demoner och andar som suttit på hans rygg, tills den inte längre gick att räta ut, inte ens i sömnen. Ännu skulle han vandra många timmar innan han föll i utmattad slummer vid fyratiden på morgonen. Mona gav honom en klapp på kinden, bara som hastigast. Just nu kanske min värld är lika galen som hans, tänkte hon och strök undan håret från pannan. Kände sin egen börda, skuldens tyngd i kroppen.

På sal 12 låg Margit och Svea. Svea hade varit distriktssköterska i Eksta så länge någon kunde minnas. Därför tog hon sig vissa privilegier. Hon klev inte upp ur sängen om inte doktorn särskilt sagt till på ronden. Hon var oerhört kräsen med maten och hon var av den bestämda åsikten att hon inte tålde vatten i någon form. Jag har astma, förstår du.

Det var grymt att se vad tiden gjort med denna varma och kloka kvinna. Hur hon förvandlats från Monas förtrogna vän och stöd i en svår tid, till en grälsjuk och gnällig gumma. Hon hade fått astma på äldre dar och mer eller mindre *blivit* sin sjukdom. ”Astma”, presenterade hon sig för sommarvikarierna. På senare tid hade hon blivit allt mer dement och med detta löstes hennes tungas band. Mycket som varit förborgat av sekretess kom undan för undan i dagen. En salig blandning av rent religiösa förmaningar, stoff från tevesåpor och sådant som hänt i det förflutna rann över hennes läppar i en aldrig sinande ström av varierande klarhet. Svea hade börjat göra antydningar om barnet, gossebarnet, Mona hade fått som femtonåring. Ett barn bliver oss fött. En son bliver oss given, kunde hon säga och nicka menande mot Mona. Det var obehagligt, men ändå omöjligt att bli arg på henne för det. Vart skulle Mona ha tagit vägen med sitt nyfödda barn om inte Svea hade funnits. Brösten som ömmade. Blodet som aldrig tycktes sluta rinna. Gossens anklagande ögon. Arne slutade aldrig skrika. Mjölken räckte inte. Hon var oduglig som mor. Han skrek så han blev knallröd i ansiktet och sparkade med sina svettiga små fötter. För att straffa honom lät hon honom ligga kvar i sitt bajs. Det var så äckligt. Hon kunde se att han hatade henne. Han glodde på henne med sina sura små ögon, skrek för att provocera, illröd och skrynklig i ansiktet. Han var ful. Hon tog hårt i hans små armar, för att visa vem som bestämde. Det blev för mycket när han väckte Anselm på natten med sitt skrik. Se till att få tyst på ungen, annars jävlar! Hon hade burit Arne av och an i trädgården, gungat och skakat honom, illamående av trötthet. Oduglig. Vreden rann genom hennes händer. Till slut hände det som inte fick hända. Hon slog honom. Han skrek och hon slog igen. Utan att förstå bättre. Han måste lyda och uppföra sig. Svea hade undrat över märkena när de kom till barnavårdscentralen och slutligen begripit hur det stod till. Hon hade haft ögonen på den unga mamman, som utan stöd av mor eller mormor skulle ta hand om den lille. Anselm, den suputen och självömkaren var inte mycket att räkna med. Själv hade Svea aldrig gift sig, hon hade levt för sitt kall. Någon man hade hon egentligen inte saknat, sånt gick att ordna i lönndom, men det fanns stunder då hon längtat efter barn. Och så blev det på det viset att Mona flyttade hem till Svea i några månader, då de hjälptes åt med barnet och hushållet.

Det ringde på sal 12 och Mona väcktes ur sina tankar. När hon öppnade dörren möttes hon av Margits förtjusta skratt. Skummet rann över kanterna på handfatet. Margits händer var fulla av vitt lödder. Då och då klappade hon i händerna så skummet flög iväg som glada vita tussar runt om i rummet. Svea satt kapprak upp i sin säng och stirrade med förskrämda ögon.

”Hon tvättar mina kläder. Det är min klänning, mina strumpor och mina onämnbara med”, viskade hon.

Mona klev fram till Margit och tittade. Här hade vi tagit allt på en gång. Disk som tvätt. Två kaffekoppar, en tallrik och en gaffel fiskade Mona upp ur tvättfatet, jämte Sveas kläder, ett örngott och en tub med Decubal. Margit föreföll vara på gott humör. Mona gjorde sitt bästa för att ställa allt till rätta. Sveas kläder sköljde hon upp och hängde över elementet. Margit hade tydligen redan påbörjat den proceduren för hela golvlampan var fullhängd med sjukhusets grova nylonstrumpor. Mona ursäktade Margit och talade lugnande till Svea. Men det hjälpte inte mycket. Sveas trygghet var skakad i grunden. Hon kunde inte längre känna någon ro på detta rum med denna vilsna kvinna. Kunde detta hända med Sveas egna kläder fanns det inte längre någon gräns för vad som kunde ske, det insåg hon och började skrika högt. Andningen blev allt mer astmatisk. Mona la armen om henne och vaggade sakta.

”Så, så. Hon ville bara hjälpa till. Hon går och lägger sig nu. Då bli det tyst och lugnt så ni kan sova.”

”Jag vill härifrån. Jag kommer att skrika hela natten om du inte tar mej härifrån. Jag har astma! Fönstret måste vara öppet! Hon låter mej inte ha fönstret öppet för hon vill inte sitta i drag. Och så går hon och stänger dörren. Jag kvävs!”

”Vi får försöka ordna det i morgon! Kryp ner nu så ska jag stoppa om dej.”

”I morgon! Då är jag död. Då har hon tagit livet av mej med sina galenskaper. Om du inte låter mej byta rum ska jag berätta om Wilhelm. Jag ska berätta för dom allihop. Vi har alla våra hemligheter. Det är därför han inte kommer hem. Han kan inte komma hem. För han lever inte.”

Mona blev stel i hela kroppen. Var det möjligt att hon visste något? Kanske, men hur?

”Jo, där fick du så du teg”, skrattade Svea. ”Wilhelms far låg och yrade i feber på slutet, minns du det. Jag kom och såg till honom både morgon och kväll. Jag hörde nog ett och annat som skulle få folk att tappa öronen. Den som har öron han höre. Trettio silverpenningar! Judas Iskariot, vad dom skulle tala.”

”Jag kan köra ut dej i dagrummet.”

”Mej! Det var ju hon som började! Kör ut henne.”

Margit skrockade av skratt och nickade sedan menande:

”Hon kan köpa sina cylindrar själv. Jag borstar ingen symaskin. Det säger jag att dansa sparrissoppa... det är synd. Synd på utspilld mjölk och vice versa.” Och med dessa visdomsord, som bara hon själv förstod klokskapen i, bäddade hon ner Sveas tofflor i sin säng och stoppade om dem med stor ömhet.

Mona Jacobsson stod utanför sterilskåpet. Allt var tyst och lugnt. Ossian satt och vilade en stund på sin rollator utanför expeditionen innan det var dags att vända och fortsätta tusenmilavandringen. Mona hade släckt ner till nattbelysning i korridoren och var ensam kvar på avdelningen. De andra satt i rapport. Margit snarkade lugnt i dagrummet och Svea satt förnöjd i sin säng och såg på ”Vårdens änglar”, en teveserie där hon själv medverkade, i det allra närmaste. Varje gång dr Vogel ropade syster så svarade hon och däremellan hade hon långa utläggningar för att få honom att förstå vad som felades patienten.

M-sprit, kompresser och en skalpell, mer behövdes nog inte. Mona lät sakerna glida ner i handväskan. Hon hade beslutat sig för att skära upp bulnaden på benet. Hon hoppades att det skulle räcka med att tejpa, visste inte om hon skulle ha mod nog att sy ihop sig själv. Det var bekymmersamt, men inte på långa vägar lika oroväckande som det Svea sagt. Hon måste tala med honom igen. Han hade sagt att hon inte fick ringa honom på jobbet. Aldrig någonsin! Men vid det här laget borde han kunna svara på sin mobil utan risk. Mona grävde efter adressboken i handväskan samtidigt som hon försökte samla sina tankar. Först hade hon tänkt fråga Svea vad hon menade, när de blivit ensamma på salen. Sen insåg hon faran i det. Om Svea märkte att det hon antytt om Wilhelm tagit skruv skulle hon aldrig sluta älta det. Sant eller falskt skulle det ge oönskad uppmärksamhet åt något som borde få vila i glömska. Så småningom kanske någon skulle undra om det inte fanns en gnutta sanning i det hela och så skulle cirkusen ta fart. Det var i och för sig långsökt, beskyllningarna var så otroliga att de nästan var skrattretande. Men Mona ville i alla fall höra med honom om han var av samma åsikt. Under det sista året hade många gamla sanningar i Eksta socken kommit i dagen. Det fanns anledning att vara försiktig.

När de andra kom ut från personalrummet försvann Mona nedför trappan till cafeterian. Hon la pengar i telefonautomaten, slog hans nummer och väntade. Kioskluckan var stängd, ändå skulle det inte förvåna Mona om kiosktanten satt där inne i sitt biomörker och iakttog folk i smyg.

18

EN LÄTT SOMMARBRIS fladdrade i spetsgardinen. Utanför fönstret lyste augustimånen rund och gul mot den sammetsblå himlen. Svea vände sig i sömnen och suckade. Svalkan gjorde henne gott. Den höjda huvudändan likaså. Det gick så lätt att andas. I drömmen bar hon högtidsuniformen. Den kändes inte för varm trots att den var av ylle. Svart ylle med en oändlig mängd små knappar att knäppa. Det vita förklädet, manschetterna och sjuksköterskedoket lyste i natten, rena och stärkta i potatismjöl. Kragen satt lite stramt, hopnålad av broschen. Ett sparsamt ljus sipprade mellan kakelugnens slutna luckor och stearinljuset på chiffonjén och lyste upp den sjukes svettblanka ansikte. Svea hällde upp vatten från porslinskannan i handfatet och doppade en handduk för att blöta hans panna. Cancern var spridd. Han klarar inte natten hade doktorn sagt och Svea höll det för troligt. De tydliga tecknen fanns där. Döden sätter sitt bomärke på de sina. Pojken Wilhelm hade kurat ihop sig på soffan. Han skulle vaka över sin far. Anden är villig men köttet är svagt. Nu sov han och andades lugna djupa tag. Sofia hade gått upp till mor. Hon tillbringade inte mer tid med den sjuke än vad som absolut var av nöden. Svea torkade Oskar Jacobssons feberheta panna med handduken. Han stönade vid beröringen och fladdrade med ögonlocken. Blicken irrade i rummet tills den fick fäste på porträttet vid sänggaveln.

”Slå mej inte, far. Jag ber dej om förlåtelse.” Oskar Jacobssons röst var bara ett barns viskning. Han vred sig i osynliga plågor, värjde sig som för en rotting eller livrem. Svea fick en känsla av att han försökte springa med sina kraftlösa ben. Hur skulle det gå till när han inte ens orkade lyfta glaset till munnen? Han snyftade som ett barn. Det onda, som det goda, går i arv. Det materiella så väl som tyngden av våra gärningar. Det var omöjligt att veta om våndan bottnade i det han gjort eller i det han blivit utsatt för. Oskar försökte säga något mer och Svea lutade sig fram för att höra vad han sa. Andedräkten stank av ammoniak. Ångestsvett. Och en annan odör, den som är dödens egen, svepte runt dem och kröp in i hennes hår och kläder. Alldeles oväntat grep han tag i henne med sina krökta magra fingrar. Drog henne till sig och kysste henne. Hans läppar var torra och spruckna. Skäggstubben raspade mot hennes kind. Det kändes som om han bestal henne på liv, en smula tid, en timme till att leva. Hon befriade sig utan svårighet från greppet av hans svaga händer. Strök bort dödens kyss från sina läppar och försökte dölja den avsmak hon kände, torkade händerna på förklädet och blötte handduken igen. Det sprakade bakom kakelugnsluckorna. Wilhelm ändrade ställning på soffan och stönade. Ljuslågan fladdrade till och reflekterades i hans hår och på tavelduken där gamle Jacobssons ande svävade i svart ram mot den blårandiga tapeten. Wilhelms farfar i Martebo hade inte snälla ögon. Han var stram och imponerande i långrock och vitt skjortbröst. Blicken i de djupt liggande ögonen var isblå och skuggades ytterligare av hatten. Det sades att han slagit en av sina lärlingar så denne mist hörseln på ena örat. Ryktet sa också att han betalat tusen kronor för att saken skulle vara ur världen. När man såg in i de där ögonen verkade tanken inte osannolik. Men syndens lön är döden. Ett par år senare hade han fallit från sin häst och brutit nacken.

Svea vaknade och frös. Det var något hon ville minnas, men hon var så trött. Minnet var splittrat som krossat glas. Något hade gått förlorat i den grumliga sjö som före sjukdomen varit klar som kristall. Fingrarna plockade oupphörligen på filten för att få fäste. Det var något hon borde minnas, en fara. Det fanns en vittring av ondska i rummet och det var mycket kallt. Dörren gick upp. Lampan ovanför hennes säng tändes och någon vände henne häftigt på sida. En hand stacks ner i hennes underbyxor, hon kände den trevande prassliga plasthandsken mot stjärten och knep ihop ögonen. Det var så förnedrande.

”Hämtar du en torr skjorta.” Steg som ledde ut i korridoren och tillbaka. Snabba fingrar knäppte upp hennes nattskjorta. Lika väl behandlad som på ett horhus, tänkte Svea. Det var så olika på händer och händer. Innan hon hamnade här hade hon inte tänkt på det, hur tydligt händerna talar. De här sa: ”Jag har bråttom, du är ett arbetsmoment, det är äckligt med pissvåta kläder.” Så fanns det andra händer, ibland hade de till och med en röst som frågade: ”Går det bra att ligga på sidan?” Då brukade hon svara. Andra händer som var utan brådska, som kunde ge en lätt strykning, en klapp på armen. Nu slocknade lampan igen. Nu försvann stegen. De stängde dörren! Hon ville inte ha dörren stängd, men orkade inte ringa på dem. Hon kunde faktiskt gissa vad de tänkte om henne, det var inte svårt alls. Det språk som förmedlas via huden ljuger inte.

Svea sjönk ner och lät drömmens svartvita bilder ta över föreställningen. Hon var åter i Martebo. Klockans tickande fyllde rummet. Sakta gick visarna mot morgon, sekund för sekund, minut för minut i väntan på döden. Svea kunde ana gryningsljuset som en blekare nyans i nattens gråhet. Oskar Jacobssons andhämtning var rosslande nu. Håret låg i svettiga bruna stripor på kudden. Ljuset flämtade till och slocknade. Hon tände ett nytt stearinljus och satte det i mässingsstaken på chiffonjén. Mörkret föll in i de djupa fårorna i hans ansikte. Ljuset spelade på hans svettblanka panna. Svea drog pläden lite tätare över benen. Hon hade hållit hans hand i sin tills armen domnade och axeln sprängvärkte, då drog hon sig ur hans grepp. Hans andning upphörde och hon räknade sekunder. Så drog han rosslande in luft. Andades hastigt. Hon märkte att hennes egen andning föll in i samma rytm. Andetag för andetag i ett accelererande tempo. Så slog han upp ögonen, såg på henne och igenom henne. Hon fuktade en kompress och förde den med en peang till hans uttorkade läppar, men han vände bort huvudet, ville inte ha. Han ville säga något. Hon la örat intill hans mun och stålsatte sig mot odören från hans inre.

”Wilhelm...” Han hämtade andan i långa rosslande andetag. ”Var är Wilhelm? Jag måste tala med... honom.” Hon reste sig för att väcka pojken och kände en skarp smärta i armvecket. Hade den gamle nupit henne? Det spände så konstigt i armen. Gjorde riktigt ont. Hon försökte dra undan handen. Men något höll henne fast. Hon vaknade i smärta i sin säng på Mariagården och såg nålen dras ut ur blodådern. Hon följde knapparna i den vita rocken upp till det välbekanta ansiktet som svävade fritt i tiden.

"Arbetar du här?" tänkte hon säga, men orden orkade inte ta sig över läpparna. Hon borde också berätta för honom att insulin inte ges direkt i blodet. Men det var som om det inte angick henne längre. Hjärtat var så oroligt i bröstet, hon svettades och blundade en stund. Så var hon ensam på salen. Det fanns ingen smärta. Kanske hade han aldrig varit där. Hon kunde inte se honom mer. Bara känna en vittring av... ja vadå? Svea kände att hon mådde illa, men hon ville inte ringa på de irriterade händerna. Då fick det vara. Hon ville inte att de skulle röra vid henne när de tyckte att hon var så motbjudande. Vad konstigt det rycker i benen, var hennes sista medvetna tanke.

"Kommer dom att obducera henne", undrade Iris på morgonrapporten.

"Kan jag aldrig tänka mej", sa nattsköterskan. Någonting måste man väl få dö av. Hon hade väl nästan allt: Astma, hjärtsvikt, njurcancer och diabetes. Tänker dr Gunnarsson låta obducera henne får han stämpla upp remissen själv. Det får räcka med ett dödsbevis."

"Har du ringt dom anhöriga?" Iris studerade blocket med morgonens temperatur- och blodsockermätningar. Dåligt ifyllt, men de hade väl inte hunnit när de haft ett dödsfall att ta reda på.

"Jag tror inte hon hade några. Jag har telefonnummer till en god man och en kusindotter. Telefonnumret är struket, hon kanske har flyttat." Nattsköterskan dolde en gäspning i handen. Rocken var skrynklig som om hon sovit i den.

"Jag tror hon fick arbete som sjuksköterska i Saudiarabien. Svea sa det, men man vet aldrig. Det kan lika gärna vara något hon sett på teve."

"Det var i alla fall ingen som ville bli uppringd på natten", sa nattsköterskan och reste sig gäspande.

19

VEGA MÖTTE DEM I KÖKSDÖRREN.

”Kaffe finns i termosen på trädgårdsbordet”, mumlade hon med mungipan full av knappnålar och sjasade undan hunden som låg tvärs över trappan. Tjelvar flyttade sig förnärmat och sävligt och makade sig in i skuggan av ringmuren, fick syn på en katt som satt uppe på det gula planket och kvicknade märkbart till av det oväntade besöket. Katten log retsamt och slickade sig på ena tassen, tillsynes omedveten om Tjelvars närvaro. Hunden patrullerade gränsområdet av och an för att demonstrera att inga kränkningar av territoriet skulle accepteras utan repressalier, kännbara repressalier.

”Ni får ursäkta mej, jag har en fåll att lägga upp innan jag gör er sällskap. En brudklänning.” Vega log ett stramt knappnålsleende och försvann.

”Vi börjar väl med fikat då”, sa Hartman. ”Så du ger dej av till Lummelundagrottorna redan i morgon? Kan inte undgå att höra när du talar i telefon där uppe. Bara så du vet. Har du något att säga av mer privat natur får du be mej gå en promenad runt kvarteret. Här är det lyhört.”

”Det är ingen hemlighet att Krister och jag har problem just nu.”

”Jag har tänkt fråga dej om det. Hur är det egentligen?” undrade Hartman.

”Jag vet inte.” Maria lutade huvudet i händerna och drog handflatorna långsamt över ansiktet, dröjde en stund i sina tankar innan hon svarade. ”Att leva tillsammans med någon är alltid en paketlösning, man får ta det onda med det goda. Just nu är vi inne i en svacka. Vi har inte riktigt haft tid för varann sista halvåret. Det har undan för undan blivit så att vi levt bredvid varann, gjort var och en sin del av det gemensamma arbetet, hjälpts åt som kompisar. Egentligen inte bråkat, inte älskat heller. Krister har svårare att leva utan passion än jag. Han har ett stort behov av att bli beundrad och bekräftad. Jag räcker nog inte till."

"Jag känner igen det du beskriver", sa Hartman tankfullt. "Marianne och jag hade det så en period när barnen var små. Jag gick upp i mitt arbete utan att märka att vi gled ifrån varann. Jag jobbade extra för att vi skulle ha råd att ha två bilar, renovera badrummet och resa på utlandssemester. Jag trodde det var viktigt för henne, men det var mej hon ville ha. Det gick så långt att hon flyttade innan jag förstod allvaret. Jag trodde det räckte att jag var en god familjeförsörjare, att jag fick ekonomin att gå runt. Jag var inte så bra på att tala om känslor på den tiden. När jag tankade bilen åt henne och satte på motorvärmaren betydde det: Jag älskar dej. Vi misstolkade varann och plötsligt, utan att jag förstod varför, ville hon skiljas."

"Det kan man inte tro när man ser er nu. Jag har alltid tyckt att ni verkar ha det så fint tillsammans. Så avundsvärt trevligt."

"Ja, men kärleken är inte gratis. Det handlar om att vilja. Den har sitt pris i engagemang och omtanke, den måste prioriteras och vårdas för att överleva."

"Krister har valt att stanna i Kronviken hos sin mamma. Hon är rent otrolig på att manipulera honom."

"Han låter sej manipuleras, Maria. Vad säger han när du berättar vad du vill och inte vill?"

"Han tycker att jag borde ha stannat i Kronviken när han inte kunde följa med. Den här gången valde jag att inte vika mej för Gudruns obändiga vilja. Krister tycker att hans mamma är så snäll och att det borde fungera om jag bjuder till lite. Hon vill ju så väl. I höstas hade jag sytt en klänning till Linda, som hon skulle ha på julafton. Jag hade suttit nästan varje kväll i flera veckor, för jag tyckte det skulle bli så roligt att få ge henne en sån klänning som Idun med äpplena har på en av Carl Larssons tavlor. Linda tycker så mycket om den tavlan. Dan före dopparedan kommer Gudrun med en klänning hon köpt i stan. En guldfärgad kortkort sak, urringad och utmanande som till en vuxen kvinna på jakt. Jag gillar inte alls såna barnkläder och det vet hon. Därför gav hon klänningen direkt till Linda, utan att fråga mej. Jag blev ledsen och Krister tyckte att jag var oresonlig. Klänningen jag sytt kunde Linda ju ha en annan gång, tyckte han. Det är bara ett exempel av många."

"Jag har inget råd att ge. Jag vet att du satsar på din familj, men det är inte bara ditt ansvar att få er relation att fungera. Han måste också ta sitt ansvar. Att kombinera polisyrket med familjeliv är inte heller det enklaste. Det har du känt av vid det här laget."

"Ja, många kvinnliga poliser jag känner är skilda. Jo, det är faktiskt sant när man tänker efter. Men jag vill inte. Jag vill inte att vi ska dela upp barnen. Jag vill inte flytta från villan vid havet och jag vill inte leva med någon annan än Krister. Det skulle kännas så meningslöst, allting. Antagligen älskar jag honom."

"Antagligen gör du det", sa Hartman med ett snett leende.

Ett klapprande läte mot gatstenen och dörren i det gula planket mot Murgatan öppnades. Framför dem stod en ung kvinna med långt ljust, utslaget hår. Hon bar en kort jeanskjol och ett vitt linne. Maria kunde inte låta bli att se vad hon hade på fötterna. Klackarna var nog nästan decimeterhöga och ganska smala, ett riktigt artistnummer att ta sig över kullerstensgatorna i dem, tänkte Maria och smög omedvetet in sina fotriktiga Birkenstocksandaler under stolen.

"Birgitta, mitt hjärtebarn. Välkommen! Hur lång stund har du på dej?" frågade Vega.

"En timme, sen ska jag till torget. Mamma sitter där åt mej. Jag måste byta av henne för hon ska hjälpa till i affären. Pappa har tid hos tandläkaren igen."

"Jag förstår. Men vi kanske hinner med en kopp kaffe innan du provar?"

"Ja absolut, det tackar jag inte nej till."

Vega gick fram till rabatten, tog sin sysax ur förklädesfickan och klippte av en just utslagen ros, utan tvekan den vackraste i trädgården, en rubinröd Queen of Hearts. Hon överräckte den till Birgitta utan ett ord, men hela hennes väsen strålade av välmening.

"Den kommer aldrig att hålla sej om hon ska sitta på torget resten av dagen", sa Hartman krasst.

"Det behöver den inte. Den är till *nu*", log Vega.

Ett vackert ögonblick, som Maria sedan kom att fundera över många gånger i sitt liv. Vega var ingen förmögen kvinna. Det behöver man inte vara för att ge gåvor som aldrig blir glömda. Inte om man ger dem med sitt hjärta, med sin kärlek och värme. Den är till *nu*. Av en omutbar kvinna som Vega är en sådan gåva mera värd än allt guld som glimmar, tänkte Maria och kände i den stunden att hon var tvungen att omvärdera sin hyresvärdinna en smula.

”Jag har köpt en ring åt honom. Vill du se?” sa Birgitta. Vega nickade ivrigt.

”Det är en hövdingaring i guld. Jag köpte den av en konkurrent. Far må förlåta mej, men det var den jag ville att Arne skulle ha.”

”Dyr?” undrade Hartman.

”Ja, men ett fint arbete”, skyndade sig Vega att säga till gåvans försvar.

”Jag minns ett bröllop jag var på som barn”, sa Hartman. ”Ett riktigt gotländskt bondbröllop. Där började man kalaset med att skrika: ’Ryssen kommer!’ Och så sprang alla gästerna ut och gömde sig i buskarna. Sen var det värdfolkets sak att locka fram dom igen, med allt vad huset förmådde i matväg, truga och be tills dom kom in i huset och själva festen kunde börja.” Hartman log med hela ansiktet. ”Dom brukade skämta om det, våra sommargäster från Tyskland. En man stapplar in på gården och skriker ryssen kommer. Dörren öppnas och de svenska kvinnorna springer ut med öppna armar: Jaaa!”

”Det där med rysskräcken sitter djupt i folksjälen.” Vega vände sig till Birgitta. ”Har alla svarat på inbjudan?”

”Nästan alla. Vi har beställt middag och vickning på Fridhems pensionat. Det har en vänlig och gammaldags atmosfär. Pensionatet ligger alldeles vid havet, strax under Högklint. Prinsessan Eugénie lät bygga det som sitt sommarhem. Jag har beställt lammstek och saffranspannkaka. Vad tycker du, Vega? Det blir väl bra? Jag har önskat en ärebåge av eklöv och röda rosor. Pappa tänker bekosta häst och vagn.”

”Så fint.” Vegas ögon strålade. ”Hur många har ni bjudit?”

”Det blir över hundra personer. Sextio på middagen. Dom andra kommer senare.”

”Du har väl inte glömt att bjuda Lill och Kåge.”

”Måste jag? Du vet hur hon blir.”

”Du vet vad som hände i Törnrosa när dom glömde bjuda den onda fen. Det kommer att bli sånt skitprat efterpå så du önskar att du hade bjudit henne i alla fall.” Vega snörpte på munnen så man kunde tro att knappnålarna ännu satt kvar. ”Sätt henne bredvid mej, du. Jag tar hand om henne. Vi kan ta en promenad i parken om det blir för illa. Hon tycker ju om att titta på växter. Blir hon helt oregerlig kan vi äta våfflor i kaffestugan, så hon inte stör middagsgästerna.”

”Du har väl rätt. Men jag skulle egentligen hellre bjuda Anton och Irma.”

”Hur gör du med Olov och Christoffer då?”

”Jag bjuder Olov. Vill han inte komma får han tacka nej. Jag tror det vore värre för honom att inte ens bli bjuden.” Birgitta sög in underläppen, ett stråk av oro for genom hennes kropp. Sen rätade hon upp sig. ”Christoffer bjuder man inte. Han dyker upp av sej själv där han vill vara.”

”Det är inte risk att han tar över hela föreställningen då?” undrade Vega oroligt.

Birgitta skrattade.

”Kanske det. Men vem skulle kunna hindra honom. Jag hoppas han sjunger en av sina vackra ballader. Jag har faktiskt bett honom sjunga i kyrkan.”

”Är du inte riktigt klok! Han kan ju ta sej till vad som helst. Vet din mor om det? Jag såg honom faktiskt nere på Stora Torget förra veckan. Han hade förskräckliga kvinnokläder på sej, någon sorts förkläde med lösbröst, och ropade ut åt envar att han drev stadens enda prisvärda bordell. Så genant för hans föräldrar”, sa Vega och rynkade pannan.

”Man kanske skulle bjuda Mona och Wilhelm också. Jag har inte pratat med Arne om det än. Jag vet inte vad han tycker, men jag var mycket hemma hos dom när jag var ihop med Olov.”

Hartman harklade sig. Funderade. Gav Maria en blick. Bestämde sig för att inget säga och sjönk tillbaka i soffan. Vad hade han att säga? Wilhelm kan du inte bjuda för han saknar ett lillfinger. Saknas i sin helhet, faktiskt.

”Ska vi gå in då?” Vega samlade ihop kaffekopparna och räckte Maria kakfatet och sockerskålen. ”Jag kan behöva din hjälp att hålla när jag nålar. Karlar släpper vi inte in.”

”Det var då väl”, sa Hartman, lutade huvudet i handen och tog en kaka till. Hustrun skulle säkert sätta honom på bröd och vatten när han kom hem med tio kilos övervikt. Men den stunden, den sorgen, tänkte han och tog ett ordentligt bett.

”Så vacker du är”, sa Maria när Birgitta mycket försiktigt lyckats krångla sig i klänningen med alla nålar och tråckeltrådar. Skärningen var enkel men mycket effektfull. Vitt siden, utan spetsar eller volanger, bara tyget som följde kroppens egna linjer, markerade midjan och exponerade bysten.

”Håll in lite därbak. Jag tror vi tar en centimeter till över höften. Nu går du inte ner mer i vikt. Jag vägrar sy om klänningen igen om du bantar, förstår du.” Vega snodde runt och synade, backade ett halvt steg och synade igen. ”Vi får faktiskt ta en centimeter över bysten också. Om man späker sig försvinner det hull överallt, också där man önskar ha det kvar. Är han den rätte nu då?” undrade Vega och såg upp från sitt arbete. Reaktionen blev inte den hon väntat sig.

Birgittas ansikte blev med ens mycket allvarligt. Vega stannade upp mitt i rörelsen. Armarna föll ned och blev hängande utefter sidorna. De såg Birgittas ögon bli mycket runda och svämma över. ”Men kära barn! Kära lilla Birgitta”, sa Vega förskräckt.

”Jag vet inte.” Birgitta stirrade rakt framför sig. Vega tog upp en näsduk för att tårarna inte skulle droppa på det dyrbara tyget. ”Jag vet inte, allt har gått så fort. Jag vet inte vad jag ska göra. Säg inget till mamma. Jag kanske bara är lite deppig just nu. Jag vet inte vad det är.”

20

"SE DÄR ÄR HON!" Vega drog Hartman i kavajärmen. "Är hon inte fin!" Maria försökte få en skymt av Birgitta i myllret på Strandgärdet när fursten med familj, hans hov och livvakter anlände. Där bredvid härolden stod hon i en grön fotsid klänning med det långa ljusa håret konstfullt flätat med breda röda band.

"Vilken vacker dräkt", sa Maria beundrande.

"Jag har faktiskt sytt den." Vega sträckte på halsen och ställde sig på tå för att se bättre. "Jag har kurser på vinterhalvåret i sömnad av medeltida kläder. Ser du borgarfrun där borta, hon med röda manteln. Hon har sytt sin dräkt på kursen."

Maria kunde inte se henne, sikten skymdes av en frodig munk i brun kåpa och en trashank med en get i släptåg. Det doftade av nybakat bröd med fänkål och kryddiga stekar som roterade på spett, rök från smedens eld och brända mandlar blandat med mänskliga, om än inte helt medeltida, odörer. Månglarna bjöd ut sina varor, överröstade varann för att vinna publikens uppmärksamhet i ett sorl av vevliror, säckpipor och trummor, förväntansfulla röster, vredgade utrop och skratt. I långdans sprang ett pärlband av unga flickor på mjuka tofflor. En gycklare drev gäck med en rik köpman som sålde Teriak, ett botemedel mot pest och allehanda krämpor som en gång komponerats av kejsar Neros livmedikus och innehöll 71 beaktansvärda beståndsdelar så som ormkött och opium. Mer hann Maria inte uppfatta innan Vega fick syn på Birgitta igen. Hon stod i kön vid sierskans tält alldeles bredvid och satte sig just på pallen framför damen i den färggranna kjolen. Spåkvinnan sträckte fram handen, tog emot myntet, bet i det och stoppade det hastigt i sin skinnpåse i bältet bredvid husnyckeln. Guldringarna glänste i hennes öron, ringarna glittrade på hennes smala fingrar. Den röda huvudduken gjorde sig bra mot sierskans mörka hår. Hon satt en stund i inåtvänd koncentration, blundade och mumlade för sig själv. Så såg hon upp på Birgitta igen med pigga bruna ögon.

”Vad vill Ni veta?”

”Det förflutna känner jag redan, liksom nuet. Sia om min framtid.” Birgitta skrattade och de vita tänderna glittrade mot solbrännan. Maria visste inte om hon skulle gå eller stå kvar, det kändes på något vis privat. I alla fall om man för ett ögonblick trodde på de sanningar som skulle uppenbaras. Å andra sidan var det publikt om man ville se det som ett skådespel. Vega hade satt sig ner i ståndet intill och talade med en bekant om svårigheten att få tag på ylle till ett anständigt pris. Hon tänkte stanna. Hartman var redan igång och prisförhandlade om en lampa tillverkad av svinblåsa och Maria blev kvar i halvskuggan av sierskans tält.

”Kupera leken.” Tarot-korten räcktes Birgitta och hon kuperade lydigt. Sierskan la upp dem, inte i en stjärna som Maria hade förväntat sig utan i rader. ”Jag börjar ändå i dåtid, men vi tar det summariskt. I ett tidigare liv har du varit hovdam åt drottning Viktoria. Jag ser dej i en ljusblå sidenklänning. Du sjunger. Du har också varit soldat och drunknat i en storm på Östersjön. Är du rädd för vatten?” Birgitta skakade på huvudet.

”För att drunkna?”

”Nej, inte mer än för något annat. Det skulle i så fall vara att bli instängd och kvävas långsamt.”

”Bli inmurad i ett mörkt rum?

”Ja. Jag brukar inte ens låsa toalettdörren. Det är lite fånigt men jag är rädd att den ska fastna.”

Det syntes att hon fann frågan obehaglig och sierskan släppte ämnet. ”Jag ser en man. Han sysslar med det förgångna. Det finns mycket känslor där, blandade känslor. Jag ser en krona av metall med glittrande vattendroppar, en vit klänning.”

”Det stämmer. Jag ska gifta mej.”

Maria var inte särskilt imponerad. Med Vega som sömmerska hade nog halva ön hört talas om bröllopet vid det här laget.

”Nu ska vi se vad framtiden kan ha i sitt sköte.” Sierskan vände på de två sista kortraderna och tystnade. Birgitta såg förvånat på henne.

”Vad ser du?” Tystnaden växte. ”Vad ser du då? Säg något!” Birgitta försökte le, men leendet kom av sig halvvägs upp till ögonen. ”Du skrämmer mej. Sluta! Säg något!”

”Det är en man du ska akta dej för.” Birgitta brast ut i ett kvillrande fnitter när anspänningen släppte.

”Det brukar min mamma också säga.”

”Akta dej för att vara ensam efter solens nedgång.” Sierskans ansikte var mycket allvarligt.

”Ska försöka. Jag tror inte det blir så svårt”, log Birgitta.

”Håll dej undan från rusdrycker.”

”Nu låter du som Vega. Berätta mer om mannen jag ska akta mej för.”

”Jag kan inte, han döljer sitt ansikte.”

”Inte mycket att betala för”, sa Birgitta och tog Vega under armen. ”Hon skrämde mej lite. Fast det får man väl räkna med att betala för precis som när man åker Hang over på Liseberg. Det är den killande känslan i maggropen som ger valuta för pengarna.

”Jag tycker vi bänkar oss så vi får bra platser”, sa Hartman. ”Vi får tala med Olov efter tornerspelen. Han väntar på oss vid utgången mot havet. Så bestämde vi. Han är en mycket upptagen man.”

”Se där kommer fursten. Han i blått. Nu ska han ta emot folkets hyllning. Spelen är till hans ära.” Vega korrigerade sin nunnedräkt och satte sig. Maria hade tyckt att det skulle ha varit roligt att få klä sig tidstypiskt, men Hartman hade vägrat utan att egentligen motivera sig. Då och då sneglade hon på Vega, som helt levde sig in i sin roll när hon talade med bänkgrannen, tillika abbedissa från Solberga kloster, om fastans betydelse för själens rening. Det var annat än smör och grädde det.

Nu visades riddarnas sköldar för härolden och godkändes. Den förste riddaren ropades upp och red in på arenan under massornas jubel. Riddaren av Trefaldighetens lycka svepte in i full rustning, med hjälm och ringbrynja. Hans tabard och fana bar en svart treklöver på gul botten. Han hälsade sin furste på sedvanligt vis.

”Vem av dom är Olov?” undrade Maria när fem riddare passerat.

”Han kommer nu. Det är han i grönt, Riddaren av det Gyllene

svärdet. Det är försvarsmakten på Gotland som sponsrar honom. Man ser hur viktigt det är att riddarna bär sina färger och sitt vapen på tabard och hintertyg, hur skulle man annars kunna skilja vän från fiende."

"Det är gott när det är så enkelt", log Maria.

"Nu ska dom välja sina damer. Det är alltid lika spännande." Vega applåderade Riddaren av Tvenne pilar som just valt sin jungfru. "Det är hans fru faktiskt."

"Det var väl en evig tur att han valde just henne då", muttrade Hartman. Den unga kvinnan följdes nu av riddarens väpnare för att ta sin hedersplats bredvid fursten.

Vega satt på yttersta kanten av bänken för att inte gå miste om en enda detalj. För henne var detta tävlingens absoluta höjdpunkt. Det mest spänningsladdade momentet av dem alla. Den gröne riddaren red in på arenan med banden knutna om sin lans, Olov, Riddare av det Gyllene svärdet. Ett sus gick genom publiken, måhända var han damernas gunstling. Nu skulle han välja den jungfru för vars ära han skulle kämpa. Han återgäldade leende kvinnornas förväntansfulla ögonkast och tog god tid på sig. Härolden såg ut att vilja skynda på honom och muttrade något ohörbart i mikrofonen. Efter ett nästan avslutat varv stannade ekipaget framför Birgitta. Vega drog efter luft, reste sig halvvägs och satte sig på baken.

"Du måste inte acceptera", viskade hon. Men det var för sent. Birgitta hade redan tagit emot banden och var på väg ner från läktaren. Väpnaren svepte in henne i riddarens cape och hon intog sin upphöjda plats bredvid fursten.

"Det är tur att Arne inte är här. Han har visst en föreläsning i Öja. Fast han lär väl inte undgå att få höra rykten." Vega såg bekymrad ut.

"Men vad då? Det här är ju bara en lek", sa Hartman.

"Kan vara en farlig lek." Vega skakade långsamt på huvudet. "Enligt sed har riddaren rätt att vänta sig ett kärleksmöte med den utvalda om han segrar." Hon vred händerna i knäet. "Det är inte bra, det här. Det är inte alls bra."

Riddare Hans av Visby satte hästen i galopp ut på rennerbahn. Första momentet var ridning mot Quintan, en träfigur med sköld på sin vänstra arm. I den utsträckta högra handen fanns en kedja med ett järnklot i änden. Den skulle riddaren parera när han försökte få in en stöt på skölden.

”Birgitta behöver väl inte träffa honom sen om hon inte själv vill”, sa Maria och fick ett långt ögonkast av Vega.

21

"EN SKUGGA LADES ÖVER FOLKET när basunen ljöd över staden i pestens år 1351. Invärtes rysningar och hetta, duvna ögon och svindel, en outsläcklig törst och andtäppa drabbade dig du högmodiga stad. Men det var icke nog. Svarta bölder så som gåsägg slog upp i dina armhålor, käkvinklar och ljumskar. Ditt tal blev oredigt, gången raglande, men ännu var det flera fasor att skåda. Blodstörtning ur lunga, blod i avföring och urin. Så drabbade pesten dig då draken, djävulen, släpptes lös på jorden. Cirkulus vitiosus; skräcken utlöste vanvett och vanvettet ökade skräcken. Men tog du dig i akt? Jag ärkeängeln Mikael har kommit för att strida mot ondskan. Jag ser genom murar, genom väggar av sten ditt slemma lefverne, hur du mäter med oriktigt mått och väger upp på falska vågar. Ve dig du förtappade stad när jag hämtar din själ till rannsakan. Ve dig på domens dag då du skall vägas i min vågskål och din skörlefvnad skall varda uppenbar. Ty jag är ärkeängeln Mikael, mitt tveeggade svärd ska skilja de onda från de goda och slutligen dräpa draken. Nio ogärningsmän, förrädare mot hela mänskligheten, har du låtit bränna på bål då de förgiftat våra brunnar och spritt död och ruin omkring sig. Men ännu häckar ondskan i dina gränder."

"Charmigt tal", sa Hartman. "Nästan så man tappar aptiten."

"Ser du inte att det är Christoffer. Nu förstår jag varför hans vänner kallar honom Pesten." Maria knuffade Hartman i sidan.

"Just nu verkar han vara ängel, ärkeängel till och med. Ser du vingarna därbak? Vacker häst, engelskt fullblod. Den måste vara väldresserad för att klara sådana här folksamlingar, lugn och stabil. Säkert en av Olovs hästar han sitter på, Mickelräv."

"Det är tur att den inte begriper vad han säger, annars skulle den nog stegra sej i protest", menade Vega. "Ärkeängeln Mikael avbildas ofta med ett flammande svärd eller ett spjut och en korsprydd sköld. Med sin basun kallar han till strid mot draken. Han ligger begravd på Vamlingbo kyrkogård. Jo, så trodde man förr. Det kan i mitt tycke verka lite förmätet, men så ansåg man länge i Vamlingbo. Det gav kyrkogården och församlingen där en viss status. På norrhusets långvägg finns en målning där ärkeängeln Mikael väger kejsar Henriks själ. Långt in på 1600-talet offrades det vid ängelns grav. Nu tycker jag att vi går och köper knäckäpplen."

"Jag tror jag föredrar ugnstrull. Jag är hungrig", sa Hartman.

"Vad är det?" undrade Maria.

"Det är grovt rågbröd med fläsk och lök inbakat. Finns där borta."

"Jag tror att jag vill se på gycklarna. Du kan väl köpa ett sånt där ugnstrull åt mej med", sa Maria.

Det fanns onekligen en del att titta på i stånden på väg till arenan, genuint hantverk alltihop. Det kändes befriande att se läder, ull, brons och silver, honung och linnetyg, i stället för de allestädes förekommande souvenirerna och tingeltanglet. Maria köpte sig ett hängsmycke i brons. Det ligger en viss tjusning i att unna sig själv något när man annars är van att köpa diskmedel, kattsand och bindor för de slantar man har.

Hon återvände till läktaren ungefär samtidigt som Hartman. Då hade moment nummer två redan börjat, spjutning av föremål på marken. Riddare Örnen fick poängavdrag för tveksamhet. Regeln löd att han måste ge sig ut på arenan senast fem sekunder efter given signal. Härolden hade inte riktigt med sig publiken där och diskussioner blossade upp på flera håll. I detta tumult ringde Marias mobil och hon fick gå avsides för att höras något alls. Det var Krister, han ringde från sjukhuset. Emil hade klättrat i träd för att se på ett fågelbo, en gren hade brustit under honom och han hade fallit handlöst till marken. Nu var armen gipsad och han låg på uppvakningen.

"Kan du inte komma hem?"

"Jag skulle vilja det, men det är svårt just nu."

"Du måste väl kunna ta ut vård av sjukt barn och komma hit."

"Inte när du har semester. Om Emil är gipsad får han väl komma hem redan i kväll. Jag ringer senare, så jag får prata med honom när han har vaknat", sa Maria och kände det dåliga samvetet som en klump i halsen.

”Varför vill du inte komma hem? Är det något särskilt som lockar? Någon särskild?”

”Nu är du fånig. Jag sitter här med en mordutredning och det vet du. Jag kan inte bara ge mej iväg som det passar mej. Men du kan komma precis när du vill. Jag väntar på er. Hur är det med svärmor?”

”Inget vidare. Hon har gallbesvär.”

”Så det var inget med hjärtat?”

”Troligen inte. Dom kan inte utesluta att hon har kärlkramp. Hon har fått tabletter för det. Kan du inte komma hem?”

”Du, jag tror din mamma klarar sej alldeles utmärkt utan dej en vecka eller två. Om du inte tror det får du stanna. Jag måste fullfölja det jag har åtagit mej.”

Det slutade som vanligt i konflikt. Tre minuter senare ringde Krister upp och sa puss med mera. Efter ytterligare fem minuter ringde Maria upp igen och sa något liknande, utan att för den skull backa i sin uppfattning om vad arbetet krävde. Hon hörde hur han stönade i luren och med denna suck över Östersjöns svala vatten la han på luren.

På väg till de andra passerade Maria platsen där sierskan haft sin mottagning. Tältet var rivet. En kort minut undrade Maria om hon tagit miste men lampförsäljaren och ståndet med knäckäpplen stod kvar där hon mindes dem. Krukmakaren och bondmoran som sålde brända mandlar likaså.

”Du missade svärdsexercisen”, sa Hartman när Maria klättrat in på den fullsatta läktaren. ”Det var grant att se när Riddare Örnen slog ett äpple i luften och sen fångade en ring. Nu blir det strid man mot man. Jag försökte köpa Gotlandsdricka. Jag tänkte att det kunde vara roligt för dej att smaka vår nationaldryck. Men den säljs inte i år. Det är nya bud och nya tider. Länge har det ansetts som en kulturdryck och därigenom har tillverkarna fått dispens. Det man nu har att anföra mot drickan är att alkoholhalten varierar avsevärt från en bryggning till en annan. Vad det ska spela för roll? När jag var barn körde till och med de striktaste absolutister bil efter att ha druckit Gotlandsdricka. Det var liksom en sak för sig. Nästan ett sakrament.”

”Hur smakar det då?” undrade Maria samtidigt som telefonen

gav till ett pip för att meddela att hon mottagit ett SMS. Krister igen.

"Svårt att beskriva, ganska sött, lite rökt, ungefär som öl fast grumligt. Hur starkt det är brukar man märka efteråt."

Olov, Riddaren av det Gyllene svärdet, red in på arenan i full rustning, med sköld och lans. På andra sidan tilten kom Riddare Örnen i full karriär. Rött mot grönt. Olov fick in en stöt på den andres sköld och massorna jublade.

"Måtte han förlora, låt Olov falla av utan att slå sej fördärvad, eller låt åtminstone hästen bli halt", löd Vegas ogudaktiga bön. Abbedissan, bredvid på bänken, hade dock inget att invända.

"Vilken grann häst, en amerikansk quarter. Att skada en motståndare är förargligt, men att skada en häst är oförlåtligt. Se hur snabbt den rör sej, lyder hans minsta vink. Nu, är ni med? Nu möter han Riddare Vågen. Se på Birgitta, hon står upp och hejar." Hartman skrattade mot Vega och jublade när Olov fick in en stöt på den blåvita skölden.

Nu återstod endast finalen mot Riddare Hans av Visby. Vega blundade medan gycklarna från PAX och Lyckans Lekare gjorde sitt framträdande. Hon öppnade inte ens ögonen när kämparna från Styringheim inträdde på arenan med svärd och sköld för att underhålla innan det var dags för tornerspelens höjdpunkt.

"Du ska inte dryga ut pensionen med att etablera en badstuga?" undrade Hartman för att få Vega på andra tankar. "Det finns både Katarina badstuga på Donnersplats och Mor Gretas badstuga på Packhusplan, men ingen på Klinten. Vad sägs om Vega tvagning och byk?"

Vega svarade inte och Maria förstod att hennes tystnad inte bara var teaterspel utifrån nunneutstyrseln. Hon var verkligen orolig. De båda borgmästarna, den tyske och den gutniske, styrde stegen mot furstens tält och slog sig ner i bästa samförstånd efter att ha förfriskat sig med fläderblomssaft i brist på grövre kaliber. De skrattade högljutt åt en mustig historia från Sudret. Furstinnan rycktes med i skrattet.

"Riddaridealet." Hartman såg på Vega och läste högt ur Tornementums broschyr vare sig hon ville höra eller inte. "Vara en tapper och duglig stridsman och väl förfaren i kamplekar. Vårda ditt inre: Undvik allt lågt och uselt. Tala inte illa om andra. Vakta ditt högmod. Vårda ditt yttre: Tänk på ditt språk. Uppför dig aldrig tanklöst och obehärskat. Sitt väl till bords. Minns din plikt mot kyrkan och din furste. Var givmild mot de värnlösa och behövande, änkor och faderlösa barn. Var hövisk mot kvinnan. För att vinna hennes gunst ska du våga ditt liv i ärofylld kamp."

På ömse sidor om rennerbahn, skilda åt av tilten, stod Riddare Hans av Visby och Riddaren av det Gyllene svärdet beredda till strid. Olov såg sin mor i publiken. Liten och hopkrupen satt hon på en ytterkant. Bredvid henne satt hennes granne, Henrik. Olov gladdes åt det han såg, sin mor och den gode Henrik.

Riddarna sänkte sina tio fot långa lansar på given signal och störtade mot varann. Publiken höll andan. Fartvinden fladdrade i schabrak och tabard. Marken skakade av galopperande hovar. De båda riddarna brakade ihop och Riddare Hans av Visby föll ur sadeln. Folkmassan reste sig som en man, somliga beklagade, de flesta jublade. Maria såg på Vega och följde hennes blick. Hon var vit i ansiktet. Ögonen fixerade något borta vid träddungen. Någon. Maria lånade Hartmans kikare och riktade in den. Där bland träden stod Arne Folhammar, som föreläst för dem på museet, halvt dold bakom en stam. Hans ansikte var vänt mot arenan.

Under jubel och hurrarop mottog Riddaren av det Gyllene svärdet segerkransen ur furstens hand, satte den sedan på sin jungfrus huvud och lyfte upp henne framför sig i sadeln. Av smidigheten att döma var det inte första gången de red tillsammans. Leende hälsade de folket och tackade för hyllningen. Under ärevarvet sökte Olov sin mor med blicken, men hon satt inte längre på sin plats bredvid Henrik. Han kunde inte heller se henne nere vid avspärrningen.

22

AUGUSTIKVÄLLEN VAR MÖRK och vinden som värmts upp i Visbys gränder mellan packhus och murar strök sig mjukt mot Marias bara ben. Hon huttrade lite av kylan från havet, knäppte igen sin jeansjacka och slog sig ner bredvid Olov och Hartman vid strandkanten. Havet bredde ut sig framför dem i sin storhet och sköljde in sömniga svarta vågor mot land. Det fanns inte längre någon horisont. Himmel och hav var ett och samma element. Maria sjönk in med blicken i mörkret och helheten. Det fanns en vila i att slippa se sådant som skapats av människohänder. En vila i att försjunka med blicken i havet, stenarna och elden som får tiden att flyta fritt. På avstånd hördes en flöjt. Någon spelade en farandole. Det blev Olov som först yttrade sig.

”Tar det lång tid? Jag bör fara till Lojsta i kväll. Det är riddarafton.”

”Nej, det ska det inte behöva göra”, sa Maria och tog rutinmässigt upp persondata. ”Det har inte varit lätt att få tag i dej. Vad arbetar du med?”

”Jag arbetar natt på akutmottagningen och så föder jag upp hästar. Hästarna tar mycket tid. Men den kombinationen fungerar för mej. Tidigare arbetade jag på ambulansen. Det schemat var lite i mastigaste laget.”

”Vad tänker du om din fars försvinnande?”

”Jag vet inte alls. Det är klart man är orolig. Vi har ringt alla bekanta på fastlandet, kontaktat regementet och gubbarna i hemvärnet. Jag gjorde det. Mamma tycker inte om att tala i telefon. Men ingen har hört av honom. Tanken på att han skulle ha gjort slut på sitt liv förefaller mej inte helt avlägsen. Tiden har på något sätt gått ifrån honom. Dom områden där han kunde hävda sig förr, värdesätts inte längre. Det har tagit hårt på honom.”

”Hur skulle du beskriva ditt förhållande till Wilhelm?”

Olov tvekade och funderade.

”Väl vandrar man, som riddare, i Fridsfurstens fotspår men det finns ändå gränser.” Han suckade och bytte ställning. ”Jag försöker respektera min far, men vi har skilda uppfattningar om mycket.”

”I vilka avseenden?” undrade Maria.

”Jag avstår helst från att svara på det.”

”Visst. Var befann du dej i måndags morse klockan halv sex?”

”Hemma i Martebo.”

”Ensam?”

”Jag var ute hos hästarna.”

”Om vi tänker oss att din far bestämt sej för att lämna livet, verkar det då som en rimlig handling från hans sida att hoppa från Gotlandsbåten? Ibland kan man stanna till inför tanken att så skulle han aldrig ha gjort. Vad tror du?” Maria vred på överkroppen så hon kunde se Olovs ansikte när han svarade. Han såg mycket bra ut, vältränad, axelbred och blåögd. Just nu bekymrad och allvarlig, men Maria hade sett leendet och tvivlade inte på den dragning det måste ha på yngre kvinnor så väl som på gamla tanter. Själv kände hon sig i det närmaste immun. Efter tio år med Krister insåg hon vad ett leende kan dölja. Det var synd, men på den punkten var hon skadad.

”Jag tror inte han skulle ha skjutit sej. Han skulle inte tycka att det var trevligt för de efterkommande. Hemvärnet sökte efter en man uppe i skogen, det var för ett par år sedan. Far var med och gick skallgång. Mannen hade gått ut med sitt gevär. Det var far som fann honom i en granriskoja. Då hade han legat i skogen tre dygn och blivit upptäckt av både räv och gnagare. Nej, skjuta sej skulle han aldrig göra. Knappast hänga sej heller, av samma orsak.”

”Hur klarar din mor gården när han reser bort?”

”Hon klarar det mesta själv. Far brukar passa in sina resor när det är lite lugnare. Det är snart dags för vetet. Jag rycker in om det behövs.”

”Det måste vara tufft för henne, både med arbetet på den psykogeriatriska avdelningen och att sköta sin far som är dement.”

”Så dement är han väl inte. Det svåraste är väl att han är dubbelamputerad och att han inte ser något. Hon orkar inte få ner honom till bottenvåningen själv. Han är fånge där uppe tills någon av oss kommer hem. Anselm har misskött sin diabetes i många år och det ger effekter på sikt. Sen vaknar han på nätterna och har mardrömmar ibland om finska vinterkriget. Han volonterade på finska sidan och fick gå som sanitär. Det var fruktansvärt kallt. Dom avlidna kunde inte begravas i kylan. Dom fick bränna liken. När kropparna kastades på bålet och luften som stod kvar i lungorna värmdes pressades den ut via stämbanden. Han klarade inte av skriken från dom döda. Första gången han hörde det försökte han dra ut kroppen ur elden i tron att soldaten levde. Han svedde sina fingrar. Har fortfarande ärr. Efter tre månader sändes han hem som ett nervvrak och tillbringade sedan flera år på Sankt Olofs mentalsjukhus. Där träffade han mormor som var tjugo år yngre. Hon led av depressioner och tog sitt liv när mamma var sju åtta år. Anselm blev sjukpensionär tidigt. Så ser släktkrönikan ut på mödernet. Föga glamoröst. Kan jag gå nu?”

”Ja, javisst”, sa Hartman, fortfarande kvar i berättelsens stämning. ”Javisst. Vi får gratulera till segern i dag.”

”Han gav ett sympatiskt intryck eller vad säger du?” sa Hartman och reste sig mödosamt från det hårda underlaget.

”Kanske det.” Maria kände att hon gärna hade dröjt sig kvar ännu en stund i stillheten vid havet.

23

ARNE FOLHAMMAR STOD VID KÖKSFÖNSTRET och såg ner på folkmassan som trängdes utanför Gutekällaren. Sökte hennes gröna klänning i myllret av färger, hennes ljusa hår. Porten till hyreshuset öppnades och stängdes men inga fotsteg ledde till övervåningen. Med sitt tränade öra kunde han mycket väl avgöra vem av grannarna som kom hem. Pettersons hasande steg och tunga andhämtning var honom lika bekant som fru Lindstedts smällande klackar och Anderssons nästan ljudlösa gång. Andersson visslade alltid när han satte nyckeln i låset. Kanske försökte han ge onda väsen där inne möjlighet att försvinna av sig själva innan han öppnade, som när man stampar i högt gräs för att skrämma bort ormar. Arne släckte kökslampan för att se bättre i mörkret där ute. Något hände utanför S:ta Carins ruin. En kvinna skrek och två män slogs. Det bildades en ring omkring dem av festklädda människor. Arne kände en krypande oro. En övergivenhet lika stor som när han var barn och satt klistrad vid fönstret de timmar Mona och Anselm var på begravning och han inte fick följa med. Var tid har sina egna sanningar. Då ansågs det inte bra för barn att vara med på begravningar. Hade de kunnat se hans detaljrika fantasier om den döde, om förbannelsen som skulle drabba dem, kanske de hade tvekat i sitt beslut. Han kunde fortfarande framkalla bilderna av det halvruttna skelettet. Med köttet hängande från benen och ögon som svarta blodblänkande hålor skulle den osalige slita dem i stycken med sina beniga fingrar. Han var inte längre mänsklig och hans krafter var omänskliga. Han skulle sedan begrava dem allihop och skotta igen graven, så ingen kunde hitta dem. Sen skulle demonen upplösas i vinden. Arne skulle bli ensam i världen, en ohygglig insikt. Men det fanns också en gnutta triumf i tanken på att inte behöva någon. Om han inte flyttade sig från fönstret, inte ens gick och pinkade, om han satt helt stilla skulle inget ont hända dem. Men om han rörde sig det allra minsta skulle döden vinna. Så stod han nu blickstilla och väntade på Birgitta, omedvetet styrd av samma magi.

Han mindes den gången han väntade på Wilhelm och Mona när de var på väg till Henrik för att se på teve. Det var alldeles nytt och märkvärdigt med television. Han fick inte följa med för att han hade varit ful i mun, ändå hade han inte hittat på ett enda ord själv, bara härmat Wilhelm. I sin ensamhet hade han gått på upptäcktsfärd i huset. Det fanns förbjudna ställen. Wilhelms nattduksbordslåda var ett sådant ställe. Där hade han en gång hittat en förpackning naturfärgade ballonger, vilket renderade honom en rungande örfil.

Men det allra mest förbjudna var kontoret, där fick inte ens Mona gå in. Den dörren var stängd. Från utsidan av huset kunde man se att det inte fanns några blommor som i de andra fönstren, bara en tjock mörkbrun gardin, som inte bytts ut eller tvättats sen föregående generation, och ett par plåtburkar med lock.

De hade lämnat honom ensam, fast de visste hur rädd han var. Det fanns döda svarta hundar under sängen och i ventilerna slingrade ormar, tyst, tyst så bara han kunde höra dem. I mors och Wilhelms säng fick han inte vara, inte ens när nattens fasor fick honom att pinka på sig.

I en stund av trots hade han gjort det oerhörda denna föräldrafria tevekväll. Han hade lyssnat till de vuxnas steg som avlägsnade sig i gruset. Så hade han smugit fram till fönstret och sett dem försvinna över gårdsplanen. Ytterligare en evighet hade han väntat innan han kände på dörrhandtaget till det förbjudna kontoret. Dörren hade inte varit låst. Han tände lampan och konstaterade förundrat att rummet innanför såg ut som ett vanligt rum. Det hade brunrandig tapet, en brun lurvig matta och en kristallkrona med dammiga prismor. Det luktade ovant, en doft han senare kom att förknippa med malkulor och kamfer. Det fanns ett stort skrivbord mitt på golvet och en läderfåtölj. I ena hörnet stod ett kassaskåp, i det andra en kista med mässingsbeslag. Hela långväggen täcktes av en enorm bokhylla. Aldrig hade han sett så mycket papper och pärmar. En tavla i guldram, med Oscar II och hans familj, dominerade rummet. Också det ett tillrättaläggande i efterhand. När han stod där som sexåring föreställde tavlan Mona i ljusblått nattlinne och honom själv i sjömanskostym. Alla de andra personerna var ovidkommande tills han blev varse Wilhelms vålnad bakom den gamle i vitt skägg. Det fanns också inramade diplom på väggen bakom skrivbordet, men han kunde inte läsa texten. På skrivbordet fanns en lite kanon i brons. Det stod något i botten på den. Han kunde inte låta bli att lyfta upp den för att se. Kanonen vägde tungt i handen. Han riktade in den mot tavlan och sköt ner Wilhelm och alla de andra, räddade Mona och sig själv från fienden. De redan döda blev till stoft. Det var då han fick syn på nyckeln. Hans nyfikna fingrar provade den i skrivbordslådorna. Den mittersta gick att dra ut om han använde båda händerna. Trögt. Han tog i av alla krafter i handtaget och föll bakåt med lådan i famnen. Pengar! Det var högar med pengar. De var rika nu! Aldrig mer skulle mamma behöva tigga pengar till en klänning. De kanske skulle kunna köpa en teve, tänkte pojken som var Arne. Då skulle han sitta i beckmörkret nära Mona och se på Televinken. De skulle ha färdigbredda smörgåsar och en termos med kaffe och han skulle få choklad. Och Mona skulle lägga armen om honom.

Arne hade kastat upp pengarna i luften så de regnade ner över hans huvud, kastat upp dem igen och sett dem dala ner i glada svängar. De var rika. Alla skulle bli glada. Han hade varit alltför upptagen för att höra stegen och märkte inget förrän järnnäven slöt sig om hans nacke. Wilhelm hade kommit hem för att hämta ett musiklexikon, för att bevisa för Henrik och de andra att Sten Broman hade fel. Vad som hände sen hade Arne svårt att minnas i detalj, bara förvåningen, skräcken när han såg Wilhelms förvridna ansikte och smärtan. Jag dödar dej om du skvallrar. Han hade inte tvivlat en sekund på det. Arne Folhammar märkte där han stod som vuxen man att kroppen fortfarande stelnade i försvar.

När Wilhelm somnat den natten hade Mona skjutsat in pojken till sjukhuset. Vad det kostade henne utöver vårdnaden om sin son fick han aldrig veta.

Arne kastade en blick på sitt armbandsur. Klockan var tio minuter i två och Birgitta hade ännu inte kommit. Det var imma på fönstret där han stått. Oron gjorde honom rasande. Ville hon gå ifrån honom kunde hon säga det, inte bara lämna honom åt sina egna gissningar. Det var inte svårt att fantisera om henne och Olov, han hade gjort det förr. Fyllt i hennes knapphändiga berättelse om deras liv tillsammans med egna fantasier. Hur hon klädde av sig och eggade honom, se men inte röra. Hon fick en kick av det, misstänkte han. Lekte med honom fram till bristningsgränsen för att sedan visa ett totalt ointresse. En jävla fix idé hon fått av Vega på Klinten. Vem fan är oskuld på sitt bröllop nu för tiden? När han tvivlade hade hon tagit hans hand och låtit honom känna att hon var intakt. Ovedersägligen var det ett maktmedel. Hade någon för ett år sedan andats om att han skulle gifta sig hade han hävdat att det var otänkbart. För att inte säga rent omoraliskt, att lova att älska någon för resten av sitt liv. Men all moral har sitt pris. Han var beredd att betala, om än motvilligt offra sin moral för hennes. Benen började kännas stumma och han satte sig ner på en köksstol. Tänk om hon hade lurat honom, om hon gjorde det nu, tillsammans med Olov. Ta min oskuld som en avskedsgåva. Ju mer han tänkte på det, desto rimligare föreföll honom tanken att han bara var en bricka i ett spel som helt och uteslutande handlade om Olov och Birgitta. Och den tanken gjorde honom än mer rasande. Skrattade de åt honom nu? Eller än värre, tyckte hon synd om honom? Satt hon just nu och beklagade sig över hans tafatthet och tillkortakommanden? Var bröllopet bara ett sätt att ytterligare egga Olov? Arne reste sig häftigt och lämnade fönstret, slet sig från sin barndoms magiska föreställning om att hennes väl och ve hängde uteslutande på honom, på att han inte svek sin plats vid fönstret. Han tänkte skaffa bevis och kräva en förklaring. Nyckeln till hennes lägenhet hängde i nyckelskåpet. Han tvekade inte. Tog nyckeln och gick en trappa ned.

Systematiskt gick han igenom hennes garderob, sökte i byx- och kavajfickorna utan att egentligen veta efter vad. Mängden kläder var imponerande, för att inte tala om högarna med skor. Hon hade en faiblesse för högklackat onekligen. Hur fasen hade hon råd med allt det här? Fadern förstås, hon var ju enda barnet. Arne funderade en stund på hur det skulle kännas att få så mycket kärlek. Hennes självförtroende var det inget fel på. Ibland avundades han henne att hon så självklart räknade med att få uppmärksamhet när hon ville berätta något. Hon skämdes aldrig för att avslöja pinsamheter som mollusker och fotvårtor eller för att sitta med öppen toalettdörr och prata med honom. Han kom ut i köket nu. Disken stod kvar som de lämnat den på lunchen. Förbannat slarvig var hon. Mikrovågsugnens lucka stod öppen, där inne kunde han se fastbrända rester. Han hade sagt att hon måste använda lock, men hon glömde det ständigt. Hennes röda mobiltelefon låg bredvid kaffebryggaren. Han kontrollerade av bara vanan senast slagna nummer och fann sitt eget telefonnummer på displayen. Va fan höll han på med egentligen? Ett tag hade han till och med trott att hon hade ihop det med Wilhelm Jacobsson. Som tur var hade han aldrig konfronterat henne med det. Bara avvaktat och pejlat läget. Hennes telefon i hallen hade ringt när hon var i badrummet och han hade lyft luren utan att svara. Hallå Birgitta, är du där, vi ses på vanliga stället. Arne hade känt igen rösten. Dessutom hade hon nummerpresentatör. Sifferkombinationen till det välkända numret i Eksta bekräftade hans misstanke. Han bläddrade bakåt. Det återkom flera gånger. Han hade förstås gjort sig bilder av Wilhelm både som förste älskare och som kurir åt Olov. Efter hand kom det fram att hon tog hjälp av Wilhelm med ekonomin. Hon ville visa sin far att hon klarade att ha egen firma utan att hela tiden be honom om hjälp. Fast det ena uteslöt ju inte med nödvändighet det andra, även om tanken på Wilhelm och Birgitta var rent anstötlig.

Arne såg på klockan igen och försökte kontrollera sin vrede. Varför ringde hon inte? Hon måste ju begripa att han satt uppe och väntade på henne fast han hade ett arbete att sköta följande dag. Jävla hänsynslöst! Så fick han syn på mobilen igen. Hade hon glömt den hemma med flit? Den kanske inte behövdes när hon hade Olov i sin omedelbara närhet. Den jävla slynan! Nu hörde han porten slå igen och hennes snabba steg i trappan. Han beslutade sig för att sitta kvar vid köksbordet, mest för att det inte fanns någon annanstans att ta vägen med värdigheten i behåll.

”Hej! Vad gör du här? Skulle du inte arbeta i morgon?”

”Väntar på att du ska komma hem. Har du haft det trevligt?” Det förvånade honom att rösten kunde låta så normal.

”Ja, det har varit bra. Fast vi fick fel på bilen. Bensinstopp på Lojsta hed. Det kom inte en bil på två timmar, du.” Hon gav honom en snabb kyss på kinden och öppnade kylskåpsdörren.

”Vem åkte du med”, sa han sammanbitet. Hon stängde kylskåpsdörren igen och blev stående med smörpaketet i handen.

”Se här! Se på mina svarta byxor. Det där vita luddet från torktumlaren förföljer mej. Svarta syntetbyxor drar till sej materia som svarta hål i rymden.”

”Eller också har du dom för att dra till dej män, till ditt svarta hål.”

”Varför säger du så?” Hennes ansikte visade bestörtning. Hon såg frågande på honom. Han kände sig stel i hela kroppen. Behärskningen krävde hela hans styrka.

”Var fan har du varit?”

”På Lojsta slott. Riddarafton, vet du väl.”

”Med Olov?”

”Ja, han var där. Han vann ju i dag.”

”Och så fick ni bensinstopp?”

”Ja.”

”Du ljuger för helvete!”

”Nej, Olov var inte med i samma bil. Han skulle ju till Martebo. Jag åkte med Christoffer, han skulle till stan.”

”Så i helvete, att du gjorde. Men han ska jävlar inte tro att han kan ta det som är mitt.”

Hon såg hur Arnes ansikte förändrades, näsborrarna vidgades och vitnade. Käkarna bets samman, blicken var vansinnig och han kom emot henne fruktansvärd i sin vrede. Rasande grep han tag i hennes hår och tvingade ner henne på golvet. Hon vred sig runt på mage, försökte krypande undkomma och fick ett hårt slag över kinden. Han knäppte upp sina byxor, slet av henne trosorna och pressade sig in, kände motståndet ge vika liksom vreden. Tiden blev ett vakuum. Hon grät. Han försökte säga förlåt, men orden ville inte komma. Han blev sittande bredvid henne på golvet och strök henne tafatt över håret. Ville hålla henne fast tills hon sa att allt var bra igen, att det som hänt skulle vara glömt och förlåtet.

Rädslan sköljde över honom. Han blundade. Det var inte meningen. Han ville inte att det skulle bli så. Det kändes som han ville skrika och springa långt, långt bort från det som hänt.

”Jag ville bara att det skulle bli vackert”, viskade hon. ”Att första gången skulle bli något speciellt.”

24

DÖDEN I SIN GRÅA VADMALSKÅPA, med lien över axeln, stirrade hålögt på honom. Vid kåpans fåll flockades uppstoppade peståttor med blottade tänder. Bakom döden skymtade en karta över hur folkmängden reducerats på ön efter pestens framfart 1351. Arne Folhammar tog stöd av dörrposten med ryggen och lutade sitt huvud. En mindre grupp pensionärer från Tyskland hade just passerat efter att ha diskuterat pestens följdföreteelser i Mellaneuropa. På knagglig tyska hade Arne redovisat de båda ytterligheter som framträtt under denna tid: Självgisslarna som plågade sig i folkets åsyn för att undgå Guds straffdom och de som kastade sig ut i sexuella orgier och dansraseri. Tyskarna hade varit särskilt intresserade av de nio hängda illgärningsmän som anklagades för att vara orsak till pesten. Och Arne berättade så gott han kunde om borgmästarrådet i Visby som 1350 skrev till Rostock och rapporterade att man bränt nio förrädare av mänskligheten. En av dem hade erkänt att han förgiftat brunnar i Stockholm, Västerås och Arboga med flera ställen samt tillverkat ett pulver för att utrota hela Gotlands befolkning. Vad fan hette pulver på tyska? Han hoppades att han sagt rätt.

Naturligtvis borde han ha sjukskrivit sig. Han hade suttit på Birgittas golv tills den gråa gryningen letade sig in genom fönstret. Då hade han gått upp till sig, duschat och bytt om för att promenera genom regnvädret till museet och öppna. Vanans makt är ibland större än förnuftet. Birgitta hade låst in sig på toaletten och somnat där. Det var tystnaden som plågade honom mest, den anklagande tystnaden. Hon hade inte velat tala med honom. Han hade inte heller sagt något. Det fanns inga ord. Bron var sprängd, det fanns inte ens en spång.

”Var finns skatterna?” En ljushårig knatte med en yngre bror bakom ryggen log ett tandlöst leende mot honom. Arne pekade trött på en sal längre bort i korridoren.

”Du kanske kan berätta lite för oss om fynden. Pojkarna är så intresserade av medeltiden och silverskatter. Ni rör väl ingenting nu?” ropade kvinnan som säkert var en farmor eller mormor till grabbarna. Maken kom släntrande efter på behörigt avstånd från ansvaret och barnen, lite inåtvänd och svävande i sin gång.

”Jag vill se på skeletten!” ropade pojken medan han rundade hörnet.

”Kan man bli dubbad till riddare här?” undrade hans lillebror och drog Arne i byxbenet. Så i helvete heller, hade han lust att säga. Men teg förstås. Det var inte rätta stunden att diskutera vilka arbetsuppgifter han ansåg ligga inom ramen för arbetsbeskrivningen och inte.

”Nej, har ni varit på Kapitelhusgården? Det är väldigt trevligt där. Mängder av hantverkare som visar sina arbeten. Man får prova på att gjuta knappar, karda ull och slå mynt. Där kan man bli dubbad till riddare av självaste Botulf.” Arne försökte verka entusiastisk, men rösten svek honom och det kom snarast att låta som ett hot.

”Vi var där i går. Rasmus hade sönder ett helt bord med glas. Han hade sitt träsvärd med sej.” Den äldre kvinnan skyndade på stegen och spanade ängsligt framför sig. ”Såg du vart dom tog vägen?”

”Ni kanske skulle vilja besöka Fenomenalen. Det är ett naturvetenskapligt upplevelsecenter. Där kan man prova olika tekniska uppfinningar, göra experiment inom fysiken och studera människan. Tvärs över gården bara och sen kan ni ta hissen upp till övervåningen.” Han önskade vid alla helgon att de skulle nappa på förslaget.

”Jag undrar om Ni skulle kunna ge pojkarna en lektion i medeltida liv och leverne?” Den äldre mannen stannade mitt framför Arne. Alldeles för nära för att det skulle kännas behagligt och väntade på ett svar. Allt som for genom Arne Folhammars huvud var olämpligt att säga. Därför svarade han ja, fast han hade lust att be dem fara åt helvete. När han tänkte efter hade han varken ätit eller druckit sen i går eftermiddag. Han ursäktade sig med ett trängande behov av att uppsöka en toalett.

”Vi väntar på dej här. Jag ser det som min uppgift att ge barnen den kultur och bildning deras föräldrar försummar. När jag var barn fick vi lära oss lyda. Det var ett misstag när förbudet mot aga infördes. Vi lever i en tid...”

Arne ville inte höra mer. Han kände sig spyfärdig. Raskt öppnade han närmaste fönster och lät regnet slå mot ansiktet. Hur skulle han få Birgitta att tiga om vad han gjort? Hon skulle säkert berätta det för sina föräldrar, väninnor och Olov så fort hon fick chansen. Därför hade han varit tvungen att ta fram reservnyckeln till toaletten, peta ut nyckeln som satt i låset på insidan, låsa upp för att sedan med båda nycklarna på utsidan låsa om henne igen. Han visste att hon hatade trånga utrymmen, men vad skulle han göra? Hon hade i alla fall vatten och tillgång till toalettstol. Som tur var fanns det inget fönster där inne. Det var inte heller särskilt lyhört. Hon hade inte vaknat. Han måste hem på lunchen. Vad han skulle säga till henne visste han inte. Men han måste få henne att tiga.

”Är ni medveten om att det blir blött på golvet”, sa en myndig röst. Nu stod han där igen, gubbfan, alldeles intill fast golvytan gott och väl kunde ha räckt till danslokal. Det fanns ingen möjlighet att undkomma. Det var något i mannens röst som skrämde Arne, fick honom att ta sig samman och följa med till skattkammaren. Pojkarna stod redan med sina näsor tryckta mot glaset till silverskatten från Mannegårde i Lye.

”Den här skatten är från medeltiden. Den innehåller 2600 gotländska mynt”, sa Arne.

”Hur vet man att dom är gotländska?” undrade grabben.

”Dels fanns det en typ som kallades brakteat, en tunn silverplåt med bokstaven W som i Wisby på bara ena sidan. Dels fanns ett dubbelsidigt mynt med Guds lamm, som på sigillet, på ena sidan och med en liljeväxt på den andra. På Gotland har man funnit över 600 silverskatter. Den största är Duneskatten, det är den största medeltida skatt som påträffas i norra Europa, faktiskt, 122 föremål. I vissa stycken ett alldeles ypperligt hantverk. En skål har inskriptionen: 'Simon gjorde mig.' Och på ett av spännena kan man läsa 'tjocke köpmannen äger mig'. På det smycket finns också en magisk formel ristad med runor.”

”Var är den?” sa pojken och visade sin glugg mellan tänderna medan han hoppade runt, runt på ett ben. Hans lillebror hängde på motsols ett par varv. Arne blev helt matt av att bara titta på dem.

”I Stockholm.”

”Varför är den inte här?”

”Det kan man fråga sej. Vi skulle gärna vilja ha hit den, men det är som med samernas trummor, det som är av störst intresse behålls centralt.”

”Var det min skatt skulle jag ha grävt ner den igen.” Ett ögonblick av sympati och samförstånd. Arne rufsade om grabben i håret.

”Jag med”, sa han.

”Varför grävde dom ner skatterna då för tiden?” undrade Rasmus, ställde sig bredbent och hoppade jämfota framåt, stannade alldeles uppe på Arnes fötter och tog tag i hans kavaj för att hålla balansen.

”På vikingatiden sammanfaller dom nedgrävda fynden med orostider. En del kanske grävde ner sin skatt när dom for på vikingatåg. Somliga kom aldrig hem igen och skatten glömdes kvar i jorden. Kanske tänkte dom att dom kunde ta den med sej till nästa liv eller att dom kunde lägga silvret i jorden som ett offer till gudarna, eller också sparade man silver för att köpa sej en brud.”

”Kunde man köpa människor på den tiden?” undrade den tandlöse plutten.

”Det kan man fortfarande”, mumlade Arne. ”Vi kan bara gissa varför dom grävde ned silvret. Det berättas också att man ibland begravde ett levande djur med skatten som sedan blev till en vaktande drake. Vissa nätter vädrar drakarna sitt guld och silver. Då ser draken ut som en glödande järnstång på himlen. Den som gömde en skatt omgärdade den med galdrar och trollsånger.”

”En förbannelse, va?”

”Ja, man kan läsa mer om det i Beowulf.”

Det var tid för lunch. Arne Folhammar slängde ett par ord med flickan i receptionen. Hon hade redan vikarierat ett par månader men han hade inte lyckats lära sig hennes namn. Det var fem minuters gångväg till lägenheten, ändå tycktes han inte kunna komma hem fort nog. På Strandgatan trängdes människor i medeltida kläder med turister i shorts. En blandning av språk och kulturer då som nu. Arne sprang rakt i famnen på en spetälsk atlet med en liten narr på armen innan han vek av in på Dubbesgränd mot Mellangatan. Det rev i mellangärdet. Han borde ha köpt med sig något att äta, men oron fick honom att glömma sin hunger. Han tog trapporna i några kliv. Det var alldeles tyst i lägenheten. Han låste upp och öppnade dörren till toaletten. Hon sov på rygg, som ett spädbarn med uppsträckta armar. Han hade lagt märke till det förr och förundrat sig. Nu vaknade hon och log mot honom. Ett enda ögonblick när allt var som vanligt, innan det som hänt föll på plats. Han kunde ha givit sitt liv för att få leva kvar i det ögonblicket. I just det ögonblicket. Nu såg han den oundvikliga förvandlingen i hennes ansikte, när natten återskapades i minnet. Han ville säga förlåt, att han var förtvivlat ledsen, att han aldrig mer skulle... Men språket för känslor hade aldrig varit hans, det hade alltid halkat undan när han bäst behövde det. Nu väntade han på att hon skulle säga något först. Han tittade oavvänt på hennes mun som om han med sin vilja skulle kunna betvinga den att tala. Det finns inga ord som är värre än tystnaden.

”Det gjorde ont”, sa hon. Han tog mod till sig, satte sig ned bredvid henne och hjälpte henne till sittande. Höll om henne och hon drog sig inte undan. Hon satt kvar och han vågade börja hoppas att... kanske. Nej, det han hade gjort var oförlåtligt. Han pendlade mellan kärlek och rädsla. Känslan av att vara anklagad utan möjlighet till upprättelse piskade fram vreden och tankarna på att låsa in henne igen. Han rörde vid hennes kind och hon vände sig häftigt mot honom.

”Hur kunde du? Jag trodde vi var överens.”

Han såg blånaderna på hennes hals och kind. Han hade sett den djupt urringade brudklänningen på mönsterpapprets omslag. Även om hon inte skulle säga något skulle märkena skvallra. Arbetskamraterna skulle få reda på vad han gjort.

”Älskar du mej? Vet du att jag tvivlar på det nu?” sa hon.

Det tog tid innan orden fick en mening. De var så fjärran från hans egna tankar. Om han älskade henne? Han vågade knappast tro att det var vad hon frågat. Han såg tårarna som steg i hennes ögon och kände anklagelsen som tusen nålar i sitt kött. Orden, han kunde inte lita på orden. Varsamt böjde han sig fram mot hennes ansikte och kysste hennes ögonlock, försiktigt kysste han hennes näsa, läppar, haka. När han kände hennes armar runt sin nacke släppte all behärskning och han grät som ett barn.

25

HON HATADE DET MER ÄN NÅGOT ANNAT. Det förstörde hennes nattsömn och förpestade hennes dagar. Han visste det och ändå tvingade han henne gång på gång. Astrid Mossberg trampade gasen i botten på sin gröna Renault och kände hundens andedräkt i nacken. Sonen hade beslutat sig för att denna sommar ge sig ut på transsibiriska järnvägen. Sagt och gjort. Nej, jag tar inte hand om hunden, hade hon sagt. Aldrig! Inte på några villkor! Nu satt hon där hon satt, med rottweilern Hadron i baksätet på väg upp till skogen. Aldrig, aldrig någonsin mer skulle hon ta med sig hundbjässen ut på stan. Det som hade hänt var så pinsamt att hon rodnade när hon tänkte på det. Om hon bara hade vetat.

Astrid hade intet ont anande rastat Hadron i Tallunden. Hon hade till och med tagit med sig en plastpåse för eventuella behov. Hundens. Vilka behov som plötsligen skulle uppstå levde hon då i lycklig okunnighet om.

Vid lekplatsen träffade hon rektor Turesson. De brukade talas vid nästan dagligen när de rastade sina hundar. Hans hustru, som före pension arbetat i samma livsmedelsaffär som Astrid, låg nu på sjukhus. Turesson hade i och med detta fått många praktiska problem att lösa och Astrid hjälpte till med råd och anvisningar efter bästa förmåga. Han såg bra ut, Turesson, och skulle Astrid vara helt ärlig mot sig själv så hade hon räknat med att få träffa honom i parken. Och ändå, när han väl dök upp, kände hon sig mest blyg och bortkommen. Fick hjärtklappning som en tonårsflamsa och tappade målföret.

Turessons pudeltik hade ett vackert rött halsband och var nyklippt. Hon trippade av och an framför Hadron, gav kelna blickar och vek skamlöst undan svansen i en otvetydig invit. Hanhunden vädrade i luften. Doften var honom oemotståndlig! Astrid låtsades inte se deras djuriska lustar men kortade för säkerhets skull in på Hadrons koppel. Hon hade svårt att hitta tillbaka i konversationen igen. Ylletvätt var det de talade om. Ylle tvättas bäst för hand i trettiogradigt vatten. Det är viktigt att tänka på att trettio grader är svalare än fingervarmt... Pang på rödbetan, där satt Hadron som ett plåster i bakändan på pudeln och pumpade av alla krafter. Astrid skrek högt, fångade upp kopplet som fallit ur hennes händer och försökte slita ner honom. Tog tag i halsbandet. Men Hadron var orubblig som urberget. Instinktivt och primitivt följde han sin bestämmelse att låta artens gener gå i arv.

"Hadron. Sluta Hadron! Plats." Hunden var blind och döv. Astrid slet av alla krafter, tills hon kände Turessons hand på sin arm.

"Låt bli", skrek han. Inte åt hunden alltså, åt henne, Astrid. "Låt dom vara. Han måste komma loss själv."

Astrid såg på Turesson, och hennes ansikte speglade skam, äckel och förvirring.

"Han måste svälla av annars kan dom fastna så tikens livmoder följer med ut. Begriper du? Vi får vänta", sa han sen i mera sansad ton.

Aldrig har en väntan varit längre. Astrid försökte att inte titta, men tvingades snegla då och då för att se om de möjligen var klara. Samtidigt som hon forcerat försökte hitta andra, mera neutrala samtalsämnen som rårakor och pannkaka.

"Mjöl måste man alltid röra ut i kall vätska, annars kan det klumpa sej. Det är bra om man inte gör för stor sats... Helvete."

Aldrig mera stan! Långt ut på landet for de. Hunden gnydde i baksätet. Astrid måste stanna innan det olyckade sig alldeles. I Fröjel kände hon inte en människa. Vallhagar 3 kilometer stod det på skylten som pekade åt vänster. Det såg ut som ett bra skogsparti. Inga bilar i sikte. Ingen bebyggelse.

Gryningsljuset skar i ögonen. Det var fullständigt vindstilla när hon klev ur bilen. Marken låg bränd och torr framför deras fötter, regnet till trots. Det skulle behövas mycket mer än ett par stänk för att få marken att grönska. Små tynande exemplar av fibbla, jordrök och puktörne hade letat sig upp och sedan soltorkat till eterneller. Konstigt att det kan vara så vindstilla när jorden snurrar med en hastighet av 1666 km i timmen. För det sa Mats att den gjorde, i alla fall vid ekvatorn. Sonen läste fysik och en del av det han fick lära sig i skolan visste hon inte om hon trodde på, eller ens ville tro på. Det var bara obehagligt och konstigt. Som att hela universum går att trolla bort om materia stöter på antimateria, poff, skulle det vara slut med alltihop. Så kunde det ju inte vara. Ett plus ett måste ju i all sin dar bli två. Det sa sig ju själv. Dessutom skulle det ge energi. "Vilket kvalificerat skitsnack, förstår du Hadron." Hunden lyfte benet mot ett träd för att visa att han höll med i sak. Ändå var det någonstans kittlande att tänka på andra galaxer med andra solar och världar. Mats sa att syret i kroppen kom från utbrända stjärnor. Det lät vackert, tyckte Astrid. Det var spännande att se med Mats kikare på stjärnorna. Inne i stan, bland alla ljus såg man inte så mycket. Men som barn när hon bodde i Tingstäde och stod vid träsket och såg upp mot himlen var rikedomen av stjärnor överväldigande och lika lockande som en sjunken stad på sjöns botten.

Hadron vädrade i luften. Sen hände allt på en sekund. Han satte av. Astrid följde med i kopplet en kort sträcka, snavade och tappade taget. Att ha kopplet två varv runt handleden skulle stundtals varit liktydigt med armbrott eller skallskada. Det hade hon aldrig. Nu kunde hunden visserligen ta sig loss, men Astrid överlevde varje gång och det var viktigare.

"Hadron, kom hit. Råttegullet, kom!" ropade hon. Men han tog ingen notis om henne. Inte när det fanns en intressant lukt att följa. Som en kanonkula for han över stättan. Astrid reste sig och ropade på honom igen. Han gjorde precis som han ville, den hunden. Hur kunde Mats tänka att hon skulle orka styra en sådan hund?

"Råttegullet, kom hit", lockade hon. Det var lönlöst. Astrid klev mödosamt över stättan. Det värkte i knäna. Göra uträkningar om rymden kunde han, pojken. Men han kunde inte räkna ut styrkeförhållandet mellan sin mor och sin hund. En mager urkalkad kvinna på 152 cm har inte mycket att sätta emot en rottweiler. Inte vid 68 års ålder. Nu var hon irriterad. Det var hål på knäna på de nya dyra strumpbyxorna hon köpt inför mötet med Turesson. Vad hjälpte det att de var förstärkta både i tå och gren när man kravlar på alla fyra?

”Hadron, kom hit! Annars gör jag korv av dej!”

Hadron grävde. Han lyfte inte ens på huvudet när hon kom. Sten efter sten rullade ner från röset. ”Låt bli, Hadron. Plats. Plats, sa jag.”

Astrid såg sig rådvill omkring. Det här var säkert ett skyddat fornminnesområde, en järnåldersboplats. Det hon nyss passerat såg ut som husgrunder. Hon kanske skulle bli anklagad och bötfälld för skadegörelse. Komma i tidningen och bli till åtlöje. Turesson skulle säkert läsa om det, och grannarna. Vad skulle hon ta sig till? Det fanns inte en människa i närheten som skulle kunna hjälpa henne. Med alla krafter drog hon i kopplet. Men Hadron lät sig inte stoppas. Han ville gräva, därför grävde han vidare med sina stora tassar och sin breda nos. Nu morrade han. Astrid fick raskt hoppa undan när en sten kom rullande alldeles vid hennes fötter och en till. Tänk om det låg lämningar efter någon vikingahövding där? Om graven inte var ordentligt utgrävd för att de ekonomiska resurserna saknats? Då skulle det vara gravskändning eller något annat hemskt hon skulle få veta namnet på i rätten.

Ett tygstycke blev synligt, något blått. Astrid tog tag i hundens halsband och drog med båda händerna. Hadron morrade och hon släppte, inte helt säker på att han inte skulle bita henne om hon tog maten ur munnen på honom. Hon backade ett par steg. Gav upp kampen och blev åskådare till det som sedan skulle förfölja henne i drömmen en lång tid efteråt.

När hunden hade lugnat sig gick hon fram för att se närmare på människokroppen. Stanken gick inte att ta miste på ens för en mänsklig och underutvecklad näsa. Liklukt. En bar blåvit fot stack ut mellan stenarna. Den var definitivt inte från järnåldern. Flugorna surrade envist kring bytet. Dem rådde inte ens Hadron på. En grå kalufs och en arm hade han grävt fram. Astrid stirrade med äcklet jäsande i halsen. Stirrade på handen och försökte ignorera det hon såg. Ett finger saknades.

26

KRIMINALINSPEKTÖR MARIA WERN kände lukten bortifrån röset långt innan hon såg den svarta plastsäck som hyste kvarlevorna av den man som med största sannolikhet var Wilhelm Jacobsson. Vid sidan av avspärrningen stod Hartman med näsduken tryckt mot ansiktet.

”Han har börjat ruttna. Hunden har inte gått varsamt fram. Det blir inte lätt för den som ska identifiera. Det bästa vore om vi slapp be dom närmast anhöriga.”

”Är det så illa?” Maria kände en lättnad över att mannen redan flyttats. Ett finger saknades, hade teknikern meddelat, resten av kroppen var illa tilltygad. Att urskilja vad som skett och när skadorna inträffat var rättsmedicins sak. Hon avundades dem inte. ”Finns det spår?” undrade hon utan att sätta så stort hopp till den tanken.

”Tydligen är det flera bilar som stannat här framför stättan. Det har varit torrt, marken är stenhård. Några enskilda bilspår är omöjliga att urskilja. Jag tror inte ens man kan få fram några spår av Astrid Mossbergs bil, trots att det duggregnade i morse. Inte några fotspår heller.”

”Hur var han klädd?” undrade Maria.

”Blårutig skjorta, det är bara trasor kvar av den och av blåbyxorna. Han var barfota. I ena bakfickan hade han en plånbok, i den andra tändstickor och en pipa.”

”Skor och keps hittades på färjan. Hur skulle du klä dej om du skulle resa till fastlandet på fälttävlan?”

”En fråga vi nog bör ställa hans fru och kollegor. Att resa i blåbyxor verkar lite udda. Han lär ha varit speciell, enligt Arvidsson. Det troliga är väl att han skulle ha klätt sej lite finare inför resan. Frun borde ha reagerat om han inte var klädd som han brukade vid avfärden. Hon lär ha varit uppe och lagat frukost åt honom innan han for. Hemvärnets uniform tror jag knappast dom bär på båten numera. Förr var dom väl tvungna, men inte nu. Men man kan ju, som sagt, kontrollera med dom andra hur dom brukade klä sig", sa Hartman.

"Frun kunde inte svara på hur han var klädd vid avresan. Det sa Ek."

"Nehej. Sen har man funnit något annat märkligt på plats. En krossad orm. Vittnet Astrid Mossberg hade lagt märke till den. Den låg nedanför röset. Upptorkad. Vet inte om det har någon betydelse. Ormar brukar ligga och sola på stenrösen. Själva huvudet är krossat. Dom visade mej plastpåsen. Det är en vanlig huggorm, lätt angripen av myror." Hartman nickade åt Trygvesson, som kom fram till dem iklädd polotröja trots värmen.

När Maria funderade på det hade hon aldrig sett honom bära något annat än polo. Svetten pärlade i pannan. Han drog med två fingrar i den åtsittande kragen. Det var precis som med barnen, tänkte Maria. Emil kunde gå ut i långbyxor och tröja fast solen gassade. Man kunde se att han kände sig olustig, men själv kunde han inte riktigt sätta fingret på vad felet bestod i. Inte förrän kläderna kom av och han upplevde skillnaden. Trygvesson var i alla fall på god väg här, med sina fingrar under kragen. Nära, det bränns. Maria hoppades att hans intuition och slutledningsförmåga fungerade bättre när det gällde brottsmålsutredningar.

"Fy fan. När man ser sånt här är man glad att man slipper närvara vid sin egen begravning." Trygvesson torkade svetten ur pannan med hjälp av tröjärmen.

"Egentligen är det förunderligt att man ska vara så förtvivlat rädd för döden", sa Hartman. "När man är död så är man, och då upplever man det inte, och innan dess så lever man ju faktiskt."

"Varje dag är en dag närmare döden", sa Trygvesson och nickade mot stenröset.

"Vem vet, det kanske är en kalasdöd att gå hädan innan man hinner tänka, i stället för att tyna bort på långvården. Fast man lär inte få välja. Vad nytt?" undrade Hartman.

"Offrets bil, den vita Opeln, har blodspår i bagageluckan. Inte mer än ett par stänk. Blodgruppen stämmer med lillfingret, A Rh+.

För säkerhets skull är prover skickade för DNA-analys", sa Trygvesson.

"Om Wilhelm Jacobsson gjort lumpen borde det stå på hans dödsbricka vad han hade för blodgrupp. Fast nu när vi har kroppen behöver vi inte fråga frun om den." Hartman skruvade olustigt på sig.

"Jag kom att tänka på fälttävlan han skulle till", sa Maria. "Visst har hemvärnsgubbar egna vapen, som dom förvarar i hemmet. Borde han inte haft med sej åtminstone ett Mausergevär i bilen, eller en ak4?"

"Det fanns inga vapen i bilen", sa Trygvesson och gned sin haka så skäggstubben rasslade. "Dom har ak4or om dom inte är gruppbefäl."

"Kan han ha blivit mördad för att någon ville åt hans vapen? Vilka visste att han skulle ha dom i bilen?" undrade Hartman.

"Andra hemvärnsgubbar, men dom har ju faktiskt samma utrustning. Familjen. Men det verkar knappast sannolikt när familjemedlemmarna kan gå in och hämta vapnet när dom vill. Var man gömmer slutstycket eller underbeslaget om det är en ak4a brukar inte vara någon större hemlighet inom familjen", sa Maria.

"Vad kan man annars tänka sej? Tog han upp en okänd liftare? Satt någon och väntade på honom i bilen, redan innan han gav sej av? Enligt frun lämnade han hemmet vid halv sex-tiden. Följer du med och talar med Mona Jacobsson, Trygvesson?"

"Nej, jag hinner inte nu på förmiddagen. Jag ska tala med åklagaren i ett annat ärende. Det lär ta en stund i anspråk."

"Jag har ett vittne från samma hemvärnsgrupp, Anders Öhrn, som skulle kunna identifiera kroppen innan vi far hem till änkan", sa Maria.

Trygvesson såg bekymrad ut: "Svårt att komma med dödsbesked och samtidigt be att få ta en titt i garderoberna. Det känns burdust. Vi bör nog vänta någon dag med det."

"Vi kan ju se oss omkring och bilda oss en uppfattning så får vi ta ställning till det senare", menade Hartman.

27

MONA SPARKADE TÄCKET AV FÖTTERNA i sömnen. I drömmen körde hon den vita Opeln ner mot hamnen. Bredvid henne i framsätet låg Wilhelms ak4. Hon måste göra sig av med den innan den förvandlades till en orm. Bara hon lyckades bli av med den skulle inget mer finnas att oroa sig för. Det vore bäst att begrava den i röset, där den hörde hemma. Sen kunde hon vila. Hon behövde inte gasa. Bilen rörde sig framåt av sig själv i ett ökande tempo. Det var natt. Höststormen slet i trädkronorna. Vredgade vattenmassor slog in mot piren. Det vita skummet på vågorna fångades upp i ljusskenet från färjeterminalen. Hon väjde för en cyklist och bromsade. Hans ansikte var välbekant, men hon kunde inte placera det. Hon försökte fånga hans ansikte i backspegeln och blev först bländad. Sen såg hon. Ögonens hålor gapade tomma och svarta. Han fanns inte längre bland de levande. Mona låste bildörren om sig i drömmen, en ren reflex. Bilen rusade nedför backen förbi terminalen. En grupp människor stod vid vägkanten. Ansiktslösa silhuetter. En grå skugga lösgjorde sig ur dunklet vid restaurangen. Wilhelm steg ut i gatan. Mitt framför bilen. Mona försökte bromsa, men bromsarna tog inte. Ett fruktansvärt ögonblick såg hon hans ansikte. Wilhelm tycktes uppfylla hela framrutan innan hon körde rakt igenom honom. Ljudlöst for bilen rakt genom hans uppblåsta huvud. Skräcken skruvade sig som en spiral genom kroppen, förlamade händerna som höll om ratten. Den sydostliga vinden pressade bilen ut mot kajkanten. Blåste på den som om den varit ett ejderdun på väg ut mot det svarta hungrande vattnet. Hon försökte lägga i handbromsen, men den vek sig och blev till en orms svans och ringlade ned mot golvet tillsammans med vapnet. Mona gjorde en sista ansträngning att lägga om ratten, men den var som en propeller på sin pinne, en vindsnurra utan kontakt med hjulen. Bilen gjorde en kraftig vänstersväng och blev hängande över kajkanten. Mona tog av sig bältet och försökte krypa bakåt i bilen, försiktigt flytta tyngdpunkten. Golvet gungade och krängde till. Hon kastades framåt, omsluten av mörker. Det iskalla vattnet sipprade in vid dörrarna och fyllde sakta golvet. Hon drog upp låsknappen på dörren. Henrik hade sagt att elektriska lås kan kortslutas och fastna om man hamnar under vatten. För en gångs skull gladde hon sig åt Wilhelms snålhet och det gamla hederliga låset. Hon kände på handtaget. Dörren gick inte att få upp. Vattenmassornas tryck från utsidan var för stort. Hon var tvungen att avvakta. Vänta medan det kalla vattnet sipprade in och bilkarossen sakta sjönk mot botten. Det nådde till knäna nu. Vätan sögs upp av kläderna, steg som i en kvicksilvertermometer. Sakta kröp isvattnet över midja och axlar. Ett ormhuvud blev synligt och ett till. Stjärtarna vickade fram i vattnet alldeles framför hennes ansikte. Det började bli tungt att andas. Varför skulle hon kämpa? Det fanns en stor lockelse i att släppa taget utan att ens försöka överleva. Ett par minuter utan syre, sen skulle det vara slut. Hon skulle slippa ställas till svars för Wilhelms död, slippa den skuld som höll henne fången. Aldrig mer behöva hunsas på sitt arbete, inte tvingas att studera och bli till åtlöje. Kanske var vattnet så barmhärtigt kallt att hon skulle frysa ihjäl innan syret tog slut. Kanske skulle ormen välsigna henne med en biljett till den sista vilan.

Nej, nej, hon ville inte. Inte än. Förnuftet tvingade upp henne till ytan, till medvetande. Hon sökte motbilder. Det fanns ändå stunder när livet var värt att leva, ögonblick av lycka. Morgnar när allt var lugnt och stilla och solen lekte över betesmarken när hon skulle hämta in korna till mjölkning. Ibland när ingen såg henne sträckte hon upp armarna i den lätta havsbrisen och sprang barfota över det daggvåta gräset. Det fanns ensamma stunder i solnedgången på bryggan, när livet var stort i sin skönhet. Det fanns också hemliga stunder när hon i smyg delat en kall öl och en rökt flundra med Henrik i strandboden, när Wilhelm varit bortrest. Hon hade till och med fått prova Henriks nya grävmaskin. ”Du har ta mej fan talang”, hade han sagt. Hon smakade på orden igen. ”Du har ta mej fan talang.”

Med den trösterika tanken slog hon upp ögonen och drog ett

djupt andetag. Det fanns något i drömmen. Något av största vikt som hastigt löstes upp av dagsljuset och gick förlorat. Täcket låg på golvet. Fönstret stod öppet och regnet blåste in och droppade från fönsterbrädan. Hon såg på klockan bredvid sängen: halv sju! Var det möjligt att Anselm sovit över sjörapporten? I sanning ett under. Mona satte ner fötterna på det kalla golvet och kände smärtan i benet. Hon drog upp sitt långa nattlinne över vaden och inspekterade bettet. I dag skulle det ske. I dag måste hon skära upp det. Hon klämde lite. Det var fortfarande lika blått och svullet.

Mona klädde på sig för att gå ut till lagården. I går hade hon släppt arbetet halvgjort för att hinna se Olovs triumf. Det hade det varit värt. När hon såg honom segra hade tårarna runnit och hon hade skyndat sig in bakom tältet för att ingen skulle se henne, den lipande tokan.

Redan i lagårdsdörren möttes hon av en flugsvärm, straffet för att hon hoppat över att mocka i går kväll. Med sömngångaraktig rutin diskade hon ur mjölkhinken, desinficerade spenkopparna med kloraminlösning och blandade nytt kraftfoder.

Regnet hängde i luften när hon klev över elstängslet, farligt nära att få en stöt. Henrik brukade skoja ibland med Anselm och säga att man kunde ta sig en stöt då och då i egenvårdande syfte om man hade tendens till hjärtflimmer. Då skulle han slippa slösa tid och pengar på att fara in till sjukhuset för att få behandling.

Mona andades in dofterna som lösts upp av regnet; timotej, jord och ängsblommor. Hennes ögon tyckte om att vila över betesmarken med hasselsnår och enbuskar. Mångfalden av gröna färger fascinerade henne. De stora grå stenarna i gräset såg ut som sovande får med kultiga ryggar. Nära marken kunde man upptäcka kattfot och jungfrulin. Svea hade berättat att jungfrulin är ett tecken på att marken varit bete under lång tid, då den flyttas av myrorna med bara några centimeter per år.

Mona drev djuren mot lagården och upptäckte fjällkon Klara längst borta i dungen, avsides från de andra. Kon var dräktig och skulle kalva när som helst. Nu var det tydligen dags.

När Mona gjort klart i lagården gick hon uppför trappan för att se till far. Anselm låg på sidan med ansiktet mot väggen. Golvet var prickigt av snusloskor. Man fick se var man satte fötterna. Någon matta på golvet hade han inte haft sedan han flyttade upp. Mona lutade sig fram för att se hans ansikte. Just nu såg han ganska oförarglig ut. Kinden tryckte ihop munnen så den plutade, han dreglade lite. Täcket hade han kastat åt sidan. Han sov i sin brynja, en kvarleva sedan nylonskjortornas tid, den vägrade han vara utan. Nu smackade han lite. Undrar hur hans drömmar ser ut när de inte handlar om vinterkriget? tänkte Mona. Om mor någonsin besöker honom om natten? Kanske är hans samvete så avtrubbat och alkoholdövat att han inte kan ta in mera än det allra mest primära, hunger, törst och sjörapporten.

Om han så mycket som andades om Wilhelms försvinnande skulle hon faktiskt drista sig till att fråga om mamma. Det skulle hon, fast namnet Maj varit tabu så långt tillbaka som Mona kunde minnas. Varför tog hon sitt liv, Anselm? Vad gjorde du mot henne? Minns du flickan som kom hem första skoldagen och ville berätta om allt det nya? Hur hon kröp ner bredvid sin mamma i dubbelsängen, men inte fick några svar? Var fanns du då? Var fanns du när hon upptäckte kylan och döden? När pendeln stannade tiden?

Mona ställde upp foten på badrumspallen och betraktade sitt ben i ljuset från lysröret ovanför spegeln. Svullnaden gjorde det svårt att böja på knäet. På en linnehandduk hade hon dukat upp för operation. Skalpell, sprit, tork, kompresser, nål och tråd. Hon hade inte hittat någon suturtråd i sterilskåpet, ingen nål heller så det blev vanlig björntråd och en grövre synål. Hon vägde skalpellen i sin högra hand. Lät bladet glida över den motsatta handleden till en smal blödande rispa. Det fula ärret fanns ännu kvar sedan förra gången, trots att det var mer än trettio år sedan. Svea hade hittat henne på gömstället i skogen bakom det övergivna skjulet. Hon hade känt det på sig, sa hon. Sett att något var på tok när Mona lämnade Arne, ett avsked som drog ut på tiden, en ny sorts beslutsamhet. Svea hade tagit barnet med sig. Arne visste var skogskungen hade sin gröna sal och var det förtrollade slottet, som såg ut som ett fallfärdigt skjul vid första anblicken, var beläget i skogen. Mona hade förlorat mycket blod, sett livet rinna ut och berika marken. Hon orkade inte resa sig och fly. Svea hade tagit av sig nylonstrumpan och lagt ett tryckförband.

Mona vägrade fara in till lasarettet. Hon hade inte kunnat berätta. Inte ens för Svea. Hon fick tro vad hon ville. Hur skulle hon kunnat förklara. Det var som med pengarna Mona stulit av Anselm för att köpa godis, ett mycket högt pris hon betalat för att få vara synlig. Brösten hade utvecklats från myggbett till en uppseendeväckande fyllig byst. Höfterna hade fått en ny rundning. Plötsligt hade hon något annat att bjuda på. Arne var beviset på att det var fritt fram. Mona var inte den som höll på sig, det var den allmänna meningen. Hon kände deras händer på sin kropp, svettiga trevande, allt mer krävande. Inför glansiga ögon klädde hon av sig och visade brösten. Lät det ske för att få en stund av värme och uppskattning. Försvarslös såg hon dem sedan utbyta menande blickar, himla med ögonen och viska. Viskningarna och glåporden smög tätt bakom hennes rygg, antydda, sällan uttalade: Hora, madrass och luder.

Det hade varit fest hos Henrik. Hans föräldrar var på fastlandet. Grabbgänget hade något att visa på höskullen. Mona lät sig motvilligt övertalas. Henrik blev kvar i köket, med två tjejer som gick på gymnasiet i Visby. De hade varit inne i en hetsig diskussion om kärnkraftens för- och nackdelar. Mona hade druckit en del. Hembränt var ingen bristvara. Hon hade hoppats att Henrik skulle vilja prata med henne. Han var inte som de andra. Det både skrämde och lockade henne. I fantasin hade de talat förtroligt med varann. Han hade lagt sin hand på hennes arm, bildat en halvcirkel för att utestänga de andra ur samtalet. Hennes mun hade flödat av kunskap och visdom. I dagdrömmen hade hon läst beundran och respekt i hans ansikte. Verkligheten blev en annan.

När hon dröjde i dörren hade Wilhelm kommit bakifrån, tagit henne på brösten och dragit henne med sig. Varför inte? Vad skulle hon egentligen haft att säga om kärnkraften? Tankarna blir trögflytande i alkohol. För sent såg hon deras flinande ansikten, för sent insåg hon vad som skulle ske där uppe i höet. Så onykter som hon var hade de inte ens behövt hålla fast hennes armar. Svettiga, upphetsade ansikten flimrade förbi. Stötarna gick genom kroppen utan att hon orkade spjärna emot. Röster i bakgrunden mumlade, skrattade, ekade i en suddig dimma av smärta och tyngd innan mörkret kom.

Det var Henrik som hittade henne halvt medvetslös i höet på morgonen. Nerspydd. Hon hade kräkts på sin vita blus och den nya kjolen. Hon ville inte att han skulle se henne, kröp ihop om sin skam och dolde sitt ansikte i armarna.

Han hade satt sig bredvid henne en stund och pratat utan att röra vid henne. Sedan hade han hjälpt henne nedför stegen. Huvudvärken var fruktansvärd, yrseln fick hennes steg att svikta. Steg för steg, pinne för pinne stöttade han henne ned från loftet. Det sved i skötet. Han låtsades inte se det kladdiga som rann efter hennes ben. Men hon såg vreden i hans ansikte ett ögonblick innan det svartnade för ögonen och hon sjönk ihop på cementgolvet.

Så småningom hade han lyckats leda henne över gården till badrummet. Hon hade låst dörren om sig och stirrat på sitt äckliga ansikte i spegeln, velat skrika rakt ut, önskat sig döden redan då. Men så lätt slipper man inte undan. Hon hade spytt upp p-pillren och blivit gravid.

Flera år senare i affären fick hon höra att de dragit lott. Wilhelm fick nitlotten och tog på sig faderskapet. ”Jag ska gifta mej med byhoran”, hade han deklarerat för alla och envar som ville höra. Henrik tordes hon inte se i ögonen på flera år. Hon gick omvägar för att slippa möta honom. Med Wilhelm var det annorlunda. De var av samma skrot och korn. Skammen kändes inte lika svår i hans sällskap. Han slog henne ibland. Mona tänkte att det var lättare att uthärda än medlidande, lättare att hantera än känslan av att vara mindre värd.

Så hade Henrik köpt gården intill. Han hade bjudit hem dem att se på teve, med de andra grannarna. Som om ingen skam fanns. Det var det märkliga med Henrik.

Mona släppte skalpellen. Den föll ner på pallen och vidare till golvet. Hon dröjde en stund innan hon tog upp den och skar sig i benet. Det blev en otäck glipa. Det kom mindre blod än hon trott. Hon hade tänkt sig ormgiftet som en gul vätska, ett gift man kunde göra sig av med. Kanske var det fel metod. Förr skulle man suga ut giftet. Men det verkade inte så förnuftigt med tanke på alla bakterier som finns i munhålan, tänkte Mona och trädde björntråd på nålen. Hon hade svårt att se utan glasögonen. De låg fortfarande kvar inne vid teven. Det var som om hon inte kunde röra dem, inte röra vid något som hade att göra med kvällen då Wilhelm dog. Sina kläder hade hon bränt i värmepannan; klänningen, koftan, till och med underkläderna. Hon stålsatte sig mot smärtan, lät nålen glida genom huden och tråden dra ihop sårkanterna. Det fanns också en lust i smärtan. På ett plan reducerade den skulden. Om hon straffade sig själv skulle ödet inte slå henne lika hårt. Genom smärtan skulle debet och kredit komma lite mer i balans. Hon tejpade över några kompresser och för säkerhets skull ett absorptionsförband. Efteråt kom hon på att hon inte rört flaskan med M-sprit.

28

MONA JACOBSSON virade sin urtvättade morgonrock om sig och slätade till det våta håret. Hon kände sig smutsig fast hon skrubbat sig röd. Efter duschen kvarstod känslan av äckel. Hon lindade in sitt självförakt i urblekt frotté och öppnade ytterdörren för att gå ut och hämta in posten. Mjölkavräkningen hade kommit, men hur skulle hon få ut pengarna? Wilhelm hade alltid skött det ekonomiska och stod för alla konton. Sent i går natt hade Mona stirrat sig gråtögd på EU-blanketterna; vad är "extensifieringsbidrag" för något? Och "uppföljning av egenkontroll"? Minsta jordplätts areal och användning skulle tydligen redovisas och blocknummer skrivas ut på kartan. Wilhelm brukade skälla över jordbruksverket i Jönköping: "Pojkspolingar som aldrig hållit i en dynggrep och gjort ett hederligt dagsverke." Dem tordes hon inte ringa.

"Ekonomiskt stöd är det som hämtar hem lönsamheten", brukade han säga. Men hur skulle det gå när hon inte visste hur man skulle göra? Siffror och bokstäver flöt samman till en obegriplig röra. För första gången sen natten till måndag hade hon önskat Wilhelm tillbaka. Allt hade blivit henne övermäktigt. Hon hade gått ut på lagårdsbacken och skrikit efter honom, som en vettvilling i bara nattlinnet. Ingen hade svarat. Skrämd av sitt eget skrik hade hon stirrat upp mot stjärnhimlens svala likgiltighet. Övergiven. Olov brukade säga att Vintergatan var själarnas väg till dödsriket. Det var konstigt att tänka sig Wilhelm som en lysande prick i nattens djupblå mörker. "Det sägs att en stjärna ska falla var gång när en människa dör." Men något stjärnfall hade hon inte sett och senare på natten när molntäcket tätnat kring de dödas själar kom regnet.

I brevlådan fanns bara några reklamblad och Mona tog omvägen över betesfållan för att se till kon som skulle kalva. Klara stod fortfarande och tryckte längst bort i buskarna. Kom någon av de andra korna för nära visade hon bredsidan, sträckte på halsen och fnös åt dem. Mona närmade sig försiktigt och strök djuret över ryggen. Förlossningsarbetet var på god väg, kon hade öppnat sig. Sannolikt hade vattnet gått och vad värre var syntes en klöv och mulen. Kalven skulle behöva tryckas tillbaka så det bakåtvikta benet kom fram. Det gick inte att vänta, då kunde kalven fastna och dö. I det läget kanske det inte ens skulle gå att rädda kon. Om Wilhelm ändå hade varit här. Mona hade aldrig gjort det förut, bara sett på. Hon kavlade upp ärmen, tvekade och stack sedan in handen i det varma våta. Det var slemmigt och halt. Kon råmade och tog ett steg framåt. Ärmen på morgonrocken blev sölig. Det gick inte att få ordentligt tag. Hon försökte igen och kalven halkade undan. Kon trampade och fnös. Mona kände sig gråtfärdig, blundade och körde upp hela armen. Hon ville inte vara ensam med det här, men var ändå tvungen att handla snabbt. Att ta ut en veterinär mot kontant betalning skulle hon inte ha råd med. Var skulle hon ta pengar ifrån? Det var ett rent elände sist när en ko fick kalvförlamning och de tvingades ta ut veterinären fyra gånger för att ge sprutor. De hade klarat kon, men räkningen gjorde Wilhelm sömnlös. Hon måste ha hjälp.

Mona stod på Henriks trappa i en ljusrosa badrock med blodiga ärmar och en repstump i handen. Håret som torkat i vinden låg i tovor över axlarna. Bakom henne duggade regnet från blygråa moln. En första åskknall hördes.

”Nästan så man skulle kunna tro att du är Torspjäsku”, sa Henrik när han öppnade och hade betraktat henne en stund. Så log han mot henne. Mona såg oförstående på honom. ”Bysens fru som kommer med blixt och eld. Har du aldrig hört det? För att veta om det verkligen var Torspjäsku som kom la man en uppspärrad sax på trappan, då kunde hon inte passera. Kom hon väl in följde blixten med och satte eld på huset. Det måste du väl ha hört?” Hon skakade på huvudet. Han såg paniken i hennes ögon.

”Vad är det, Mona? Något nytt om Wilhelm? Polisen?”

”Klara kalvar. Det går inte bra. Jag behöver hjälp.”

Efteråt, när Mona gnidit kalven ren från hinnor och slem med hö och han sög mjölk från fingrarna hon doppat i bunken med råmjölk, kände hon en jublande lättnad. Moderkakan hade glidit ut utan problem vid mjölkningen, naturens gåva till räven och korpen. Glömsk av sin nerblodade badrock och sitt rufsiga hår log hon mot Henrik.

”Jag får väl bjuda på kaffe då, om det passar?”

”Ja tack. Det är inte varje dag man blir bjuden på kaffe av en dam i morgonrock.”

Mona rodnade ända ner på halsen och vände bort sitt ansikte. I den gemensamma ansträngningen hade det funnits en närhet som fått henne att glömma vem hon var. I stoltheten när Henrik sett Olovs seger hade det också funnits lite glans att låna. Nu föll allt platt till marken där hon stod i sin skam.

”Det gjorde vi bra, Mona. Du kan väl slå mej en signal när kaffet är klart.” Några ord och han hade trollat bort hennes värsta förlägenhet. Han visslade för sig själv när han gick genom regnet. Så vände han sig om igen.

”Om det är något mer jag kan göra för dej så säg bara till. Lova det. Du kan lita på mej. Jag förstår att du inte har det så lätt.”

Mona lät vattnet strila över ansiktet och tyckte sig höra Wilhelms röst. Han tyckte inte om att hon slösade på varmvattnet. Ändå var det hon som eldade i pannan på mornarna. Hon hoppades att kon skulle ta kalven till sig. Vid förra kalvningen hade en ko stångat ihjäl sin avkomma. Knuffat så kalven skulle komma på fötter och sen inte kunnat sluta. Hårdare och hårdare stångade hon tills livet valde att vika undan fast det knappt hade börjat. Kon har inga normala moderskänslor, hade Wilhelm sagt. Märkligt att det ibland blev så. Kanske berodde det på stress, eller på hormoner. Kanske var det moderns signal till barnet att livet inte var värt att leva, en brutal gest till den nyfödda att återvända. Det kon gjort var inte så olikt det hon själv gjort mot Arne. En smärtsam tanke. Inget kunde göras ogjort. Mona ville inte tänka mer på det. Vattnet sköljde genom hennes hår, flöt utefter kroppen och renade henne.

I går hade Henrik bjudit henne på skjuts till stan. Wilhelms bil hade polisen tagit i beslag, utan att fundera över hur hon skulle klara sig. Hon hade inte vågat fråga efter den.

Sakta flöt nattens dröm upp till ytan. Hon kände igen den ständigt återkommande drömmen. Temat var alltid detsamma, att köra ut med en bil på djupt vatten och innestängd sakta drunkna. Ibland körde hon själv, ibland fanns det en annan chaufför. Vid samma tid som Arne tagits ifrån henne hade hon i drömmen tagit taxi för säkerhets skull. Bett någon annan ta över kontrollen. Men när de närmade sig hamnområdet hade chauffören skrattat med munnen full av blod och kört dem alla över kanten. Ett gurglande halvkvävt skratt. Hon hade barnen i baksätet. Förtvivlat hade hon försökt hjälpa dem ut. Men hon hade bara två händer: En till Olov och en till Christoffer. Arne hade hon förlorat i djupet hos främmande människor. I nattens dröm hade hon kört själv. Bredvid sig på sätet hade hon haft Wilhelms ak4. Tanken blixtrade till: Wilhelms ak4! Den måste bort innan polisen bad att få genomsöka huset. Hur kunde hon ha missat det? Ak4:an borde ha legat i bilen. Var skulle hon göra av den? Wilhelm förvarade underbeslaget och patronerna inlåsta på sitt kontor, det hade hon sett. Men var? Själva skjutvapnet hade han hängande bakom värmepannan i källaren.

Det var en märklig känsla att ta nyckeln från det dalamålade skåpet i köket och låsa upp dörren till Wilhelms kontor. Mona hade bara sett en skymt av den bruna tapeten när Wilhelm någon gång gläntade på dörren och tog emot en kopp kaffe. Det kändes som om han när som helst skulle kunna anfalla henne i ryggen. Oscar II och hans familj iakttog henne från sin upphöjda position i guldram. Priset på tavlan stod med blyerts i nederkanten: En krona och fyrtiofem öre.

Mona gick fram till skrivbordet. En odiskad kopp med en skvätt kaffe kvar i stod på högerkanten, precis som om Wilhelm just ställt den ifrån sig. Stolen var utdragen. På golvet låg ett par raggsockor med alldeles för löst stickad resår, de första hon givit honom. Det var som om han ömsat skinn och det som fanns kvar av honom bara var ett par grå yllesockor, övergivna och lealösa sen han bytt skepnad. Mona lät med en rysning handen glida över det blöta bandaget på sitt ben. Hon rätade upp sig, tvingade sig till behärskning och kände på skrivbordslådorna. Där låg askarna med patroner. Fyra askar med tjugo i varje. Åttio patroner hade han blivit tilldelad, det hade hon hört när han talade med Anders i telefon. Mona kände på nästa låda. Den var tom så när som på en liten nyckel. Den såg ut att kunna passa till ett bankfack eller en kraftig portfölj. Hon stoppade den i badrocksfickan och fortsatte sitt sökande efter underbeslaget. När telefonen i köket ringde tappade hon så när patronerna i golvet. Hon stöttade sig med båda händerna mot skrivbordsskivan medan hon hämtade andan. På tredje signalen fångade hon luren.

”Dom har hittat Wilhelm och är säkert på väg till dej nu. Jag hörde det på radion. Du tiger! Inte ett ord, för då jävlar! Dom kommer säkert att gå igenom hela huset.”

”Jag letade just efter underbeslaget till ak4:an.”

Det blev tyst en stund.

”Jävlar i helvete! Den måste du få bort från huset. Skynda dej, för satan.”

”Var? Jag har letat överallt.” Mona var nära att börja gråta nu. Han måste ha hört det på rösten och fortsatte i vänligare ton.

”Tavlan med Oscar II, det finns ett lönnfack bakom den. Jag har hört honom tala om det när han var rejält packad.”

Mona sprang barfota över lagårdsbacken med vapnet under badrocken. Regnet löste upp planen till ett sörjigt gyttjebad. Några underkläder hade hon inte hunnit få på sig, men det var för sent att vända om nu. Polisen kunde vara här när som helst. Mona rundade lagården, snubblade och satte ner ena knäet i lervällningen. Hon kravlade sig upp igen och fortsatte förbi hönshuset och uppför trappan till köksingången.

Henrik öppnade.

”Kan du ta hand om den här?” Hon räckte fram vapnet. ”Det är Wilhelms.” Henrik stirrade på henne en stund, så slog han ner blicken.

”Snälla Henrik... Polisen...” Han nickade och tog emot det.

”Du kan lita på mej. Det sa jag ju.”

29

DE STOD PÅ TRAPPAN OCH IAKTTOG HENNE. Mona saktade ner stegen trots regnet. Vågade inte tänka på hur hon tog sig ut i sin blodiga och leriga badrock. Hon försökte med båda händerna nedkörda i fickorna hindra den från att blåsa upp. Högerhanden snuddade mot kall metall. Hon lät fingrarna undersöka föremålet, nyckeln från Wilhelms skrivbordslåda. Hon kramade den hårt i handen. Åskans muller omringade henne. En blixt skar genom himlen. Hela trädgården var försänkt i ett grålila dunkel, ett apokalyptiskt mörker. Domedagen var inne.

Det var en man och en kvinna som stod under verandataket. De hade kommit i en vit Ford. Polisen? Utan tvekan. Att ensam gå fram till en grupp människor som sinsemellan äger gemenskap var vanligtvis svårt, i den här stunden av utsatthet var det omänskligt. Kroppen blev stel i sina rörelser, tankarna gled undan i intighet och yrsel. Tonen, den vassa ihållande tonen som hade fått fäste i örat, steg i styrka och höjd. Polismannen ropade på henne genom det hällande regnet. Men hon svarade inte, det gick inte att få fram ett ord.

Kvinnan med det långa blonda håret lösgjorde sig ur mörkret och kom emot henne genom blixtregnet. Lugn och säker i sina rörelser, medan ljuset och mörkret spelade i hennes hår och kläder. Mona kunde ännu inte se hennes ansikte. Hon hade behövt sina glasögon. Tanken på att bli sedd utan att se blev övermäktig. Att blotta sitt försvarslösa ansikte utan att kunna tolka en motreaktion blev för svårt och hon sprang. Rusade i panik över grusgången, den leriga gårdsplanen och in mot lagården, där hon kröp ihop i ett bås. Hjärtslagen dånade genom kroppen, blodtrycket susade i öronen. Genom regnet som dånade mot fönsterrutorna hörde hon kvinnans lätta ihåliga klackar mot cementgolvet. Såg de vita byxbenen röra sig mellan spjälorna.

”Mona, är du där?” Det fanns ett stråk av oro i rösten, som var mörk och mjuk. Mona blundade och kände en hand på sin arm. En stilla värme som spred sig genom huden. En arm om sina axlar. Hur länge de blev sittande där innan gråten kom visste hon inte. Den första tanke som for genom hennes huvud när hon öppnade ögonen var att kvinnan bredvid henne hade vita byxor som hon just nu fördärvade i smutsen. Mona såg från sin leriga badrock till de inte längre så vita byxorna och mjuknade lite.

”Du vet varför vi har kommit”, sa Maria. Mona nickade.

”Wilhelm är död. Ni har hittat kroppen?”

”Ja, så är det. Du är alldeles genomvåt. Fryser du inte?”

”Jo.” Mona skyndade sig att dölja bandaget på benet med badrocken. Hon var osäker på om Maria hunnit att lägga märke till det eller inte.

Äntligen fick hon släppa ut gråten, dagar av uppdämda känslor. Nu fanns det en godtagbar orsak. Inlindad i täcke och filtar, med en kopp rykande kaffe i handen återvände livet och tankarna. Den skamliga njutningen i att vara föremål för respektfullt medlidande och omtanke berusade henne. Hon kunde inte få nog av ljuvligheten. Den kvinnliga polisen hade presenterat sig som Maria. Hennes händer var så mjuka och hennes välvilja genomsyrade varje ord och gest. Tänk om hon hade vetat… om hon kunnat se skulden. Det hon såg var en sörjande, respektabel änka. Mona kom på sig med att avundas huvudrollen i sitt eget spel. Tänk att få vara den Maria trodde att hon var. Upphöjd över alla tvivel. Vilken ära, vilket lyft mot renheten. Full av inspiration imiterade hon Olovs filosofiska funderingar om livet och döden. Där slog hon dem med häpnad. Där blev de minsann tårögda. Det fanns en stor njutning i att kunna styra deras känslor och ta emot förståelse och respekt som applåder i det tysta.

”Vill du ha hjälp att underrätta någon som kan komma och vara hos dej?”

”Mina söner. Ja. Och Wilhelms syster Sofia måste få veta. Hon bor i strandboden vid fiskeläget i Eksta.” Monas ögon fylldes åter med tårar och svämmade över. ”Jag orkar inte tala med dom.”

Som i en teaterpjäs där hon själv fick fylla i halva dialogen hörde Mona Marias röst när hon talade i telefon. Först i mötet med Christoffer, det förstod hon av Marias förlägenhet innan han slutade skoja och av det snabba replikskifte som sedan följde. Samtalet med Olov var betydligt mer strukturerat. Han skulle komma omedelbart.

”Har Wilhelms syster någon telefon?” Mona behövde inte fundera länge på svaret. Fyra gånger hade Sofia svarat i sin mobiltelefon medan de satt vid köksbordet och talade med varann på tu man hand. Sofia ville ha det senaste skvallret från bygden innan hon for ner till strandboden. Fyra gånger hade Sofia tydligt visat att samtalet med Mona var mindre viktigt än att tala med telefonförsäljare, semestrande arbetskamrater och med dem som ringde fel nummer. Det var inget nytt, bara förnedrande att bli placerad som stand by gång på gång.

”Fast jag vet inte numret”, sa Mona.

”Jag stannar hos dej tills din son kommer. Hartman far ner och meddelar Wilhelms syster.” Mona var helt nöjd med den arbetsfördelningen.

Tomas Hartman stängde bildörren och drog ett djupt andetag. Luften i Mona Jacobssons kök hade snört åt hans strupe. Det var en lättnad att sätta sig i bilen. Vad mötet med Wilhelms syster skulle innebära visste han inte, men kunde knappast bli värre än mötet med änkan. Ett kort ögonblick hade han trott att Mona Jacobsson helt skulle förlora greppet om verkligheten. På behörigt avstånd hade han följt hennes tankar ut till den yttersta avgrunden, där hans egen tanke hade sviktat inför frågor om livets mening och döden. På ett sätt förvånade det honom och fyllde honom med mer förstämning än om hon bara hade gråtit.

Vinden piskade upp blygrå vågor mot bryggan. Åskans dova knallar hördes allt längre bort över havet. De vindpinade martallarna krökte sina ryggar, vred sig som i plågor. Det första som fångade hans blick när han kommit in på garngården var den färggranna trasmattan som hängde tung och våt över eneklykor i regnet. Hartman drog upp rockkragen och tog sikte på bulhuset där ett milt sken letade sig ut genom fönstret bakom den tunna ljusblå gardinen. De båda ansiktenas silhuetter avtecknade sig som ett skuggspel, nära och förtroligt. Svagt kunde han höra deras röster trots vinden, vågorna och regnets plaskande på spåntaket. Han borde inte tjuvlyssna, men kände sig ännu inte redo att knacka på. Orden var smeksamma och erotiskt laddade. Motvilligt fascinerade de honom fast han kunde se sig själv utifrån och skämdes för att han tog del av något så privat. Det var ändå en tröst att Sofia inte var ensam, att hon skulle ha en vänlig famn som kunde ta vid när det oundvikliga uttalats. Att skaka om en människas värld med ett dödsbesked och sedan lämna den personen ensam är något av det svåraste, tänkte Hartman. Det finns ingen möjlighet att återställa det som rasat och man kan inte stanna för evigt som kompensation. Det enda värdiga sättet att retirera är att bli avbytt. Han lyfte handen och knackade.

"Kriminalinspektör Hartman..." Han steg in genom dörren som slagits upp på vid gavel och blev abrupt avbruten.

"Utmärkt att du kunde komma så snart. Det är helt annat i Stockholm förstår du, där har polisen inte tid att komma ut i sådana här rutinärenden. Dom har helt enkelt inte resurser. Men jag är verkligen glad att du kom."

Hartman såg tvivlande på kvinnan framför sig. Hon hade spretigt mörkt hår och glasögon med svarta bågar. Inget i hennes yttre talade för svagsinthet. Tvärt om, hon var hur tydlig och välartikulerad som helst. Vid vedspisen stod en lite rundare kopia och rörde i en kopparkastrull. Bordet vid fönstret var dukat med två tallrikar, vinglas, ängsblommor och levande ljus. Hartman kände sig som en inkräktare.

"Vem av er är Sofia?" Kvinnan vid dörren sträckte fram handen och nickade bekräftande.

"Jag kan bara inte begripa vem som har gjort det? Vad får dom ut av det? Det verkar fullkomligt meningslöst." Hennes röst var på sin höjd lätt irriterad. Långt ifrån förtvivlad. Hartman kände sig för ögonblicket ställd.

"Vet ni varför jag har kommit?" undrade han. Sofia tog ett steg bakåt och synade honom.

"Det var faktiskt jag som gjorde anmälan."

"Nu förstår jag inte riktigt?"

"Det var jag som anmälde inbrottet eller vad man ska kalla det.

Dörren var upplåst när vi kom och någon har kastat i mattan från bryggan. Den var fylld med stenar. Gissa om jag blev förvånad när jag hoppade i och fick se den gamla trasmattan på botten. Det kanske inte är något att kontakta polisen för kan ni tycka, men den har ett stort affektionsvärde för mej. Ja, för Wilhelm också. Min gammelmormors brudklänning finns invävd och många andra minnen. Spiskroken måste dom också ha tagit. Jag hittar den inte."

Hartman gned sig vid tinningarna och funderade på hur han skulle lägga orden, men kom sig inte för med att säga något innan Sofia fortsatte.

"Jag förstår inte vad dom får ut av det, vandalerna. Det är en stor fläck på mattan. Jag försökte gno rent med grönsåpa men så kom regnet. Det ser nästan ut som blod. Grannen bredvid här har katt. Det är möjligt att den släpat in något djur och tuggat i sej. En gång drog han in en hel skata utan huvud och en annan gång en råtta. Jag menar inte en liten mus. En hel råtta var det." Sofia visade storleken med händerna. "Det kan ju vara något sådant som inträffat. Men för den skull behöver man väl inte slänga mattan i sjön. Jag har frågat bland grannarna. Men dom vet inget. Ingen har sett något. Ingen har hört något, i vanlig ordning. Min väninna här tror att vandaliseringen kan ha med arrendekonflikten att göra. Wilhelm är osams med dom flesta. En gång rev han halva garngården i protest. Sådant lever länge i folks minne. Du ska inte tro att han är våldsam av sej Wilhelm, men blir han väl pressad över gränsen kan han ha lite svårt med humöret. Ändå måste man säga att han haft en ängels tålamod med sina pojkar. Det är inte lätt att ta ko med kalv och sen få tvillingar på köpet. Vem vet om dom ens var hans. Varje söndag på sommaren när pojkarna var små tog han med dom ut och fiskade, sen kom dom förbi och åt frukost. Det var sån harmoni. Sån tystnad. Det är inte vanligt att barn i den åldern kan sitta stilla. Wilhelm berömde dem så, särskilt Christoffer och sa att han snart skulle bli stora karln. Kanske gjorde han så med flit för att Olov var mycket större till växten. Jag kunde inte låta bli att skratta åt Christoffer när grabbarna slogs. Olov var ju mycket starkare och Christoffer brukade hamna underst. Men han gav aldrig upp. 'Ger du dej', brukade han säga till Olov som satt uppe på honom. Det var då för dråpligt."

”Jag har inte kommit med anledning av din anmälan”, sa Hartman när Sofia gjorde en paus för att smaka av såsen som väninnan räckte henne i en tesked. ”Det jag har att säga är dessvärre mycket allvarligare. Ni kanske har hört att Wilhelm aldrig kom fram till fastlandet?”

”Nej, det har Mona inte berättat. Han skulle väl komma hem som i kväll.”

”Han lever inte längre. Med största sannolikhet har han blivit mördad. Vi hittade kroppen för ett par timmar sedan i ett röse i Vallekvior.”

När området kring strandboden spärrats av och en tekniker tagit mattan under luppen satte sig Hartman åter i bilen. De båda kvinnorna i baksätet snyftade fortfarande, överröstade av kakaduans entoniga läten. Hartman tänkte att det nog var så det skulle kännas att ha tinnitus.

30

TRYGVESSON SATT PÅ SITT TJÄNSTERUM och såg med oseende ögon ut i ösregnet som studsade mot asfalten. Han hade slagit i dataregistren på Wilhelm Jacobsson fast han redan visste vad som stod att läsa. Jacobsson fanns med i brottsregistret. Domen på två månader för barnmisshandel slutade i villkorlig frigivning. Några torftiga rader som rymde ett helt helvete. Skadorna på barnet fanns beskrivna och väl illustrerade med färgfotografier. Arnes skrämda runda ögon såg rakt in i kameran, rakt in i betraktarens öga.

En halvtimme senare hade Trygvesson samlat dem till en genomgång. Huvudvärken tog nästan andan ur honom innan sorlet dämpats och han hade deras uppmärksamhet.

”Hur har det gått i Eksta? Har det ordnat sej så att Mona Jacobsson har någonstans att ta vägen under tiden vi befinner oss där ute? Jag hörde att hon inte vill vara hemma.” Trygvesson grimaserade medan han svalde sin upplösta Treo i ett svep.

”Det finns visst ett jourrum på sjukhemmet där hon arbetar. Det är ingen bra lösning, men någon bättre stod inte till buds. Hon vill inte bli sjukskriven och behöver ha nära till arbetet när hon inte har tillgång till bil. Annars kunde hon kanske ha bott hos sonen i Martebo. Anselm har fått en korttidsplats på hemmet.” Maria letade efter en penna i sin ryggsäck och slog upp en fullskriven sida i sitt anteckningsblock.

”Vi har fått en teknisk bedömning från strandboden. Man har funnit blod både på trasmattan och på själva trägolvet, det överensstämmer med Wilhelm Jacobssons blodgrupp A Rh+, undergrupper har man ännu ej analyserat. Material är skickat för DNA-analys. Troligtvis blev Jacobsson mördad i sin strandbod. Mängden blod tyder på att han var vid liv när han befann sig i strandboden, att cirkulationen ännu var igång. Spåren av blod i bilens bagageutrymme är betydligt mer sparsamma. Han har alltså flyttats till röset i Vallekvior. Ca 05:45 lämnar han hemmet enligt hustrun. 06:25 ser ett vittne offrets bil med fel förare, 06:45 avgår båten. Ännu inget mordvapen."

"Det preliminära obduktionsprotokollet har vi här..." Trygvesson ögnade hastigt igenom papperet medan de följde hans stumma läpprörelser. "'Trubbigt våld mot vänster sida av kraniet... insjunket med en bredd av 6 mm distinkt avgränsat mot övrig vävnad, i sidled mera diffust... Vad kan man tänka sej? En skiftnyckel eller något liknande föremål. Förslag?"

"Vad finns i en strandbod: Öppen spis, sovloft, vedspis, nät?" Ek gjorde en skiss på sitt block. "Någon typ av husgeråd eller fiskeredskap?"

"En spiskrok?" föreslog Arvidsson. "Det fanns en vedspis."

"Spiskroken saknades", instämde Hartman. "Systern talade om det. Vad gjorde karln i sin strandbod när han redan var så försenad till båten?"

"Ingen av dom fastighetsägare vi talat med har sett eller hört något den aktuella morgonen. Wilhelm brukade oftast parkera bilen mellan kiosken och fiskeläget, sällan på parkeringen åt havet till. Det är allt som hittills framkommit", inflikade Trygvesson.

"Han borde ha haft med sej sin ak4 till fälttävlan", menade Hartman.

"Hustrun är av den bestämda åsikten att han hade med sej vapnet", sa Maria. "Det finns inte kvar i hemmet."

"Det fanns inte heller i Opeln vid framkomsten till Nynäshamn", sa Hartman.

"Hon kan fortfarande inte redogöra för hur maken var klädd?" Trygvesson kände med handen över sin skäggstubb och drog i polokragens tättslutande resår.

"Vet du vad din fru har på sej i dag?" undrade Maria.

"Det är väl skillnad", fräste Trygvesson.

"Är det?" frågade Maria och såg undrande på Trygvesson. Tonen var mycket skarpare än hon förväntat sig. Här hade hon klampat in på ömtålig mark, här fanns det något som gjorde ont. Trygvesson såg ut genom fönstret. Det enda han kunde erinra sig var silverarmbandet han givit Lillemor kvällen innan. Hon hade sett så konstig ut. Som om hon tänkte börja skratta eller gråta. När de åt middag sent på kvällen hade hon burit det. Vad hon hade på sig i övrigt hade han inte den blekaste aning om. Kjol eller långbyxor? Nej, så osynlig hade hon blivit för honom att bara armbandet syntes. Plötsligt blev han medveten om de andras blickar och harklade sig generat.

”Vad kan vi tänka oss för motiv? Pengar, maktkamp, utpressning, svartsjuka, någon som var i behov av vapen, oprovocerat våld? Vad säger ni?”

”Är det ett våldsbrott utan annat motiv än att fästa uppmärksamhet på livets tristess och meningslöshet, en ensam galning, lär vi aldrig få tag på honom”, sa Hartman trött.

”Jag har kollat med taxeringsmyndigheten och stämt av bankkonton”, sa Arvidsson. ”Som det ser ut levde dom på existensminimum. Alla tillgångar är bundna i gården. Opeln är knappt värd en biltvätt. Vete fan hur den gick igenom besiktningen?”

”Det vet jag”, sa Ek. ”Jag pratade med teknikern i Nynäshamn. Han sa att kontrollmärket var rena hemslöjden liksom dom flesta reparationer som utförts. Finns det något på honom i brottsregistret?”

”Tvistemålsärenden angående arrendet till marken där strandboden står. En anmälan om skadegörelse i fiskeläget. Han lär ha gått bärsärkagång efter förlusten i rätten. Dessutom har han en villkorlig dom för barnmisshandel -78. Aga förbjöds först -79. Annars skulle han inte ha kommit så lindrigt undan. Mona Jacobsson har en son sedan ett tidigare förhållande. Han blev fosterhemsplacerad efter misshandeln.” Trygvesson märkte att rösten stockade sig. Att nämna bilderna i akten övergick hans förmåga.

”Jag har också tagit del av dom där uppgifterna”, sa Maria. ”Pojken hade en axel ur led och en lunginflammation sedan hans huvud tryckts ner i ett badkar med förorenat vatten som djuren druckit ur. De ytliga skador man kan se på bild får en att vilja gråta.”

Trygvesson gick fram till fönstret, öppnade det och slöt ögonen. Med ryggtavlan åt de andra kändes det lättare att andas. Han borde avsäga sig utredningen, men han kunde inte förmå sig att göra det, inte än. Vad skulle han säga till Lillemor?

”Jag tycker att mycket talar för dråp”, menade Hartman. ”Att fara till strandboden verkar som en plötslig nyck. Han överraskar någon och blir nedslagen. Fast vem skulle göra inbrott i en strandbod. Där kan inte ha funnits mycket att hämta.”

”Eller också hade han stämt träff med någon. Ett kort möte”, föreslog Arvidsson.

Trygvesson satte sig vid bordet igen. En mörk svettfläck bredde ut sig på ryggen. Han kände sig skakig. Tankarna ville hela tiden lämna rummet och den pågående utredningen. Lillemor hade givit sig av under natten. När han vaknade vid midnatt var hon borta. Det hade inte blivit av att äta någon frukost. Han hade blivit sittande i köket utan att komma sig för med någonting. Han undrade var hon kunde vara nu.

”Vi kan nog bortse från att Jacobsson skulle ha tagit upp en liftare. Jag var inne på det förut, men det håller inte om han blev mördad i strandboden”, sa Maria. Hon kom på sig själv med att bita på tumnageln, en efterhängsen ovana som ofta gjorde sig påmind när tillvaron blev för komplex. ”Kanske bör man söka i familjen och den närmaste bekantskapskretsen i första hand. Jag håller med Hartman: Är det en okänd person som bara givit efter för stundens infall att bruka våld lär vi knappast hitta honom. Frågan är om en utomstående skulle lägga ner sådan omsorg på att gömma kroppen. På något vis har Wilhelm Jacobsson ändå givits en hövdings begravning.”

”Hur går vi vidare?” Trygvesson satte armbågarna på bordet och lutade huvudet i händerna. ”Arvidsson och Ek, ni får höra dom närmaste grannarna. Det kan inte hjälpas att det blir på övertid.”

”Efter tio år i branschen gör man sej inga illusioner”, sa Arvidsson och gjorde en ansats att resa sig från bordet. ”Jag hade tänkt mej ett grottäventyr, men turista får man väl göra senare. Tur att man inte hunnit köpa biljetter. Nu lär det väl dröja.”

När man har levt tillsammans över tjugo år känner man på sig när något bär åt helvete. Trygvesson hade burit den känslan inom sig hela dagen som en molande värk. Han hade sett Hartman höja på ögonbrynet åt hans brist på initiativ och koncentration. Irriterad hade han fräst åt polisaspiranten i receptionen, retad av hans noggrannhet och milt framställda frågor om yttre tjänst. När Trygvesson tänkte på det nu ångrade han sig. Det var av ren oginhet han kommenderat aspiranten att ta sig an cykelförrådet. Säkert skulle han beklaga sig för de andra och få medhåll. Trygvesson är en jävla skit, en gammal stöt som borde gå i pension. Det var onödigt.

Lillemor hade lämnat honom, bara tidpunkten för bodelningen var oviss. Man kan inte leva i tystnad hur länge som helst utan att det brister. När han vaknade och såg armbandet och vigselringen på köksbordet blev han egentligen inte förvånad. Han hade väntat sig något sådant. Faktum var att han kände sig lättad. Hon hade talat, utan ord sagt sin mening. Lagt upp den i ljuset på köksbordet. Så här vill jag leva. Men hon hade inte stannat för att vänta på hans svar. Kanske var det lika bra. Han bestämde sig för att det var bra. Trots det hade han inte kunnat somna om. Sängen bredvid honom hade varit så skrikande tom när klockan tickade mot morgon. Mot bättre vetande hade han lyssnat efter en nyckel i dörren, efter steg som aldrig kom. När gryningen letade sig in under rullgardinen hade han ännu inte somnat. Då var det dags för en ny arbetsdag.

31

"SKULLE INTE FÖRVÅNA MEJ om någon av sönerna klubbat ner gubben. Det måste väl finnas en hel del att ge igen för", sa Arvidsson när de stannat utanför Konsum i Klinte för att Ek behövde köpa sig ett par rena strumpor.

"Barnmisshandel har väl förekommit i alla tider. Men är det så vanligt att det leder till hämnd och mord? Jag tror inte det", sa Ek.

"Vet inte. Kanske inte så att dom ger sej på sina fäder, men att dom som utsatts blir mer benägna att lösa konflikter med våld."

"Så har det väl alltid varit?"

"Begreppet barnmisshandel, som sådant, har inte funnits så länge. Visst fanns det änglamakerskor och mord på nyfödda barn långt tillbaka i tiden när barn var sina föräldrars privata egendom, men jag tror inte man talade om barnmisshandel förrän man kunde undersöka skelettet med röntgen. På 1940-talet talade man om Caffeys syndrom."

"Var han röntgenläkare?"

"Ja, tillsammans med sin kollega studerade han brott på armar och ben och blödningar under hårda hjärnhinnan hos barn. Frakturerna hade olika läkningsstadier. Samtidigt hade man möjlighet att utesluta syfilis, skörbjugg och engelska sjukan. Man trodde att man hittat en ny sjukdom: Caffeys syndrom. Barnen var bleka och undernärda, hade feber och blodbrist. Märkligt nog förbättrades patienterna under pågående sjukhusvistelse och gick hem för att sedan återkomma i samma eller ännu sämre skick. Först på 50-talet tog man till sig sanningen, att det handlade om regelrätt misshandel och inte om någon mystisk sjukdom."

"Märkligt att barnen inte sa hur det var."

"Dom vågade väl inte, eller också blev dom inte trodda. Det är obehagligt att inse sanningen, särskilt om det krävs att man tar ställning och tillgriper åtgärder.”

Sedan Ek bestämt sig för ett par strumpor med älgar och ett par med kaniner fortsatte de sin resa mot Eksta. På Gotland finns inga älgar, bara strumpor med exotiska djur. Enligt Trygvesson hade man för några år sedan planterat in rådjur. En ren import av viltolyckor i en region som tidigare sluppit den plågan.

Vädret hade sakta klarnat upp mot kvällen och vattnet som samlats i asfaltens gropar blänkte rosa i aftonsolens varma strålar. Solnedgången var så enastående vacker i sitt färgspel att det räckte som kompensation för hela dagens gråväder, menade Arvidsson.

”Han kanske inte är hemma”, sa Ek när de knackat på hos Henrik Dune. Det var mörkt i huset men både grävmaskinen och Henriks Mercedes stod på gårdsplanen.

”Dieselmersa, vad annat? Han verkar vara utflugen”, sa Ek.

”Undrar hur lång tid det där vägarbetet i Tofta kan ta?” Arvidsson skulle just stänga bildörren om sig när han såg köksdörren på södergaveln sakta glida upp.

”Jag brukar aldrig ha finare främmande än att dom kommer in köksvägen. Stig på.” Henrik öppnade dörren på vid gavel och lät dem passera. ”Vad kan jag göra för er?”

”Vi ville ställa några frågor om Wilhelm Jacobsson. Kan vi komma in?”

”Kan tänka det. Var så goda. Har ni ätit kvällsmat?” En angenäm doft av stekt svamp letade sig ut i farstun. ”Ni blir väl kvar här en stund, så det är lika bra att ni tar för er. Det finns så det räcker. Det är stolt fjällskivling. Bara hatten är en hel middag. Råglimpan har jag fått av Mona. Jag hjälpte henne dra fram en kalv. Han hade börjat livet lite bakvänt. Men det gick bra till slut. Har ni smakat Gotlandsdricka?”

”Nej, men jag är inte svårtrugad”, sa Arvidsson och såg sig om i det stora köket.

I stället för gardiner slingrade murgröna längs fönsterkarmarna, köksbordet var av massiv ek och utan duk eller annat kvinnligt pynt. Allt var enkelt och funktionellt, inte minst tidningstravarna på stolssitsarna. Där satt man mjukt och smutsade inte ner, tidningsförvaring och dyna i ett. Bara att bläddra om man råkat spilla.

"Det luktar fantastiskt gott", sa Ek, som tyckte att var och en som kunde steka ett par falukorvsskivor och hålla färgen inom rimliga gränser var ett under av huslighet. Henrik dukade fram glas och tallrikar medan han beklagade det hemska som inträffat.

"Hur ska det bli med henne? Hur ska hon orka ta hand om allt själv", sa Henrik. Och de förstod att han syftade på Mona. "Jag har lovat att hjälpa till med lagården medan ni hålls här och utreder. Men sen... inte tror jag att någon av sönerna vill ta över." Med en gest bjöd Henrik dem att sitta ner.

"Om vi är riktigt underrättade är du med i samma hemvärnsgrupp som Wilhelm. Men den här gången följde du inte med dom på fälttävlan", konstaterade Arvidsson.

"Nej, jag hade vägbygget i Tofta som inte kan vänta. Ett dräneringsarbete. Ni såg ju själva. Jag har alldeles för mycket att göra. Det gäller att få vagnen ur ändan, om man så säger. Skulle behöva anställa någon. Men ni vet hur det är med sånt, en jävla pappersexercis. Det är inte säkert att man spar tid om man ska fylla i en massa extrablanketter och MBL-förhandla och allt vad det heter."

"När såg du Wilhelm sist?" undrade Ek och tog emot smörkniven.

"Tänkte att ni skulle fråga det, så jag har funderat. Det var på kvällen innan han for till fastlandet. Vi sågs nere i fiskeläget. Han skulle precis ge sej ut i båten när jag steg iland. Han hostade förskräckligt och spottade på marken. Jag tror att han kan ha hostat blod. Det var blodfläckar på bryggan. Vi talade inte med varann. Vi gör sällan det om det inte är absolut nödvändigt."

"Varför då?"

"Jag låste in han på utedasset när han var full och oregerlig och skulle hem och spöa upp frun. Det är nog tio år sedan men han är långsint. Det som tog honom hårdast var att Mona inte letade efter honom när han satt där. Han grät som en barnunge för att hon inte brydde sej om honom längre. Nu ska ni smaka på drickan. Jag har bryggt den själv. Den är inte så tokig." Ett stolt leende spred sig i den korpulente grävarens ansikte.

"Jo du", sa han när Ek tagit en klunk och grimaserat. "Han blev så oroad av att hon inte letat efter honom så han gick upp på ängen och plockade blommor åt henne när jag släppte ut han. Det hade väl avlöpt väl om jag inte ertappat honom i själva plockandet. Han sjöng till och med. När han fick syn på mej släppte han grönsakerna i diket och stampade på dom. Det blev för känsligt. Sen dess har han inte talat med mej."

Henrik skrattade ett bullrande skratt och fyllde på mer dricka åt Arvidsson. Ansiktet och skulten blänkte av värme och stekfett. Stekpannan med ett berg av svampstuvning sattes direkt på bordet med dagens tidning som underlägg.

"Hörde du när Wilhelm for i väg på morgonen?"

"Nej, jag var långt uppe i hagen och lagade fårstängsel innan jag skulle till vägbygget." Henrik drog upp skjortärmarna och visade en lång reva på underarmen. Det såg rött och irriterat ut. Jag rev mej på taggtråden, den har börjat rosta där uppe och måste bytas ut. När jag kom hem såg jag att det lyste uppe hos Anselm som det brukar."

"Vad kan klockan ha varit då?"

"Sju, kanske. Mona hade säkert farit till jobbet. Hon stod inte vid busshållplatsen i alla fall. Jo, på natten... jag vet inte vad klockan var... mitt i natten hörde jag Anselm bröla som en mistlur. Han gapar värre än min nya tupp, ska jag säga dej. Det är när han drömmer mardrömmar om kriget."

"Vet du om Wilhelm hade med sej något vapen till fälttävlan?" undrade Ek.

"Sin ak4 måste han ju ha haft."

"Vet du var i hemmet han brukade förvara den?"

"Inte den blekaste aning. Jag har aldrig varit där inne."

"Har du aldrig varit inne hos din närmaste granne?" Arvidsson ställde ifrån sig sitt glas och såg förundrad på sin värd.

"Nej. Jag tror inte att dom hade något umgänge över huvud taget utöver Svea, distriktssköterskan. Fast hon är död nu. Jag läste dödsannonsen i morse. Det var en kvinna det. Jag försökte bjuda hem Jacobssons ett par gånger, men dom bjöd aldrig igen."

Henrik skar upp det sista av limpan med en jaktkniv, modell större, och la för dem varsin tjock skiva. "Fast på hemvärnsövningarna har vi haft mycket trevligt tillsammans. Sista övningen vi gjorde på Fårö var lite utöver det vanliga, om man säger så. Vi delade upp oss i två flanker för att smyga oss på lede fi vid Limmorträsk, det är ett fågelrikt område med vackra lövmarker. Ja jävlar vad vi smög. Tysta som skuggan själv. Wilhelms gäng från öster och mitt från väster för att omringa dom. Vi visste att dom tryckte där uppe i någon dunge. På avstånd kunde vi höra dom överlägga. Viska. Smida ränker. Vi lyssnade noga från vårt gömställe tills jag fick syn på Wilhelm, då gick vi till anfall. Ljudlöst omringade vi fienden och studerade deras förehavanden. Så smällde Wilhelm av ett skott i luften och dom flög upp från sitt kärleksnäste utan en tråd på kroppen. Det var en lärarinna från Visby och en känd kommunalpolitiker som kommit på villovägar. Kan man smyga sej på ett kärlekspar i otrohetens vaksamma famntag är man en fullgod hemvärnsman." Henrik lyfte kaggen och hällde i lite mer dricka åt Ek, som verkade ha vant sig vid smaken.

"Det händer då och då att vi inom polisen får in en anmälan om att en övergiven bil står lite ensligt till. Är det imma på rutan när vi kommer dit brukar vi ha den goda smaken att avvakta. Vem vet hur mycket möda dom lagt ner på att få till det?" sa Ek med djupaste allvar.

"Det är sant, det där med tvåsamheten är inte så enkelt", sa Henrik och öste på svampstuvning på sin tredje smörgås.

"Du har aldrig varit gift?" Arvidsson försökte erinra sig de uppgifter han tagit fram ur folkbokföringsregistret innan de for.

"Nej, jag hade väl god lust en gång. Men det gick liksom över. Själv då?"

Arvidsson satte drickan i halsen. Han hade inte förväntat sig en sådan retur. Ek skrattade högt och skamlöst.

"Du är bland idel ungkarlar, Henrik Dune."

"Det jag saknar mest nu är kanske barn. En son. När Monas grabbar var små kom dom ofta över till mej. Mest Olov. Jag planterade varsitt vårdträd åt dom i trädgården på södersidan. Päron till Arne, plommon till Olov och äpplen åt Christoffer. Ni passerade dom när ni kom in genom köksdörren. Wilhelm tyckte aldrig om det där, han försökte bryta sönder Christoffers träd en kväll i fyllan när Christoffer tagit hem sina äpplen. Det har inte riktigt repat sig sen dess. Frågan är om det kommer att klara vintern. Löven har redan börjat gulna. Det händer fortfarande att Olov tittar förbi ibland när han är hemma. Men det blir inte så ofta. Han och Wilhelm har inte dragit jämnt dom senaste åren. När Olov var barn hade Wilhelm inte tid med honom och hans frågor. Annat var det med Christoffer, den släpade Wilhelm med sej överallt för att det skulle bli karl av honom. Han är ju äldst och skulle överta gården hade Wilhelm bestämt. Det gick lite för långt ibland. Annars var han en bra arbetskarl, Wilhelm. Man ska inte tala illa om dom döda. Han var en man som stod vid sitt ord. På det viset var han bra. Ett löfte var ett löfte och ett handslag ett handslag. Men någon humor hade han inte."

Henrik fyllde på glasen igen och tog bort stekpannan från bordet för att bättre få plats med armarna. "På sista tiden har Olov blivit allt mer tungsint. Det var bättre förr när han hade sällskap med Birgitta. Då kom han ofta hem. Birgitta kunde ta Wilhelm på ett alldeles särskilt sätt. Hon kunde till och med få honom att skratta. Jag hörde dom när de satt i syrenbersån. Hon berömde Wilhelm för det han visste och kunde. Jag tror att hon var uppriktigt imponerad. Hon frågade honom till råds om allt mellan himmel och jord och han hade åsikter om damkläder, discomusik och tevestjärnor så man inte trodde sina öron. Man kunde inte bli annat än förvånad. Jag tror han blev lite betuttad i henne. Om Mona blev svartsjuk så visade hon det inte med en min. Det är svårt att veta med Mona, med kvinnfolk överhuvudtaget förresten vad dom tänker. Jag tror det var Olovs grubblerier som till slut ledde till att Birgitta lämnade honom. Han körde ambulans, Olov, och fick väl se mer än vad han tålde. Ungefär som sin morfar Anselm. Han är känsligare än man kan tro, den grabben."

"Vad var det han grubblade på?" undrade Arvidsson.

"Det var så djupt filosofiskt så jag hade svårt att hänga med. Jag tror han blev lite besviken på mej där. Det handlade om livet och döden. 'Det som är värt att leva för, är värt att dö för', kunde han säga utan vidare förklaring. 'Det vore så enkelt om det fanns en mening. Finns det inget att dö för, finns det heller inget att leva för. Finns det överhuvudtaget någon anledning att leva?' Så där höll han på tills man blev yr. 'Kanske är det först i dödens skugga som livet finner sin mening', sa han också. Jag blev oroad, ska jag säga dej. Jag visste inte hur jag skulle bemöta det så jag bjöd han på en sup."

"Du, det här vi dricker nu. Är det verkligen vanlig svagdricka?" undrade Arvidsson och avböjde påfyllning. "Jag kan ha fel men jag känner mej inte helt nykter."

"Ingen fara. Ingen har åkt dit på lite Gotlandsdricka. Apropå rattonykterhet, jag ska säga dej att på Fårö brukar de varna varann när polisen är på väg över med färjan. Det är ett fullständigt laglöst samhälle. Dom håller ihop mot ordningsmakten. Har inte Trygvesson berättat om det?"

"Nej", sa Ek medan han blundade och försökte föra pekfingrarna mot varann i en enkel alkotest.

"Dom kom upp till Fårö nu i våras och fick se en fullständigt demolerad bil i ett dike. Ingen hade sett något. Ingen hade hört något och ägaren till bilen var helt oförstående när polisen kom. Men jag vet hur det gick till", sa Henrik och såg klurig ut.

Ek som missat pekfingrarnas möte med en dryg decimeter såg desto mera eftertänksam ut.

"Mannen som var ägare till bilen hade varit på kalas", fortsatte Henrik. "Det hade blivit åtskilligt med Gotlandsdricka. På Skär håller dom sällan under 17%. Festligheterna slutade så illa att han körde i diket, kravlade sej ur bilen och gick hem. Men han ville ju få med sej bilen. Alltså satte han sej i sin lastare och körde till olycksplatsen. Han försökte lyfta upp bilen med gafflarna och tappade ner den i diket igen. Han försökte på nytt och det gick inte ett dugg bättre. Då blev han så förbannad så han lyfte upp gafflarna maximalt och släppte ner dom på biltaket tills fordonet var helt hoptryckt. Gång på gång som när man gör potatismos. I det skicket fann Trygvesson bilen. Men ingen hade, som sagt, sett något."

"Va fan ska vi göra, Arvidsson?" flabbade Ek. "Vi får nog lämna bilen här. Jag är definitivt berusad."

"Jag kan köra er in till Visby", erbjöd sig Henrik med en yvig och generös gest.

"Nej, inget besvär för vår skull", sa Arvidsson och bytte en blick i samförstånd med Ek. "Vi måste nog lösa det på något annat sätt. Jag känner mej lite trögtänkt just nu bara."

”Vi kan be Wern att hämta oss. Hon kommer inte att säga något.” Ek låg över bordet och skrattade så tårarna sprutade.

”Så jävla roligt är det inte!” sa Arvidsson och knuffade till honom. ”Nej låt bli telefon! Ett ord till Wern och jag stryper dej i slipsen.”

”Ni kan väl sova över här. Det finns gott om plats.”

”Vi är för helvete i tjänst. Tänk om vi måste åka på ett larm?” Arvidsson reste sig hastigt och började vanka av och an över golvet. Då och då med en irriterad blick på Ek som inte kunde sluta flabba.

”Någon av er kan ju låna min cykel. Styrstångsfylla har ingen åkt dit för.”

”Du kan ju skjutsa mej till stan, Arvidsson, så jag får hålla om din slanka midja. O min Riddare av Stålhästen, för mej i säkerhet till Kneippbyn.”

”Håll käften! Det finns inte någon mer cykel vi kan låna?”

”Vi får väl se efter i Monas uthus. Där bör det ju finns en del att välja på. Fast det är väl ockuperat område nu, avspärrat av era kamrater. Du får gå in och hämta den själv. Det är säkert upplåst i uthuset.”

”En cykeltur i månljus. Sämre stunder har man upplevt.” Ek cyklade upp jämsides med Arvidsson på Henriks cykel. Arvidsson hade hittat en uråldrig herrcykel med stora hjul och verktygslåda under pakethållaren. Det var Anselms cykel. Dubbelamputerad som han var skulle han knappast sakna den, var Henriks krassa mening.

”Vet du vad Henrik Dune berättade för mej när du var ute?”

”Nej. Rimligen inte”, svarade Arvidsson, fortfarande ur humör.

”Att han alltid varit lite svag för Mona. Det är väl ett mordmotiv så gott som något.”

”Inte i ett land där skilsmässor är mer regel än undantag.”

”Om hon ville skiljas, ja”, sa Ek.

”Henrik borde väl ha varit ett betydligt bättre alternativ än Wilhelm, tycker jag. Hon kanske inte visste att möjligheten fanns.”

”Nej precis. Han har inte vågat säga det till henne. Inte på tjugofem år. Det du, Arvidsson. Snart är du där.”

32

ANSELM SATT UPPBÄDDAD I SÄNGEN och såg sig tjurigt omkring med sina skumma ögon, lyssnade efter ljud i den ovana miljön.

"Ja har sagt att ja vill ha klädar på mi, men satkärringen sum titulerar si föreståndarinne stal mine byxar", hojtade han med hög röst när han hörde Monas välkända steg i rummet. "Ja frågde henne um hon vill kryp ner i sängen å håll mi varm, men hon snöpte på mun å gick ut. Båd Christoffar och Olov har vart här. Men inte hitt di nå byxar ti mi."

Rumskamraten i sängen bredvid satte sig upp med ett förväntansfullt leende. Den oreda och det tumult Anselm ställt till under dagen var den i särklass bästa underhållning han haft sen damkören Sarons Liljor besökte dem vid tiden för Lucia. Algot i kröken, som farit hem förra veckan, hade trott att han kommit till himlen när han såg ljus och vita kläder. Han hade börjat gråta vid anblicken av damkören. Tills han fick på sig glasögonen. Sen skrämdes han av tanken på det motsatta. Hade han inte varit så lomhörd skulle han nog ha insett sitt misstag med detsamma. Nu, efter sin religiösa upplevelse, såg han sig nödgad att fara hem och upprätta ett testamente till förmån för socknens nödlidande. Det här med Anselm som rumskamrat verkade minst lika lovande.

"Kum hit Mona och hjälp mi på me byxar innan ja frysa ändalykten av mi."

"Jag tror dom har tagit dom till tvätten, far."

"De är ingen sum ha bett dom blöte ner mine klädar. Ja kumma å skrive ett personligt brev till Bengt Westerberg. De här ä vanvård!"

"Han är inte partiledare längre", upplyste rumskamraten.

"Är han inte? Så bra då har han tid å kumme hit å se hur di far fram me andres tillhörighetar. Ja tänka int stanne här en minut till. Ring eftar en taxi Mona!"

"Jag kan hämta lite kaffe åt dej och sätta på radion om du vill." Anselm muttrade något ohörbart och rumsgrannen såg besviken ut när det utspel som verkade så lovande såg ut att sluta i samförstånd.

"Han vill ha socker i kaffet", sa grannen provocerande. Mona låtsades inte höra. Med flit hade hon lyckats få Anselm placerad på så långt avstånd från den egna avdelningen som möjligt. Hon kunde hälsa på, men hon behövde inte ta ansvar. Det fanns en stor lättnad i det.

"Mona, där är du ju."

Mona såg sin chef komma gående i korridoren med raska steg och snäva svängar runt rullstolar och rostfria vagnar med blöjor och rondskålar. Det fanns ingenstans att fly undan. Med största sannolikhet gällde det den förbaskade undersköterskekursen. Som om det inte räckte med allt hon fått utstå i skolan, som barn. Varför skulle hon som vuxen behöva genomlida det igen? Mona la märke till papperskassen i avdelningsföreståndarens hand. Den pendlade i takt med stegen, allt närmare. Det såg inte ut som böcker. Snarare som en påse man packar ner de avlidnas kvarlåtenskap i innan man lämnar över det till de anhöriga.

"Sån tur att jag fick tag på dej. Jag hörde att din far ligger inne. Jag beklagar verkligen det som hänt Wilhelm. Det är ju alldeles förfärligt!"

"Ja." Mona väntade uppmärksamt på vad som skulle komma.

"Jag vet att du och Svea på 12:an stod varann nära."

Mona försökte dölja sin rädsla genom att se på klockan, som om hon var i största tidsnöd. Vad kunde Svea ha sagt? "Jo, jag har talat med kusinens dotter, hon var verkligen inte lätt att få tag i, och med Sveas förmyndare. Ingen av dom vill ha hennes kläder. Du kan väl ta hand om dom. Vill du inte ha dom är det bara att du skickar iväg dom till Myrorna. Vad säger du? Jag förstår att det kanske kommer olägligt, men jag ville i alla fall fråga dej innan jag slänger dom i soporna."

Mona nickade. Kom sig inte för med att svara. Utan ett ord tog hon emot kassen, vände sig om och gick mot trapphuset. Sveas kläder i soporna. Hon som varit så mån om att vara propert klädd. Mona kastade en blick ner i papperspåsen. Minnena kom över henne starkare än hon kunnat ana. Blicken blev dimmig. Hon ville vara ensam och skyndade sig uppför trappan till jourrummet hon fått lov att disponera under tiden polisen rumsterade i huset. Benet värkte för varje steg, en pulserande smärta i vaden. I morse hade hon tagit bort bandaget och tittat. Det såg väldigt rött ut och var ömt och spänt. Sannolikt infekterat. En böld. Hon skulle behöva öppna igen och släppa ut varet innan det blev värre. En flaska alsolsprit hade hon uppe på rummet och ett rakblad.

Jourrummet låg på andra sidan vindsförrådet. Mona tyckte inte alls om att tvingas bo där. Rummet var funktionellt. Lysrör i taket, en säng, ett bord och en kaffebryggare. Vitmålade väggar. Ljuset till vindsutrymmet fungerade inte nu heller. Hon hade talat med vaktmästaren så sent som i går kväll. Men han hade en del annat att göra också. Dörren till vinden var tung. Mona fick ställa ner kassen för att ta i med båda händerna och dra. Hade man väl fått upp den halvvägs gick det lättare sedan. Ett sparsamt kvällsljus från en smutsig fönsterglugg i taket exponerade en sällsam utställning av föråldrade rullstolar, benproteser i läder, en gammal gynstol och en öppen låda med ett lavemangsset i rostfritt stål. Så mycket mänskligt lidande det fanns lagrat i dessa föremål.

Det knakade i golvplankorna där hon gick. Vinden var indelad i olika bås för varje avdelning. Julsaker och påskpynt trängdes med syrgastuber, toaletthinkar och lågt placerade sänggrindar som knappt gick att urskilja i dunklet. Mona trevade sig fram med händerna över det skrovliga träet. Ett svagt prasslande ljud bakom henne fick nackhåren att resa sig. Hon tordes inte vända på huvudet. Så ofta de senaste dagarna hon hade tyckt sig höra Wilhelms andetag. Ett pipande ljud i bröstet när han låg ner. Nu hörde hon det igen och tyckte att skuggorna kom emot henne från hörnen och kröp in under huden. Ett par steg till och hon skulle vara framme vid jourrummets dörr och kunna tända ljuset. Det skulle bli skönt att dra till dörren om sig och stänga ute vindsförrådets dunkel. Något skramlade till och Mona kände en hård hand över sin mun och en kropp tätt tryckt mot ryggen. Omilt föstes hon mot dörren till rummet. Hon kände igen hans doft.

”Jag var rädd att du skulle skrika”, sa han när han låst dörren bakom dem.

”Du *dödade* Svea!” viskade hon förbittrad. ”Hur kunde du göra det? Hade det inte varit bättre att säga som det var, en olycka, det som hände i strandboden? Det var inte din mening. Jag skulle intyga det, om du ville.”

”Har någon undrat över dödsfallet? Du sa att hon inte skulle obduceras. Har dom ändrat sej?”

”Nej, men du gör dej olycklig.” Han skrattade torrt.

”Var gjorde du av spiskroken? Slängde du den i sjön som jag bad dej?” Mona tordes inte se honom i ögonen. ”Var gjorde du av den?”

”Jag la den i verktygslådan under sadeln på Anselms cykel.”

”Va faan säger du? Så in i helvete osmart. Du torkade väl av dina fingeravtryck i alla fall?”

”Jag tror inte det. Vad ska jag ta mej till? Cykeln stod i uthuset och nu cyklar en av poliserna omkring på den. Dom kommer att hitta spiskroken. Jag vet att dom kommer att hitta den. Är det inte lika bra att säga som det är? Jag orkar inte längre. Jag får aldrig vara ifred för deras frågor.” Mona sjönk ihop på sängen och grät. ”Det är lika bra att ge upp. Det går inte att dölja allt. Det blir bara värre.”

”Skärp dej för faan!” Hon såg på hans stela vita ansikte. Blodådern i pannan som svällde när han blev upprörd. Ögonen med sina stora svarta pupiller. Han grep hårt om hennes handled. ”Jag dödar dej om du pratar.”

Mona tappade andan och kippade efter luft. Han tog henne under hakan. ”Jag dödar dej.” Hans blick borrade sig in i hennes och krävde ett svar.

”Jag ska inget säga”, viskade hon.

”Bra. Jag ska försöka fixa spiskroken. Hör av mej.”

Hon hade velat ta honom i famn för att se hans drag mjukna. Men hon tordes inte. Han skulle lika gärna kunna slå till henne som att besvara hennes ömhetsbetygelser. Det blev inget av. Hon såg honom låsa upp och stänga dörren bakom sig. Ett skälvande ögonblick var det som om han aldrig kommit. Mona blev sittande orörlig på sängen medan skymningen föll och natten trevade sig in genom fönstret. Handlingsförlamad lyssnade hon till fläktens entoniga surrande och sina egna andetag och lät blicken sakta glida över rummet tills hon fick syn på kassen med Sveas kläder. Hon hällde ut innehållet på sängen. En svart syntetklänning, en mörkblå dräkt med en spetsblus som en gång varit vit och en tjock vinterkappa, ett glasögonfodral och en liten väska med toalettartiklar. Det var allt som fanns kvar efter ett helt människoliv.

Först hade Svea flyttat från stugan till en liten lägenhet på 24 kvadrat, sedan till sjukhemmet där allt hon ägde skulle rymmas i en smal garderob och en låda i nattduksbordet. Mona strök med handen över den blå dräktjackan med sin lilla pärlbroderade krage. Mot det här tyget hade hon lutat sitt huvud och gråtit, gråtit av sorg och vanmakt när Arne togs ifrån henne. Liksom hon gråtit när Olov satt inlåst i jordkällaren över natten. När Christoffer svimmat av utmattning på förstubron för att han skulle klara en mans dagsverke i skogen hade Svea funnits där. Försökt få henne att bryta upp och ta med sig barnen. Men kraften hade aldrig räckt till för ett sådant beslut. Rädslan för ensamheten var så mycket större. Rädslan för mötet med myndigheter och deras blanketter, förnedringen i att inte kunna räkna som folk. Nej, hellre teg hon och tog livet som det blev.

Vad var det för hemligheter Svea viskat om? Blev dagarna mindre gråa av fantasierna? För sitt brott mot tystnadsplikten blev hon straffad med döden. Hade hon flera hemligheter? Mona tog upp yllekappan och höll den framför sig. Plasten i knapparna hade åldrats och bitvis fallit sönder. Tyget var blankslitet vid armbågarna så det vinröda fodret lyste igenom. I nederkant var fållen märkligt tjock och handsydd. Det prasslade lätt när Mona klämde på den, som av papper. Någonting fanns insytt i fållen. Kanske pengar? När hela tillvaron krymper ihop till en papperskasses storlek kanske man blir mer benägen att gömma sina sista tillgångar.

Mona hämtade rakbladet och började sprätta upp sömmen i hopp om att det var pengar. Det såg ut som en rulle tidningspapper konstaterade hon besviket, gulnat och skört, fuktfläckat tidningspapper. Försiktigt rullade hon ut framsidan av Gotlands Allehanda, daterad den fjärde april 1921. Halva framsidan var inringad med rödpenna. Artikeln fortsatte på nästa uppslag som satt hopklistrad med föregående sida. Mona delade försiktigt på dem med hjälp av rakbladet. En tragisk olycka hade inträffat vid ett hygge i Buttleskogen. En man hade hamnat under ett träd och avlidit. Hon kände igen namnet på Wilhelms farfar som fann sin avlidne bror sent på natten. De hade arbetat sida vid sida hela dagen men Wilhelms farfar hade cyklat hem tidigare. På den gulnade bilden kunde man se gamle Jacobsson med lykta i handen, så lik Wilhelm med sitt grovhuggna ansikte. Den avlidne brodern hade inga barn att försörja.

Nästa tidningssida var daterad ännu tidigare och var bara en liten notis i vänsterhörnet på sidan 15 från den tjugonde mars 1921. Det var en arvstvist om en bit mark inte långt från Kronvalls fiskeläge i Eksta. De båda intressenterna var gamle Jacobsson och hans bror. Tingsrättens dom hade utfallit till broderns fördel. Den sista tidningssidan, som legat ytterst, var nästan oläslig. Med mycket god vilja kunde man gissa sig till vissa delar, en förstasida daterad den sjunde november 1937. Ännu en tragisk olycka. Wilhelms farfar hade ridit ut över den utdikade myren. Hästen hade blivit skrämd av något och skenat för att störta i ett slukhål. Han lämnade änka och en son efter sig på gården i Martebo. Mona rullade besviken ihop tidningssidorna igen. Inget hon inte hört förut. Wilhelm hade inte gärna velat tala om sin farfar, inte sin far heller för den delen. En gång hade hon frågat hur den gamle Jacobsson hade råd att köpa gården i Martebo. Svea hade sagt att han betalat kontant. Men Wilhelm hade inte svarat henne. Han hade tigit en hel dag. Hon tog aldrig mer upp frågan.

Mona gjorde sig redo för natten. Allt hon tagit med sig från hemmet i Eksta hade hon packat under polisassistentens överinseende. Allt utom bankfacksnyckeln som hon placerat i bh:n. Skamgränsen gick antagligen där, vid visitation av sörjande änkors underkläder. Hon tog fram den och höll den i handen, snurrade på den och funderade. Skulle polisen kunna ta reda på att Wilhelm hade ett bankfack? Antagligen. Skulle de ha rätt att gå in och kontrollera innehållet. Mona trodde det. Själv hade hon aldrig varit inne på ett bankkontor. Wilhelm hade skött allt sådant. Hon hade bara behövt underteckna fullmakten och sen hade hon sluppit befatta sig med siffror. Så hade hon blivit fånge i sitt handikapp.

Dyskalkyli hade studierektorn sagt och skakat på huvudet åt hennes orealistiska planer när hon ville läsa till sjuksköterska som Svea. Siffrorna hade aldrig älskat henne. Till och med nu i denna stund svek de henne. Vad kunde han ha för nummer på bankfacket? Om hon hade tur kanske han hade lagt undan lite pengar. Det fanns inte mycket kvar att leva på och det var långt till nästa lön.

33

”SE HÄR, MARIA, HUR TALLRIKARNA SER UT. Det är tredje gången jag beställer hem och det ska vara första sortering!” Vega slängde wellpappsomslaget på golvet och höll upp en vit tallrik med blomdekor. ”Jag köpte hela servisen åt Birgitta i bröllopspresent, men som tur var packade jag upp delarna innan jag slog in den i presentpapper. Kan du förstå? En tredjedel av godset var defekt! Så jag lämnade tillbaka det till affären och dom beställde nytt. När jag visade det för expediten för andra gången vände han och vred på tallrikarna. Det var blåsor och ojämnheter i glasyren. På en tallrik var en flisa borta ur kanten. Defekta… det beror på vad man tycker, sa han. Beror på vad man tycker! Precis som om det var en smaksak om man vill ha trasigt porslin eller inte. Det här får dom returnera och nästa gång tänker jag sitta kvar i affären medan jag packar upp så dom ser att jag inte krossar det själv för nöjes skull.”

”Nej, så klart”, inflikade Maria när hon märkte att Vega väntade sig medhåll.

”Och sen vet jag inte vad jag ska ha på mej på bröllopet. Det får väl bli någon gammal trasa. Förr hade man plisserad kjol och slätt ansikte, nu är det precis tvärt om. Slät kjol och rynkor. Men man måste åldras för att få se framtiden. Om jag inte såg ut som en avbiten tumnagel i ansiktet med hatt skulle jag tycka det var elegant. Folkdräkten kommer jag inte i längre.

”Bröllopet har blivit uppskjutet hörde jag.”

”Ja, det blir nästa lördag i stället. Det var en evig tur att det gick att boka om beställningen på Fridhems pensionat.”

”Vad var det som hände?” undrade Maria.

”Officiellt har Birgitta influensa. Men jag tror det är värre än så. Hon vill inte tala om det. Jag tror att hon vacklar i sitt beslut och nu har alla köpt presenter och lokalen är hyrd, brudklänningen är färdig. Det är inte lätt. Jag är så orolig för henne. När hon var liten berättade hon allt för mej. Hon har alltid varit väldigt öppen. Men nu tiger hon. Det är så svårt när man ser att hon inte har det bra. Hon svarar inte ens i telefon."

"Jag förstår att du undrar."

"Jag hörde av hennes mamma att hon skulle till Gutekällaren i kväll. Jag gamla kärring kan knappast gå på disco, men jag tänkte att du kanske... jag bjuder på inträdet. Snälla du, det skulle betyda så mycket för mej att höra något från henne. Ja, jag vet att jag är en gammal fjolla." Vega vred händerna i knäet och såg vädjande på Maria. "Snälla du."

Kvällen var ännu ung och Maria strövade omkring i Visbys gränder tillsammans med Arvidsson och Ek. På Strandgatan var det nästan folkträngsel. Maria blev stående framför Gamla Apoteket för att släppa förbi två barnvagnar i bredd. Det var lätt att tänka sig tillbaka till medeltiden. För sin inre syn såg hon vakten, som med tjärvedsbloss i handen ropade ut att klockan var tolv och allt var lugnt. En munk med neddragen kåpa skyndade förbi. Det doftade nybakat bröd.

"Varför byggde dom hus med trappgavlar?" undrade hon.

"För att minska risken för storbrand, tror jag", sa Arvidsson. "Man ville hindra att elden snabbt skulle spridas från hus till hus. Dom stod rätt tätt. Gamla Apoteket var ett packhus, det användes som lagerlokal. Packhusen byggdes med separata valv för att begränsa elden. En brand där skulle ha äventyrat stora ekonomiska värden. En intressant byggnad."

"Jag tänker unna mej en trerätters på Gutekällaren", sa Ek som inte var lika kulturintresserad. "Vi kanske skulle dra oss ditåt."

"Såg du Burmeisterska huset vi passerade i början av Strandvägen?" sa Arvidsson och vände sig mot Maria. "Väggmålningarna inne i huset är verkligt unika. Dom är gjorda av den berömde målaren Johan ..."

"Jag antar att dom har Gotlandsdricka på Gutekällaren", avbröt Ek och fick ett varnande ögonkast av Arvidsson. Vad gör man inte för att slippa föreläsningar i kulturhistoria?

Birgitta satt ensam vid ett bord med ett glas öl framför sig. Hon lutade sig lätt tillbaka och följde serveringspersonalens rörelser med blicken. Maria gjorde ett tecken åt sina kollegor att hålla sig på avstånd och gick fram. Birgitta gjorde en gest mot stolen mitt emot sig. Det var okej. Mannen vid bordet intill, som varit på väg att resa sig när Maria kom, gjorde ett nytt försök att ställa sig upp. Han var lång och gänglig och svajade betänkligt med överkroppen. Så böjde han sig över bordet och sträckte fram halsen så slipsen svepte med sig imman på Birgittas ölglas.

”Har inte vi träffats förut?” sa han till Birgitta och försökte fixera henne med blicken. Hans ansikte kom obehagligt nära.

”Varför tror du det?” svarade hon utråkad.

”Ett sött ansikte glömmer man inte. Får jag slå mej ner.”

”Nej.”

”Var arbetar du? Jag tycker ju att jag känner igen dej. Du har fina tuttar du.”

”Hon arbetar på mottagningen för veneriska sjukdomar”, sa Maria.

”Va’rå?”

”Det är sånt man råkar ut för om man lägger slipsen i blöt. Vill du låta oss vara ifred nu.”

Birgitta gav Maria ett tacksamt ögonkast.

”Fan va dom kan vara jobbiga.”

”Trial and error, mest error. Han skulle behöva en grundkurs i raggning av någon med lite mera människokännedom.” Maria beställde in ett glas vitt och en sallad.

”Han skulle behöva nyktra till. Säkert säger han inte ens flasklock i vanliga fall. Jag känner igen typen. Du är polis va?”

”Ja, jag tog ett vikariat här på ön över sommaren. Det var meningen att hela familjen skulle ha följt med. Men så blev det inte.”

”Relationsproblem? Tankar på separation?”

Maria såg med bestörtning på Birgitta innan hon återfick fattningen.

”Kanske det”, erkände hon. ”Ibland kan det vara bra att komma ifrån varann ett tag och fundera på hur man egentligen vill ha det. Vad man vill med sitt förhållande. Vad det får kosta. Jag har tänkt mycket dom här veckorna. Det kan vara bra att ta time out ibland och tänka efter."

"Älskar du honom?" undrade Birgitta med nyväckt intresse.

"Ja, jag gör nog det. Fast jag blir besviken när han tänker på sej själv först och på familjen i andra hand. Han är inte så lätt att leva med. Jag tror att han älskar mej också. Men han älskar sin frihet ännu mer", sa Maria med en uppriktighet som förvånade henne själv.

"Jag kanske också är sån." Birgitta snurrade på sitt ölglas och drack en klunk innan hon fortsatte. "Jag tror att jag har ett behov av mer frihet än Arne kan ge mej."

"Hur då menar du?"

"Han låter mej inte ha manliga vänner. Han ringer mina vänner för att kontrollera att jag är där jag sagt att jag ska vara. Ibland dyker han bara upp fast jag vet att han borde vara på jobbet. När jag försöker prata med honom om det här blir han tyst."

"Det är stor skillnad på ditt behov av frihet och Kristers." Maria lutade huvudet i händerna. "Min man vill ha frihet från ansvar, frihet att följa sina impulser och frihet att komma och gå som han vill. Det du beskriver i din relation verkar vara svartsjuka utöver det acceptabla. Är det därför du har skjutit på bröllopet?" Maria höll andan. Kanske gick hon ut lite för hårt.

"Har Vega sagt det?"

"Hon tänker mycket på dej. Har hon rätt?"

"Det är inte bara det." Birgitta bet sig i underläppen och slog ner blicken. "Det handlar om så mycket mer. Jag var tillsammans med Olov förut. För ett par dagar sedan fick jag veta att dom är halvbröder, Olov och Arne alltså. Borde jag inte haft rätt att få veta det tidigare? Jag vet inte varför det är så viktigt, men det påverkar mej. Jag känner mej förvirrad. Jag trodde att jag kände Arne, men nu vet jag inte alls. Du ska veta att det är en konstig familj.

Förra veckan träffade jag Olov på riddarspelen. Han var annorlunda, gladare och mera pratsam. Nästan som när vi först träffades. Han berättade att han varit väldigt nere. På riktigt alltså, en depression. Jag begrep det aldrig när vi var tillsammans. Han bara blev tyst och grubblande. Drack sig ofta redlöst berusad och somnade innan vi hunnit prata. Jag trodde det var mej det var fel på. Att han inte älskade mej längre."

"Vad tänker du göra nu?"

"Jag vet inte. Det är så hemskt alltihop med Wilhelm. Arne har mycket att tänka på just nu. Han är rastlös och irriterad. Det var mycket han hade velat säga till Wilhelm och nu har han inte längre chansen. Vi skulle i alla fall inte kunna gifta oss förrän efter begravningen. I allt det hemska är det en lättnad att få den fristen."

"Hur väl kände du Wilhelm?"

Birgitta lät blicken glida ut genom fönstret.

"Han behandlade mej som sin egen dotter. Vi hade jättefin kontakt. I början var han lite blyg, men sen släppte han till allt mer. Han kunde vara riktigt rolig. Vi behöll kontakten sedan jag gjort slut med Olov. Han var naturligtvis ledsen för att det blev som det blev, men som han sa: 'Varför göra ont värre?'"

"När talade du med honom sist?"

"Det var faktiskt på telefon på kvällen innan han skulle med färjan till fastlandet."

"Sa han något särskilt?"

"Han skulle ut och fiska. Han hade suttit på kontoret hela dagen och behövde få komma ut i friheten."

"Du är helt säker på det? Att han tänkte fiska på kvällen?"

"Ja. Han behövde få vara ifred och tänka. Jag tror han hade funderingar på att sälja gården och lösa ut Mona. 'Det känns som att lägra ett lik', sa han till mej en gång när vi plockade kantareller och jag frågade hur dom hade det tillsammans. Det märktes ju på dom att det inte var så bra. Hon pikade honom hela tiden på sitt dubbeltydiga sätt, men mötte honom aldrig med ögonen. Aldrig ett leende, aldrig en blick i samförstånd. Dom levde sina liv bredvid varann, som tvååringar i en sandlåda."

"Du vet inte om han skulle träffa någon vid fiskeläget?"

"Jag tror det. Han hade en tid att passa. Han sa något om att livet var kort och att det var dags att betala notan och gå. Jag vet inte vad han menade. Mona var i alla fall hemma. Jag hörde att han bad henne flytta sej så han kunde sätta sej ner. Han lät andfådd som om han sprungit till telefon. Det var jag som ringde."

”Du sa att han funderat på att separera. Kan han ha träffat någon annan kvinna?”

”Då borde han ha varit en smula upprymd. Man brukar kunna känna det på sej. Neej. Han lät sorgsen de sista gångerna vi talades vid. Orden var dom vanliga men språkmelodin föll i slutet på varje mening. Om du förstår vad jag menar? När man tagit sånglektioner blir man mera uppmärksam på sådant. En del personer har så tydlig språkmelodi så man skulle kunna teckna ner den i noter. Förresten skulle jag ha förstått honom om han sneglat åt annat håll. Mona har väl aldrig ansträngt sej för att behaga någon. Har hon en blus är den stor som ett tält, knäppt till sista knappen och långärmad. Hon sminkar sej inte och håret drar hon ihop i en stram hästsvans i stället för att kosta på sej en snygg klippning. Aldrig ger hon honom en smekning eller ett vänligt ord. Är det inte ett torftigt sätt att förhålla sej på i ett äktenskap? Jag skulle ha varit den första att gratulera om han hittat någon som kunde tycka om honom för den han är. Vet du, jag tror att hon såg ner på honom. Och jag tror att han kände det.”

Arvidsson väntade på henne utanför entrén när hon tog farväl av Birgitta. Maria lyste upp när hon såg honom och spanade ut över folksamlingen på torget för att få en skymt av Ek.

”Han försvann för över en timme sedan med en rödhårig akupunktör som arbetar med rökavvänjning”, upplyste Arvidsson. ”Har inte sett honom så botfärdig någonsin. Han verkar ha siktat in sig på individualterapi. Det blir väl en natt på spikmatta. Jag följer dej till Österport, om du vill?”

”Jag tänkte gå en sväng nedåt hamnen, tror inte jag kan sova ännu. Huvudet är fullt av tankar. Jag blev så berörd av samtalet med Birgitta. Du får gärna följa med”, sa Maria när hon såg besvikelsen i hans ansikte.

Natten var ljum och folklivet pulserade i gränderna. Dansmusik och skratt rullade ut i den milda vinden. Dofter från serveringarna lockade. Klängrosorna lyste i varma färger i ljuset från gatlyktor och husens fasadbelysningar. Arvidsson stannade och kupade händerna om en stor utslagen gul ros.

”Känn”, sa han och Maria böjde sig fram för att låta väldoften fylla näsborrarna. Hennes hår snuddade vid hans läppar. Hon märkte det inte. Han kände det i hela kroppen. De letade sig ned mot Strandgatan. Utanför krogen Burmeister trängdes ett gäng medelålders män i skinnställ. Det verkade inte som de tänkte gå in, mer som de hade bestämt möte. En av dem försökte handgripligen inkorporera Maria i samlingen, högljutt skroderande om sin HD och om snutjävlarna som tagit honom för fortkörning.

"Nu tänker jag jävlar ta mej ett par öl, och fan den som försöker stoppa mej igen", sa han på sjungande norrbottniska. Arvidsson ställde sig tätt intill läderlappen och tittade honom i ögonen. Någon legitimation behövdes inte. De förstod varann.

Bakom två unga kvinnor i träningskläder fick Maria se en skymt av Olov Jacobsson på väg in. Han verkade ha bråttom, såg dem inte. Han var klädd i shorts och vit t-shirt.

"Vi kanske skulle ta en öl?" föreslog Maria.

"Man kanske måste beställa bord?" Arvidsson tittade på menyn. Det hade inte blivit av att äta på Gutekällaren när han hela tiden höll ögonen på Maria.

"Eller också visa leg och se det som arbetstid", föreslog hon.

"Det kanske är befogat."

Maria följde Olov med blicken när han satte sig vid ett bord långt nere i trädgården. Han talade med någon som satt vänd med ryggen åt ingången, en man med rakt mörkt hår, huvudet kortare än han själv. Mannen vände sig i profil och reste sig hastigt upp. Maria tog Arvidsson i armen. Han följde hennes blick. Det var Arne Folhammar Olov kommit för att träffa. Samtalet överröstades av musiken, men Maria la märke till det tydliga kroppsspråket. Smockan hängde i luften. De såg hur Arne la upp några sedlar på bordet innan han följde sin reslige halvbror mot entrén. Arvidsson la armen om Maria för att föra henne mot dörren. Det var stor trängsel vid utgången. När de åter kom ut på Strandgatan var Olov och Arne utom synhåll.

Dofter av saltvatten, rosor och okända blommor letade sig upp genom gränderna från havet, lockande som nattens mjuka svalka. Arvidsson hade låtit armen dröja runt Marias axlar. För ett ögonblick hade hon slappnat av och kommit närmare, innan hon gled ur hans grepp för att se in i ett skyltfönster. En tydlig undanmanöver, tänkte Arvidsson. Maria hade aldrig varit särskilt intresserad av jakt eller fiske. Han önskade att han vågat hålla henne i handen. Om hon i detta nu fattade hans hand skulle han inte begära mer av livet. Jo kanske, det är klart att han skulle längta efter en fortsättning. Maria körde ner händerna i jackfickorna som om hon kunde höra hans inre dialog. Det tog en stund innan någon av dem sa något.

"Vet du hur det har gått med efterforskningarna hemma hos Mona? Är de klara?" undrade hon.

"Trygvesson berättade att dom hittat en inskription i en garderob i något av pojkrummen. 'Jag är så jävla trött på den här familjen!' stod det." Arvidsson log brett. "Ett uttryck för att det är dags att flyga ur boet, kanske."

"Undrar vem som skrivit det?"

"Det är nog en vanlig känsla när man kommer i tonåren." Arvidsson var nästan på väg att berätta att han ännu inte flyttat hemifrån, men bet sig i tungan. Fick han inte möjlighet att förklara det i sin helhet var det knappast till hans fördel. "Vi har fått ett utlåtande angående Wilhelm Jacobsson från rättsmedicin. Han hade en långt utvecklad lungcancer. Med största sannolikhet visste han om det själv eller borde åtminstone ha misstänkt det. Han hade inte mycket kvar att andas med."

"Undrar om han sökt läkare? Du, jag tänkte på den där ormen med krossat huvud. Har någon lyssnat med lasarett och vårdcentraler om man fått in någon med ormbett?" frågade Maria.

"Trygvesson satte aspiranten på det. Han har läst lagtext halva förmiddagen. Det kan vara svårt att få ett namn, men man bör kunna få veta om någon blivit biten. Sen får man väl höra med åklagaren om hur man går vidare. Sjukvårdspersonal har sträng sekretess."

"När det gäller mord måste man väl kunna få ett namn?"

"Man kan tycka det."

De gick tysta bredvid varann ner mot Almedalen. En vänlig kravlös tystnad som gav utrymme för egna tankar. Det var nästan vindstilla. När de vandrade utmed muren fick Maria en känsla av att de kunde befinna sig i vilken tid som helst, om man bytte ut gatlyktorna mot tjärvedsbloss. Det var samma känsla som att se ut över vattnet eller in i elden. Tiden som upphörde och blev till nu. Inget förflutet, ingen framtid, bara en vila i varat, i fantasin.

”Undrar om Wilhelm berättade för Mona att han var sjuk? Med hennes tillåtelse borde vi få ta del av hans journaler.”

”Ingen aning. Trygvesson skulle ta tag i det.”

”Vad finns det för mening med att mörda en dödsdömd man?” sa Maria när de slog sig ned på en bänk i Almedalen. Det svarta vattnet blänkte i lyktskenet. Långt ute till havs skymtade en båt med vita segel.

”Ett barmhärtighetsmord kanske? Eller också visste den som slog ner honom inte om att han var sjuk. Fryser du?” sa Arvidsson och gjorde en ny ansats att lägga armen om henne.

”Nej.” Maria såg på honom och skattade. ”Jag gör faktiskt inte det.”

”Synd”, sa Arvidsson och svalde. ”Väldigt synd.”

”Kanske det. Jag säger till om förutsättningarna förändras”, tillade Maria och såg med ens allvarlig ut.

34

BIRGITTA VAKNADE LÅNGT FÖRE VÄCKARKLOCKAN. Solen sken in och värmde hennes ansikte. Hon skulle ha dragit för rullgardinen, men i nattens mörker hade hon inte haft en tanke på det, inte heller på att ta av sig kläderna. Skorna låg längst ner i fotändan. Dem måste hon ha sparkat av sig i sömnen. Katten, som hörde att hon börjat röra på sig, kom spinnande från köket och hoppade upp i sängen. Birgitta motade ner honom och vände sig på sida. Bara tanken på att behöva stiga upp fick henne att må illa. Det skar som knivar i huvudet när hon rörde sig. Hon hade ett svagt minne av att någon bultat hårt på dörren, men hon hade inte öppnat. Hon hade helt enkelt inte kunnat ta sig upp ur sängen. Inte orkat tänka mer. Inte vågat. Hon hade dragit i sig en hel kvarter rom nödtorftigt utblandad med Cola när hon kom hem. Ingen lyckad kombination med den öl hon hade druckit, men rädslan hade planat ut och hon hade somnat.

Kanske var det Marias frågor om Wilhelms död som fått henne att tänka i andra banor. Plötsligt hade hon gripits av en insikt som fick henne att skynda på stegen hem över torget. En livsfarlig misstanke och allt föll på plats. Wilhelms mördare kunde finnas var som helst i vimlet. Ett fasansfullt ögonblick tyckte hon sig se hans ansikte i profil. Om han visste hennes hemlighet skulle hennes liv inte vara mycket värt. Hon undrade vad Wilhelm kunde ha sagt till honom i strandboden. Vågade hon hoppas på att Jacobsson tigit? Hela hennes existens hängde på de ord som uttalats. Oron hade snuddat vid henne under samtalet med Maria, men inte riktigt slagit rot. Inte just då. Tanken hade format sig själv, väntat på henne när hon steg runt hörnet ut i natten. Bidat sin tid i gränderna för att ta strypgrepp på henne när hon var ensam och skyddslös. Birgitta hade sprungit sista biten hem, utan att våga se sig om. Väntat att få se hans gestalt dyka upp bakom nästa krök. Hon hade fumlat med nyckeln i porten och väntat att när som helst känna hans hand på sin arm. Fanns det någon i närheten som skulle höra hennes skrik? Kanske väntade han en trappa upp bakom dörren till förrådet. Hennes steg ekade i trapphuset. Hur skulle hon kunna höra om någon mer andades när ljudet av stegen aldrig ville dö bort? När hon väl kommit in i lägenheten och låst dörren om sig hade hon sökt igenom varje vrå och sen dämpat sin oro med det som stod till buds i barskåpet.

Birgitta satte sig på sängkanten. Blåsan var sprängfylld och rummet stank av osunda ångor; sur svett och alkohol, gammal rök och parfym. Hon mådde grymt illa. När hon försökte resa sig miste golvet sin bärighet och hon föll tillbaka bland kuddarna. Rädslan kom obönhörligt krypande med graden av tillnyktring. Så länge Wilhelms mördare kände sig säker på att hon inte visste hans identitet skulle han låta henne vara. Men om han anade... Birgitta vågade inte tänka tanken fullt ut. Enda sättet att inte väcka hans misstankar skulle vara att leva som vanligt. Men hur? Till vilket helvetes pris? Ett ulkande, stötvis utpressat ljud från hallen fick henne att snubbla ur sängen. Hon höll sig i väggarna och stapplade framåt utan att orka fixera blicken. Bredbent på hallmattan stod katteländet hon tillfälligt passade åt en väninna och kräktes upp stora grå hårbollar, fjädrar och skelettdelar. Birgitta rusade ut på toaletten och lät magen vända sig ut och in. Tårarna fick gårdagens smink att anta flytande form. Hon såg sig i spegeln. En avmagrad clown med ljust stripigt hår mötte hennes granskande blick. Fy fan! Vad hon längtade efter att någon skulle hålla om henne, bara hålla om utan att ställa frågor.

När hon senare vid middagstid stod i duschen hade nattens onda tankar nästan smält bort. Wilhelm hade blivit nedslagen av en liftare. Punkt slut! Det var rent löjligt hur fantasin hade dragit iväg med henne. Det dåliga samvetet som gärna ville se onda gärningar också hos andra, hade spelat henne ett grymt spratt. Som om hon inte hade nog med problem ändå? Varför skulle det inte kunna vara en liftare som under resan fått syn på vapnet? En desperat människa i behov av droger? Varför tänka något annat? Radions välbekanta röster, ljudet av dammsugaren från lägenheten inunder och den droppande kranen i köket bekräftade att allt var som vanligt. Sopbilen skramlade med tunnorna nere på bakgården. Halva dagen hade gått till spillo för att hon dövat sin skräck med alkohol. Nu var det hög tid att få något gjort. Hon borde fara till smedjan i dag och försöka få till en ny form. Det hade alltid varit lättare för henne att hitta sitt formspråk med händerna än att finna det i sin tanke. Att gjuta medeltida smycken var det som gav pengar, men inte det hennes konstnärssjäl längtade efter att skapa. En ny form, något unikt som aldrig tidigare funnits, ville hon alstra av silvrets uråldriga råmaterial. Det fanns en stor längtan i det, men också en vånda för att misslyckas. Och när hon väl funnit sitt uttryck – en jublande glädje som bara hennes far kunde förstå och helt dela. Som med musiken, ett tekniskt perfekt arbete berör sällan hjärtat så som den lilla avvikelsen, den lilla defekt som ger skönheten personlighet. En sådan form gick inte att massproducera. Där var varje smycke sitt eget hantverk. Det var det unika och koncentrationskrävande som var våndan och hela tillfredsställelsen.

Birgitta satte på kaffebryggaren och motstod en impuls att ringa Arne. Hon stoppade två skivor bröd i brödrosten. I väntan på det stora samtalet om framtiden hade de inte mycket att säga varann. Några artiga fraser. Vill du ha kaffe. Ja, tack. Din far ringde, han hälsar. Tack. Den stora frågan glänste i hans öga, när han ängslig och sårad betraktade henne. Den bortvända blicken var hennes svar: Inte än, jag vet inte ännu. Ändå visste hon innerst inne, men väntade på miraklet, tidens möjlighet att ibland åstadkomma underverk. Birgitta tog på sig jackan och gick ut. Det blåste friskt från havet. Domkyrkans klockor klämtade när hon ledde cykeln över torget.

Birgitta såg ut över det isblå havet och tryckte tekoppen med båda händerna till sitt bröst. Hon hade cyklat i motvind till sin smedja i Brissund. Genom de stora fönstren som vette åt väster kunde hon se årstidernas skiftningar i havet från det att isarna smälte, vårens vita gäss som gled över i det lojt gröna sommarvattnet och höststormarnas stålblå vrede. Den kalla dagern föll in över ekstubbarna med sina städ och fåtöljen med fårskinnsfäll där Birgitta satt. Det gråa ljuset nådde inte riktigt in till de inre delarna av smedjan, arbetsbänken och dess redskap. Hon hade inte velat tända takbelysningen, men de gula ljusen brann i golvljusstaken av smide. Ena långväggen draperades av sidentyger med batikmönster. De hängde ut en bit, de var fästade i taket, och rörde sig sakta i fönsterdraget, som ett hav av gula och röda nyanser. I ett högt glasskåp förvarade hon sina alster, brudkronan med bergkristall glittrande som vattendroppar bakom halvslutna kronblad, några kastanjer och frökapslar hon plockat som inspiration, skisser. Hennes blick föll på kollektionen med daggkåpa som så snöpligt blivit refuserad vid intagningen till de stora silvergallerierna i Stockholm. Motiveringen löd att hennes formspråk ej var tillräckligt sammanhållet. ”Splittrat formspråk”, stod det. Men hon skulle visa dem. Till nästa år skulle hon presentera den perfekta formen i högsta konstnärliga och konstverksmässiga kvalité. De verkade inte alls ha förstått hennes tanke med daggkåpan. Enligt alkemisterna skulle en dag de vises sten falla från himlen, då skulle all kunskap finnas och alla sjukdomar kunna botas. De vises sten skulle vara alldeles genomskinlig som en daggdroppe när den föll till jorden. Hur skulle man finna den, om den föll i en daggkåpa? Tanken på att varje exemplar av daggkåpa var en potentiell bärare, gjorde växten till den dyrbaraste av gåvor. Birgitta hade format daggkåpan i silver med en bergkristall i botten. En önskan, en längtan efter det fullkomliga, den perfekta formen hade drivit henne. Men också sökandet efter en symbol för det kvinnliga och vardagsnära. Av daggkåpan kunde en jungfru koka en brygd för att bevara sin oskuld, en äldre kvinna kunde smörja sig med samma avkok för att slippa hängbröst. Den var också bra mot övergångsbesvär och finnig hy. Senare fick hon höra att den lilla droppen i mitten inte alls var dagg. Växten svettas ut sitt överskott av vatten, det kallas guttation. En svettig växt blev det av Jungfruörten. Vart tar de vackra sagorna vägen? Det vi önskade och drömde?

Birgitta reste sig mödosamt och drog fram en låda i ljuset. Hon öppnade locket och betraktade silvret hon fått av Wilhelm. Mest silvermynt, men också broscher och hängsmycken, armlänkar och spännen. Hon tog ett stycke silver och värmde det i smältdegeln under gasolbrännaren. Finsilver, mjukt och lättarbetat. Först hade hon tänkt gjuta om det efter egna modeller, men då skulle hon ha behövt lämna bort det till affineriet för att få bort luft från metallen. Det skulle ha väckt misstankar. Därför var det uteslutet. Utrustningen för att gjuta var dessutom dyr. Nu gällde det att få ihop snabba pengar för att kunna betala byggmästarens räkningar. Därför hade hon bestämt sig för att valsa ut Wilhelms silver och skära till ringar, örhängen och armband. Hon hade själv ritat mönstren, en ranka med rosor, murgröna och ormar. Lättsålt. Verktygsmakaren hade inte ställt några frågor när hon beställde sin mönstervals. Hon var en registrerad tillverkare och noga med att stämpla sina alster med tillverkare, ort, år och finhalt. Till sitt konstnärliga arbete beställde hon plåt och tråd från affineriet men till de smycken som såldes på torget fick det duga med Wilhelms silverstycken.

Varför tog hon en sådan risk? Ibland förvånade det henne själv. Allt hade hänt så fort. Hon hade inte hunnit tänka igenom det. Det silver Wilhelm slösade på henne skulle egentligen ha gått i arv till Christoffer. Far till son som det gjort i generationer. Wilhelms farfar och hans bror fann silvermynt i en lerkruka när de grävde ett dike i Eksta. Inget ovanligt i sig att hitta några enstaka mynt i jorden. Men det var bara början. Fyndet var mycket större än de kunnat drömma om. När gamle Jacobsson blivit ensam om skatten flyttade han den till Martebo, ner i ett slukhål där det fanns en stabil avsats på halva vägen. Där inrättade han en smedja och smälte ner silvret undan för undan så det gick att avyttra utan för många frågor. Visst hände det att någon såg ljuset som letade sig upp med röken från elden där nere i smedjan. Ett ljus som steg i en märklig ljuskonstellation ute på myren. Med rykten och skrämskott av varierande kaliber höll man undan de nyfikna och oinvigda. De irrbloss och klotblixtar folk viskade om var bara ”draken Jacobsson” som vaktade sin skatt för obehöriga. Wilhelm hade skrattat när han berättade historien för henne om hur Oskar Jacobsson tänt magnesium för att skrämma folket som bodde på Knutstorp på flykten. När inte det lyckades hade han smort in näsblod i ansiktet och format håret till horn och tittat in genom deras fönster i skymningen. Det gjorde susen. Torpet står öde den dag som i dag är. I generation efter generation gick ”lyktgubbarna" över myren för att hämta sig ett stycke silver till husbehov. Wilhelm hade inte ansett Christoffer värdig. I sin besvikelse hade han lämnat silvret till Birgitta, men exakt var skatten fanns nu hade han tagit med sig in i evigheten. Någonstans på Martebo myr, i ett slukhål med en stege ner till underjordiska gångar, hade han sagt, och läst dikten för henne. Hon kunde inte minnas den i sin helhet, men det hon kunde erinra sig fick hennes hud att knottras.

...allt vad som drömmarna lova,
allt vad som gäckar i stjärnors glans,
allt vad som aldrig i världen fanns
binder du dej till en sorgekrans...
– när klockorna klämta, de dova,
då går du bort med din rikedom
och lägger dej ned att sova.

Och så hade det blivit. Wilhelm hade berättat för henne att det var tid att gå. Inte ännu, men snart. Helst hade han velat att hon skulle ha delat hemligheten med Olov. Men först måste de försonas. Far och son. Det var vad han önskade sig av livet innan lågan blåstes ut. Nu var det för sent. Birgitta hade talat med Olov. Berättat att hans far i det sista tänkt goda tankar om honom. Men Olov hade inte kunnat förlåta, inte ens efter döden. Därför hade hon inte berättat hela sanningen för honom, om skatten sa hon inte ett ord. I sin vrede och oförsonlighet var Olov inte lämplig att inviga.

Varför hade hon tagit en sådan risk? Varför besudlade hon sina händer med svart silver? Hon visste det, men det var ingen vacker sanning. Det är svårt för två konstnärssjälar att kunna expandera under samma tak. Hon ville klara sig själv. Stå på egna ben och lyckas. Hennes far hade blivit insläppt i de fina salongerna. Birgitta hade blivit refuserad. Så var det. Hela sitt liv hade hon varit van vid lyx. Hur svårt det var att klara sig på existensminimum för den som haft allt, kunde hon inte ana. Be far om pengar var otänkbart. Wilhelms erbjudande hade kommit som en skänk från ovan. Birgitta skar av den valsade remsan med plåtsaxen till armlänkar i lagom längder och lödde ihop dem. Tystnaden ringde i hennes öron. Hon knäppte på radion, samtidigt som en bil körde upp på grusplanen. När dörrhandtaget trycktes ned, försvann det lilla knäppande ljudet i trummornas virvlar. För sent för att reagera uppfattade hon de mjuka stegen mot golvets stenplattor. När hon vände sig om stod han alldeles bakom henne.

”Det var upplåst”, sa han.

”Så du skrämde mej, Arne.”

”Det var inte min mening.” Han lyfte armen för att röra vid henne men kom av sig när han såg hennes ansiktsuttryck.

”Jag arbetar.”

”Jag vet.” Han gick fram till glasskåpet och fingrade på en skedstamp. Hon kände hur irritationen steg och huvudvärken återvände. Hon orkade inte med hans sorgsna blick och stukade hållning. Hon hade inte tid med honom. Han lyfte ner brudkronan. Men sa ingenting. Vände på den och lät dagsljuset spela i metallen och stenarna. Hur blir det? sa hela hans kroppsspråk. Hon tog ett djupt andetag, erbjöd honom med en gest att slå sig ned i fåtöljen och satte sig mitt emot. Mellan dem stod ett litet smalt bord, inte mycket mer än en piedestal, och ett hav av outtalade frågor.

”Vill du ha te?” Hon reste sig igen utan att vänta på svar och kom tillbaka efter en evighet med två keramikmuggar med rykande innehåll. Han hade sjunkit ihop i fåtöljen men satte sig käpprakt upp när hon kom tillbaka. Någonstans i den rörelsen fick han syn på lådan med sitt öppna lock. Frånvarande tog han emot muggen. Det han såg var en ren omöjlighet.

”Vad är det där?” Hon vände sig om och frös i sin rörelse. Hittade inget svar. Han reste sig och föll på knä framför träkistan. Tog upp en näve mynt. Valde ett och lät de andra rinna mellan fingrarna. Hon hörde hur han flämtade till men kunde inte se hans ansikte. Han vände sig häftigt om. ”Var har du fått det här ifrån?”

”Det angår dej inte.” Hon kände irritationen övergå i flammande vrede. Vad hade han för rätt att lägga sig i?

”Angår mej inte! Vet du vad det här är?”

”Silver. Arbetsmaterial. Min framtid.”

Han reste sig och gick fram mot henne med myntet i handen, stack det med darrande hand under hennes näsa.

”Vet du vad det här är? Begriper du vad du har gjort? Du har ett ansvar!”

”Ska du tala om ansvar!”

”Det här myntet är präglat av abbot Henrik i Correi. Han styrde sitt kloster 1359–1360. Brandskattningen av Visby ägde rum 1361. Var kommer silvret ifrån?”

”Kronvalls fiskeläge i Eksta. Mer vet jag inte.”

”Va fan har du gjort, Birgitta! Vad ska vi ta oss till?” Han föll på knä och lutade huvudet mot hennes mage. Birgitta stod emot en impuls att knuffa honom ifrån sej.

35

EN STRAND DÄR SANDEN ÄR LEN som sockerkakssmet, hade Vega sagt om Sudersand på Fårö. Och det hade hon alldeles rätt i, tänkte Maria och lät de fina sandkornen rinna ur handen. Tänk om Emil och Linda varit här, så roligt de skulle ha haft i vågorna. Maria längtade intensivt efter sina barn. Så mycket det hade funnits att visa dem: Flygsandsfältet på Ulla Hau med sina myrlejon, som väntade på myror i sina fångstgropar. Får med kringlade horn, som betade på den karga marken. Lambgiftar med agtak och stentunar lagda i lager med ömsom flata ömsom runda stenar på ett alldeles säreget sätt. Raukar att klättra på och fält av blåaste blåeld att springa omkring i. Så mycket barnen gick miste om för att svärmor var en sån egoist.

En ledig dag, en enda. Himlen var blekblå och vattnet ett par nyanser mörkare. Solen log sitt varmaste leende, lyste över onda och goda med varierande resultat. Arvidsson lät sig inte charmas. Han satt surmulen och solsvedd med t-shirt på sig under ett parasoll och läste Processen av Kafka. Maria tyckte att han sneglade på henne ibland och kände sig generad för valkarna på sin mage. Egentligen hade hon velat sitta upp och se ut över havet, men bilringarna syntes mindre om hon låg platt på rygg eller ännu hellre på mage. Därför låg hon på mage. Att bo hemma hos Vega Kraft var inte förenligt med viktnedgång, det var då säkert. Frågan var om det överhuvudtaget fanns några förlustelser som inte samtidigt inspirerade till födointag. Bio... godispåse. Utflykt... matsäck. Dans... en öl eller två. Det var som förgjort. Vad hjälpte en och annan sallad när man i nästa stund drabbades av chokladnoja. En gång chokladmissbrukare, alltid chokladmissbrukare, och så Vegas kakor på det. Missmodig kravlade Maria fram till korgen och tog fram en rulle chokladkex. Det är illa när lasten och det som kan trösta i motgången är av samma substans, tänkte hon och tryckte in kakan hel i munnen.

Ek hade redan hittat en ny lekkamrat. Två filtar bort satt han och smorde sololja på ryggen på en trådsmal blondin. Akta så du inte skär dej, tänkte Maria surt. Vart akupunktören han raggat upp på Gutekällaren tagit vägen visste ingen. Ek hade inte velat tala om det. Nu tände han en cigarett. Det blev väl för kravfyllt för honom med rökavvänjningen, kan tänkas.

Maria kände en hand på sin axel. Arvidsson räckte henne en glass.

"Din favorit, har jag förstått." Han hade alldeles rätt i det. Krispig choklad, gräddglass och nötter. Livet var inte så tungt att leva i alla fall. Maria satte sig upp och struntade i hur magen tog sig ut. Det är jobbigt att ligga på mage och äta glass. Arvidsson satte sig ner bredvid henne på filten. "Längtar du hem?" frågade han.

"Både ja och nej. Jag längtar så klart efter mina barn."

"Efter din man?" frågade Arvidsson och såg ut över havet. Maria funderade en stund. Lät ilskan ta plats och sen ebba ut.

"Jag vet inte", sa hon. "Det är det som är både ja och nej."

I solnedgången tog de färjan Bodilla över Fårösund. Båten hade fått sitt namn efter en färgstark kvinna vid namn Bodilla Christina Jacobsdotter som försörjde sig på fiske vid mitten av 1800-talet. För att komma till sin båt gick hon 7,5 kilometer till Helgomannens fiskeläge, läste Arvidsson ur Gotlandsguiden. Maria hade köpt en påse brända mandlar i bilkön och den var slut när de kom över till andra sidan. Ek satt i baksätet med freestyle och öronsnäckor och svarade god dag yxskaft på det mesta.

"Jag skulle vilja ta en titt på Martebo myr", sa Maria när de närmade sig Tingstäde. "Kan vi köra längs kusten till Visby?"

"Tänkte du se var Olov Jacobsson bor?"

"Bland annat."

På långt håll kunde man se drivhuset och hagen med hästar. Själva boningshuset var mycket oansenligt och inbäddat i syrenbuskar.

"Tänker du gå in och prata med honom", undrade Arvidsson.

"Ja, om han är hemma", sa Maria och steg ur bilen som de parkerat vid sidan om en smal skogsväg. Hon drog upp dragkedjan på sin tunna jacka. Kylan kom fort när solen dalade.

"Det lyser i fönstret på gaveln. Ska du följa med, Ek?"

"Va?" Arvidsson lutade sig mot baksätet och drog ur ena öronsnäckan. "Ska du med?" frågade han i irriterad ton.

"Nej, jag sitter kvar här." Ek såg ut att kunna somna när som helst. Maria hade redan börjat gå mot huset. Solnedgångens sista strålar föll röda över den utdikade myren, över skogen och vägen som passerade kanalen. Marias hår fick en alldeles ny rosa nyans.

"Där borta i slutet av vägen såg de ljuset." Maria väntade in Arvidsson och pekade. "Det känns lite kusligt. Jag vet inte varför, en känsla bara."

"Andar som inte kommer till ro", log Arvidsson och hindrade en impuls att lägga armen om henne.

De knackade på dörren hos Olov Jacobsson, men ingen öppnade. Det var alldeles tyst. De knackade igen och ljudet ekade i deras öron. Maria gick ett halvt varv runt huset och kikade in genom fönstret på gaveln. Väggarna var fulla av fotografier. Naturbilder i jätteförstoring. Birgittas ansikte fanns med på de flesta. Det gick inte att ta miste på, vare sig hon hade en stickad mössa neddragen över öronen eller dansade barfota i vit klänning på toppen av en rauk med det långa håret fladdrande i vinden. Det var som en hel utställning till hennes ära. På det största fotografiet strax över bufféskåpet var hon endast iklädd murgröna, klädd men ändå okládd.

"Varför låter han dom sitta uppe om det är slut?" undrade Arvidsson. Maria hörde honom inte. Hon var redan borta vid drivhuset.

"Han verkar inte vara hemma", sa Maria när hon också sökt igenom stallet. "Vi får väl ge oss nu."

På håll såg de Ek komma gående mot dem. Han hade ett konstigt ansiktsuttryck.

"Det var lite kusligt att sitta i bilen själv. Det är klart att det inte finns andar och sånt, men man är ganska skyddslös om någon vill överfalla en härute i mörkret."

Maria skrattade och tog honom i famn.

"Säger du det. Olov var inte hemma så det blir Visby nästa." I mörker letade de sig fram mot bilen. Ek satte sig vid ratten. Om någon av dem vänt sig om i den stunden hade de kanske sett en vit klänning lysa mellan de mörka trädstammarna eller ett ljust hår skymta till i snåren vid Knutstorp.

36

ORGELMUSIKEN BRUSADE SOM ETT VATTENFALL från läktaren i Eksta kyrka. Maria lät blicken vandra över de vitkalkade väggarna från krucifixet på ena långsidan, "förärt av Elisabett Kolmodin född Zachs 1787", till predikstolens figurer med Jakob människofiskaren regnklädd i sydväst av guld. Var tid har sina egna tolkningar och bilder av kristendomens historia. Helly-Hansen var knappast uppfunnet och distribuerat till sydligare trakter vid tiden då Jesus kallade sina lärjungar. Dock fyllde attributet sin funktion. Man behövde inte tvivla på att han var fiskare. Vega tackade för skjutsen. Innan de steg fram i gången hade Birgitta fattat tag i Marias arm.

"Jag vill tala med dej. Kan vi ses i morgon kväll klockan nio hemma hos mej? Snälla, det är viktigt." Hon stack sitt visitkort i Marias kavajficka och Maria viskade tillbaka:

"Du har inte tid i kväll efter begravningen?"

"Nej, jag kan inte." Birgitta såg sig ängsligt omkring och log mot Vega, som inte släppte henne med blicken.

"Då kommer jag i morgon." Snälla, säg vad du är så rädd för, hade Maria velat tillägga. Hon gick åt sidan och lät andra besökare passera. Längst fram satt Mona med Olov och Christoffer på ömse sidor. Maria hade undrat om Arne skulle infinna sig, men hon kunde inte se honom fast hon diskret vänt på huvudet flera gånger.

Det var inte många som samlats denna sommardag i Eksta kyrka. Prästens ord ekade bland tomma bänkrader. "Där din skatt är kommer också ditt hjärta att vara." Längst ner satt Henrik Dune tillsammans med hemvärnsgubbarna. Maria kände igen Anders Öhrn och hälsade. Bredvid honom satt en kvinna som sannolikt var den Iris som stöttade honom i rökstoppet. Hon såg lite bister ut.

Solen flödade över kyrkogården när de gick i procession för att viga Wilhelm Jacobsson till den yttersta vilan. Ett rofyllt fågelkvitter hördes genom tystnaden och stegen i gruset. Stilla, nästan vördsamt, prasslade det i kastanjens lövverk. Mona gick först. Hon såg liten och mager ut i sin svarta långklänning. Röda feberrosor lyste på de vita kinderna. Håret var samlat i en stram knut med ett smalt svart sammetsband. I sin hand höll hon en rund vit sten med en fördjupning där tummen passade in, ett fossil av ett färskt fikons storlek. Hårt pressade hon den i handen för att tvinga sin kropp att fortsätta vandringen mot den öppna graven. Steg för steg, andetag för andetag, tanke för tanke.

Mona tänkte på stenen, på den sommardag när Wilhelm lagt den i hennes hand. Hans röst. Se vad jag hittade i vattnet! De hade vandrat längs stranden vid Digerhuvuds raukområde. Wilhelm gick före, alltid fem steg före, i vattenkanten. Själv hade hon burit picknickkorgen. Grepen hade skurit in i handen. Solnedgången var så mäktig i sina färger mot de djupblå vattenmassorna. Kalkstensstatyerna, skulpterade av naturen själv, stod som svarta silhuetter i kvällsljuset. Det blåste lite, ville hon minnas. Han vände sig mot henne, nästan med ömhet, och ställde ner korgen hon bar. Solen letade sig fram som strålar av ljus runt hans mörka gestalt. Sträck fram handen och blunda, sa han och la stenen i hennes hand. Du får den till minne av den här dagen.

Till minne av den dag då det funnits en värme dem emellan, bar Mona stenen i sin hand för att ta farväl. Men när hon stod framme vid kistan insåg hon det omöjliga i sin förestående handling. Inte kunde hon släppa ned en sten på kistan, inte när bara hon själv visste vad den betydde. Det skulle eka i trälocket. De andra skulle undra och förfäras. Väl framme uthärdade hon inte att hålla i stenen längre. Den brände i handflatan. Allt för länge hade den skavt och gnidit. Olovs Birgitta stod alldeles intill. Hon såg blek och hålögd ut i sina svarta kläder, svullen i ansiktet som efter en tårfylld natt. Kanske var hon den enda som verkligen tyckt om Wilhelm. Mona kände de andras blickar, de väntade sig att hon skulle släppa ned sin ros i graven. Hon öppnade Birgittas hand och mötte hennes frågande blick när hon slöt flickans fingrar om stenen.

”Från Wilhelm”, viskade Mona och tog sedan ett steg framåt. Vacklade lite när hon såg ned i djupet och släppte så sin röda blomma. Hon såg den singla ned och lägga sig tillrätta. Så blev hon stående en stund.

När de andra vandrat över till bygdegården för att få begravningskaffe öppnade Birgitta sin hand. Ljuset föll in i stenens finmaskiga nät av nästan symmetriska sprickor. Den runda formen, med en försänkning att vila i. Den förutsägbara cirkeln bruten av en mjuk linje. Birgitta kände en rysning leta sig genom hela kroppen. Det var formen hon sökt. Den perfekta formen för ett smycke.

Mona Jacobsson lyfte själv upp sin väska ur taxins bagagelucka och vandrade över gårdsplanen mot boningshuset. Katterna sprang henne till mötes och lämnade vita hårstrån på den svarta klänningen. Det var skönt att få komma hem. Ännu var det inte över, flera samtal med polisen väntade. Men de hade inte hittat något. Hon var inte anklagad. Inte än. Hon kände febern bränna i sin kropp. Nästan berusande. Det hade alltid förvånat henne när människor sa att de mådde dåligt av feber, fick ont i huvud och leder. Det Mona kände var i det närmaste eufori, en mild njutning av dämpad närvarokänsla. På den psykogeriatriska avdelningen var det ett ständigt ämne för diskussion om man skulle ta ned feberstegringar med läkemedel eller inte. Mona hade aldrig förstått vari problematiken låg. Varför skulle man missunna någon en sådan njutning? Infektionen i benet pulserade, men hon kände inte längre smärtan, eller brydde sig inte om den. Inte ens det dåliga samvetet för Anselm plågade henne mer. Hon hade inte velat ha med honom på begravningen, orkade inte med hans reaktioner när hon inte alls visste hur hon skulle kunna bemästra sina egna. Dessutom var han fortfarande vred på henne sen vårdplaneringssamtalet där kuratorn meddelat honom att han fick stanna kvar på sjukhemsavdelningen. Mona hade känt sig självisk och elak. Ändå visste hon innerst inne att han börjat trivas. Fast han skulle nog hellre ta råttgift än att erkänna en sådan sak. ”Den här sjukhusmaten, den var ett halvt nummer du”, hade han sagt till sin rumskompis. Och efter ett par dagar blev både det ena och det andra ett helt eller halvt nummer, lite beroende på vem som serverade tjänsterna.

Nu satt Mona i orubbat bo. Tanken födde skojiga associationer om hur hon fyllde sitt skatbo med orubblighet och annat hon inte alls borde tänka på. Febertankarna var farsartade. Hon hade verkligen försökt låta bli att le i begravningsentreprenörens närvaro. Han hade förklarat det noga för henne: Allt gemensamt var hennes eget. Han erbjöd sig att hjälpa henne med en bouppteckning senare. Orubbat bo betydde att Mona kunde gå in och ut på Wilhelms kontor som hon behagade. Känslan av att hon gjorde något förbjudet hade ännu inte släppt helt och hållet. Det kittlade fortfarande lite när Mona öppnade dörren till det ovädrade rummet. Hon stoppade ned händerna i kappfickorna och kände bankfacksnyckeln mot sina fingrar. I nuvarande situation skulle hon säkert kunna be någon på banken ta reda på vad det var för nummer på bankfacket, men hon kunde inte förmå sig till det. Det där bankfolket var en annan sorts människor. Hon skulle bara känna sig dum. Om hon frågade skulle de se tydligt att hon var... ja, vad då? En annan sort. Så tänkte hon när hon stod framför tavlan med Oscar II i kretsen av sin familj. Hon följde guldramens ornamentik från hörn till hörn. Tänk att tavlan en gång kostat bara 1:45. Ettan såg precis ut som Wilhelms ettor, nästan som en sjua med sitt fladdrande tak. Femman såg också ut som om han skrivit den. Om hon hade tur, verklig tur, var det här numret till bankfacket. Det kunde vara värt ett försök.

Redan när Mona lyfte telefonluren för att ringa honom kände hon olusten komma smygande. Hade hon i sitt sinne kunnat ana att det skulle leda till ytterligare ett mord hade hon aldrig rört vid de förhatliga siffrorna på telefonen. Nu var hon liten och ängslig. Rädd för att gå ensam till banken, siffrornas marmorpalats, utan att säkert veta hur man skulle uppföra sig. Hon behöll den svarta klänningen på trots solskenet och sommarvärmen. Kanske skulle de förstå att de borde gå extra varsamt fram om hon bar svart. Dessutom klädde klänningen henne bättre än något annat. De mörka ögonbrynen och ögonfransarna kom till sin rätt och figuren framträdde precis som på modellen i postorderkatalogen. Hon hade aldrig vågat visa klänningen för Wilhelm, inte efter det bråk som blev för att hon hade beställt en massa onödigheter.

Nu kunde hon skymta hans gestalt mellan träden. Det kändes bättre att slippa gå ensam till banken.

Trots att han fanns hos henne och höll armen om hennes axlar skakade handen när Mona fyllde i nummer och namnteckning på den lapp kassörskan räckt henne. Egentligen hade Mona all rätt i världen att vara där, bankfacket var för dem båda. Och ändå var det så tydligt Wilhelms domäner, att gå över gränsen och snegla in i hans hemliga rum. Vad skulle hon finna? Lagfarten på huset, sina urusla grundskolebetyg och förhoppningsvis lite pengar eller kanske något annat hon aldrig hade kunnat ana. Tänk om hon skrivit fel nummer. Egentligen var det bara ett löst antagande att siffrorna på tavlan skulle vara numret till bankfacket. Han hade sagt att det inte gjorde något om hon skrev fel nummer, men hon var rädd. Det kändes otäckt om det var fel. Skamligt och avslöjande.

”Får jag be om legitimation?” Mona öppnade sin nötta plånbok i skinnimitation, petade undan ett par hängande trådar och visade körkortet. Grinden öppnades och de steg in i bankvalvet, han före och Mona tätt efter. Hon tyckte det såg ut som ett fängelse med sina kala vita väggar och stenpelare. Det ekade när grinden stängdes bakom dem. De var ensamma. Han drog på sig handskar och tog nyckeln ur hennes hand när hon skulle låsa upp. Visst darrade handen, men hon hade ändå själv velat öppna. Han drog fram den svarta lådan och kastade en hastig blick omkring sig innan han slog upp locket. Mona böjde sig fram för att se och höll på att sätta sig på ändan när hon såg buntarna med tusenlappar. Överst låg ett tjockt brev adresserat till Birgitta. Det var inte igenklistrat. Fliken var bara invikt, konstaterade hon när hon vänt på kuvertet. Det kändes så märkligt att hålla det i sin hand. Så konstigt att se Wilhelms bokstäver forma Birgittas namn med sådan snirklig omsorg.

”Ge mej brevet”, sa han och hon lydde mekaniskt hans röst. Det innehöll pengar men också ett ark med handskriven text. ”Jag tar hand om det”, sa han och stoppade det i sin ficka innan hon hann läsa mer än inledningsfraserna.

”Vad ska jag göra med pengarna?” Han skrattade kort och glädjelöst.

”Och det ska du fråga mej. Göm dom hemma och använd dom med förstånd lite åt gången.”

37

MONA FÖLJDE GRÄVSKOPANS RÖRELSER MED BLICKEN. Huvudet gick upp och ned som på en symaskinsnål när Henrik fyllde skopan med stenar och jord och släppte av det på högen. Det är ett konstnärligt arbete att skulptera en slänt så det ser naturligt ut, hade han sagt, som att modellera fram en kvinnokropp med mjuka former. Den gigantiska grävmaskinen lydde hans minsta vink med automatik och precision som om det var en handprotes och Mona iakttog varje rörelse. Nu lastade han på en stor sten och sträckte ut skopan. Det blev en sättning i maskinen. Stenen dunsade upp i luften och ner i skopan gång på gång som om han höll på att mista greppet. Mona följde varje studs med huvudet tills hon kom på att han drev med henne. Henrik skrattade så tänderna lyste vita i det dammiga ansiktet. Komiskt att han kunde styra hennes huvudrörelser med samma spakar som skopan. Hon borde ha blivit generad men hans ögon var så milda och skrattet så vänligt att hon kände sig delaktig i skämtet.

”Vill du provköra?” Henrik slog upp grinden och ställde sig vid sidan.

”Får jag?” Han behövde inte be henne två gånger.

”Lutningen ska vara 1:2. Kommer du ihåg hur jag visade dej på släntpasset?” Mona nickade och knep ihop om leendet som ville bre ut sig i hela ansiktet.

”Det är bra att du är lätt på handen. Du har jädrar i mej talang. Egentligen är det konstigt att inte fler kvinnor kör grävmaskin. Ditt jobb på långvården måste ju fysiskt sett vara mycket tyngre.”

”Jag hatar det!”

”Att arbeta med senila gubbar?”

”Att behöva studera. Jag måste gå undersköterskekursen för att få vara kvar. Det kommer inte att gå. Jag kan sluta redan nu. All läkemedelsräkning. Jag kommer inte att fatta nåt. Helvete!" Mona bet sig i underläppen och kände den förargliga rodnaden sprida sig ned på halsen. "Sen är jag trött på att bli hunsad hit och dit. Mona... ett bäcken! Mooona var är mitt kaffe? Vad är det för jävla service här? Vet du, när jag ser en gamling i rullstol på stan går jag över till andra sidan gatan. Jag är så trött på alltihop. Det jag kan hoppas på i mitt liv är att en dag avancera till inkontinensombud och få en plats i kamratföreningen stödstrumpan, om jag mot alla odds skulle klara kursen."

Henrik skrattade: "Varför byter du inte jobb då?"

"Vadå byta jobb? Vad skulle jag göra då? Jag ger mej fasen på att man måste kunna tala engelska för att få städa toaletter på Gotlandsbåten."

"Du kunde gräva åt mej."

"Skojar du?"

"Nej, det finns intensivkurser man kan gå för att få yrkesbevis. Det kostar en slant, men du lär dej grunderna. Sen är det upp till dej själv hur skicklig och noggrann du blir. Man skapar sig ett eget rykte. Dom bästa får jobben. Jag är självlärd. På min tid räckte det med ett intyg från en grävare att man kört 1000 timmar. Ville man få guldstjärna i boken fick man skjuta in lådan på en tändsticksask med skopan utan att asken flyttade sej. Det du, Mona, det är yrkesskicklighet. Fast du är snart där, vet ja. Du har ta mej fan talang. Ska jag visa dej hur motorn fungerar? Där nere sitter pumparna. Det är själva hjärtat i maskinen. Det där är ventilpaketet. Med spakarna öppnar och sluter man olika ventiler. Ibland måste hon få nytt blod, gamla Cat, här fyller man på olja. Hon har löständer också. Precis som dina gubbar. Man slår fast de här sprintarna med slägga på skopan om hon ska tugga gräs."

"Menar du det du sa?"

"Att vi kan jobba ihop? Visst. Jag hinner inte med som det är nu. Jag vill få vara ledig ibland och maskinen är för dyr för att bara stå på lagårdsbacken till allmän beskådan. Nu ska jag visa dej hur man tankar. Den gröna kistan där borta är en farmartank. Du tar slangen här..."

Mona stod framför spegeln och såg på sitt ansikte. Henrik hade rört vid hennes kind. En alldeles lätt strykning med fingertopparna bara, när hon skulle gå in. Hon återupprepade rörelsen, kände hans hand genom sin egen. Försökte se sitt ansikte genom hans ögon så som han kunde ha sett henne. Kanske hade hans ögon ett filter som sorterade bort all fulhet. Hon hade knipit ihop ögonen och rodnat, men hon hade tyckt mycket om att han rörde vid henne.

Mona vek ihop Wilhelms kläder och la ner dem i säcken till klädinsamlingen. Kostymen som varit för liten de senaste tio åren, de blanka brokiga skjortorna han envisades med att köpa. Mona kunde fortfarande känna irritation över vilken löjlig figur han gjort i dem. Uppknäppta långt ned på bröstet med en tjock guldkedja såg han ut som en hallick, hallicken i Eksta och byhoran. En telefonsignal skar genom tystnaden.

"Men Birgitta så roligt att höra från dej... Olov? Nej han är inte här... Nej inte Christoffer heller... Hur är det, Birgitta? Är du ledsen?... Ja, jag ska säga till dom att ringa om dom hör av sej... Vill du inte det?"

Mona blev stående med luren i handen långt efter det att samtalet avslutats. Hon måste in till stan, på en gång om hon så skulle beställa taxi. De tankar hon skjutit undan i går kväll längst in bland de vildaste fantasierna hade bryskt plockats fram i dagsljuset. Det fick inte hända Birgitta något. Ett ögonblick övervägde hon att ringa polisen. Men avstod av rädsla för repressalier. Fick han veta att hon kontaktat dem... Mona ville inte tänka på det. Men hon skulle vädja till honom, vad det nu var värt.

Bussturlistan var nedriven. Det spelade ingen roll. Hon hade aldrig begripit sig på den. Hon var ensam på busshållplatsen. Om andra väntade var det troligare att det skulle komma en buss snart. Hon lutade sig fram och spanade ut mot vägen. Hon borde ha tagit glasögonen med sig. Men vardagsrummet hade frusit till is. Inget därinne gick att röra sen den kväll när hon blev vittne till mordet på Wilhelm. Hon kunde inte förklara det för sig själv. Det bara var så. Ett magiskt offer att inte ta på sig glasögonen och inte använda teven, helst inte ens beträda golvet. Blommorna där inne hade fått vissna. Hon kunde inte göra något åt det. Det var som en gravkammare.

Bussen lät vänta på sig. Mona hade just beslutat sig för att gå hem och ringa efter en taxi när hon fick syn på Henriks bil. Hon ställde sig tätt tryckt intill busskuren på baksidan. Han fick inte se henne och fråga vart hon var på väg.

38

BIRGITTA NÖP AV NÅGRA GULA BLAD på pelargonerna i balkonglådan och gick in. Solen stod lågt och fyllde köket med ett gult bländande ljus. Hon plockade ur diskmaskinen och dukade fram två keramikmuggar på köksbordet. Det var en halvtimma kvar tills Maria skulle komma. Sorlet nere från torget trängde igenom de mjuka tonerna av Enyas Shepherd Moons. Cd-skivan var en gåva från Olov. Det fanns en tid när hon lyssnat på den dagligen.

Skratt och prat hördes nere i trapphuset. Ytterdörren smällde igen gång på gång. Birgitta gick ut i hallen för att lyssna. Hon såg sin bild i spegeln. En mager kropp med löst sittande kläder. Hur mycket hade hon gått ner i vikt den sista månaden? Ögonen såg svarta ut, insjunkna ovanför de markerade kindbenen. Håret hade hon dragit ihop i en stram hästsvans. Likheten med Mona Jacobsson blev i den stunden tydlig för henne själv. Kanske låg likheten inte så mycket i det faktiska utseendet som i kroppshållningen och ansiktsuttrycket. Birgitta hörde vattnet koka och gick ut i köket för att stänga av plattan. Hon hade bestämt sig för att berätta allt för Maria Wern. Hon verkade kompetent och snabbtänkt nog att förstå allvaret. Birgitta visste vem Wilhelm hade träffat i strandboden. Vad som stod på spel. Mona visste det också. Hon hade stått precis bredvid Wilhelm när han nämnde det. Det fanns ingen möjlighet att det skulle ha undgått henne. Wilhelm hade bett Mona flytta på sig, så nära hade hon varit. Mona hade valt att tiga för polisen. Det var inte svårt att räkna ut varför. Birgitta satte sig ned i kökssoffan. Hon borde kanske ha sagt allt till Maria när de träffades på Gutekällaren. Men då visste Arne ingenting om silvret. Hon kunde fortfarande ha klarat sig. Nu fanns det ingen återvändo.

En skarp signal från dörrklockan fick Birgitta att resa sig. Ännu fanns det tid att ändra sig. Ännu någon minut. Nej, hon hade bestämt sig. Birgitta öppnade dörren med hela häftigheten av sin beslutsamhet och möttes av maskerade ansikten. Hela dörröppningen var full av ögon i svarta masker och praktfulla tyger; en munk, en bagerska, en borgare med fru, en rysk köpman, en spetälsk, en peströtta och en gatflicka. Narren tog ett steg in i rummet.

”Var hälsad skön jungfru och låt mig få dricka Er skål. Jag dyrkar Era bröst som vore de snöripor. Låt dem flyga högt och aldrig tyngas till jorden av hungriga barnamunnar!” Han böjde sig fram och tog av Birgitta den högra skon, fyllde den med dryck ur sitt horn. Så tog han en klunk och skickade vidare till munken, som grimaserade och drack.

”Vi har i dag samlats för att hindra dej från att inträda i det äkta ståndet. Vad är förälskelse annat än en psykotisk fixering vid ett ovärdigt föremål, ett förvirringstillstånd utan sans och vett? Tag ditt förnuft till fånga och följ oss ut i Moder Naturs välsignade glömska, ut till frihetens berusande blomsterängar. Ut i verkligheten till bot och bättring.”

”Om vi i dag viger dej åt Valdemar Atterdags vandrande vålnad kan du inte begå bigami på lördag, eller hur. Kom ska vi klä dej till brud”, sa en rosenkindad bagerska och pekade med kaveln mot sängkammaren. ”Herrar äga icke tillträde… Nej, inte ens narrar. Sluta Christoffer!”

”Vi binder för dina ögon, annars spricker dom av högfärd när du ser dej i spegeln. Du kommer att bli så bländande vacker i din utstyrsel så solen förbleknar. Men först: Skål, Birgitta, skål för friheten!”

Borgarhustrun förde Birgitta in i sovrummet och klippte igen dörren framför näsan på munken och narren. Birgitta tog en klunk från det glas som räcktes henne. Christoffers lilla klara och sockerdricka, gissade hon.

”Vad ska ni göra?” Birgitta försökte sig på en lam protest men blev resolut avklädd och påklädd igen, inifrån och ut. Underbyxorna nådde till knäna, hade snörning i midjan och öppning i gren, således icke tätbyxor. Hon kände att något sattes på hennes huvud.

”Är det en Luciakrona med morötter? Jag vill veta det.”

”Nej, min sköna. Det är Hot Dogs med kondomer. Sex, med hälsningar från Socialstyrelsen. Drick ur ditt stop och var en lydig flicka.”

Det kändes som en befrielse att släppa kontrollen. Efter ett stop var världen inte så farlig längre, efter två var den nästan behaglig.

”Du måste lyfta på klänningen när du går i trappan. Den är lite för lång för dej. Du har väl tagit sjösjukepiller nu när du ska segla med Valdemar till Danmark?”

”Ni får inte stänga in mej någonstans. Jag klarar inte trånga utrymmen. Det vet ni. Fråga Olov får ni höra. Jag får panik och skriker ihjäl mej. Hellre sitter jag på en gummiflotte i sjön eller säljer kyssar. Vad tänker ni göra?”

Birgitta var inte övertygad om att någon hört henne. Hon var inte ens säker på att de var kvar förrän hon försökte lätta på ögonbindeln och hörde Olov väsa i hennes öra.

”Oskuld äger du så länge du icke har sett.” Han tog henne under armen.

”Vart ska vi gå? Jag är rädd att jag går på en stolpe eller något.”

”Tag en klunk av glömskans dryck.” Han lyfte sitt horn till hennes läppar och hon drack. Det var svårt att urskilja de andras röster. Olov kommenderade höger, vänster, vänster nu och så har vi en nedförsbacke. Birgitta kände yrseln slå till som en flugsmälla och spydde rakt ut. Hörde hur det plaskade mot gatstenarna.

”Blev nog lite för häftigt där.” Birgitta kunde urskilja munkens röst. ”Drack du på fastande mage?”

Hon hade ingen aning. Det kändes som att vada i bomull, illamåendet fick henne att svettas, kronan tryckte över pannan. Allting snurrade motsols, varv på varv. Hon kände sig tacksam över mörkret, glad att slippa se deras ansikten. Någon hjälpte henne att sätta sig ned. Birgitta orkade inte sitta utan stöd. Överkroppen gled i sidled och huvudet dunsade mot hårda träplankor. Någon lyfte upp hennes ben i samma höjd.

”Låt henne slippa ögonbindeln en stund. Hon kanske blir mindre yr om hon kan fästa blicken.” Bagerskans röst. Birgitta blundade. Hon ville vara kvar i mörkret men det togs ifrån henne där hon låg på bänken. Rosorna gungade ovanför hennes huvud på överliggarna mellan kalkstenspelarna i rosariet, som röda svepande skyar. Nedanför blommade rosa trädgårdshortensia, vita rosor och riddarsporrar. Muren dolde kvällssolens sista strålar men skyddade mot vinden från havet. De var i Botaniska trädgården. Här hade hon svärmat många nätter med Olov uppe i lusthuset. De hade vandrat Strandpromenaden genom kärleksporten och över gatan till Botan genom rosengården och upp till tempelkullen. Hon konstaterade det för sig själv och upprepade rosornas namn så som han hade presenterat dem för henne: Ingrid Bergman, Astrid Lindgren, Peer Gynt. Angenämt. Maria Callas och Carl Philip. So glad to meet you!

Birgitta kände att tårarna rann nedför hakan, men orkade inte göra något åt det. Här hade Olov jagat henne och fångat henne i sin famn. De hade lekt som barnungar, gömt sina kläder i en rosenbuske och badat i dammen bland näckrosorna mitt i natten. Han hade velat älska med henne under tårpilen. Hon hade sagt nej fast lusten nästan blivit henne övermäktig. Då hade skuggan under pilträdet varit vänlig, nu såg den hotfull ut i sitt gröna mörker. Hon önskade sig tillbaka, men alla vägar ledde framåt i ovisshet. Maria Wern väntade säkert på henne nu. Nog skulle hon undra.

Birgitta hörde de andras viskande överläggningar. Ord som riddare och jungfru hörde hon flera gånger. De satte på henne ögonbindeln och hon fördes av kvinnorna ut ur lustgården. Vart de mörka rösterna tagit vägen visste hon inte. De verkade komma långt bakom, liksom för sig själva. Det var kyligt och svårt att hålla balansen i de högklackade skorna. Hon mådde fortfarande illa. De andra skrattade och pratade i mun på varann om äktenskapets plågor och tvåsamhetens fångenskap. Någon berättade en historia om en man som skulle baka kanelbullar. Han höll på i fyra timmar! I fyra hela timmar kavlade han ut remsorna en och en och bredde smör på dem och sen kanel och socker. Birgitta kände sig omtöcknad och hade svårt att se det roliga. Hon ville helst av allt rulla ihop sig själv och sova på bänken där hon legat. Önskade att Olov skulle hålla om henne och säga att ingenting var farligt mer.

”Nu får du ta av ögonbindeln och klättra. Vi hjälper dej. Du kan hålla mej i handen, sen tar du stöd av mitt huvud", sa bagerskan. Kom igen nu. Du är jungfrun i tornet och snart kommer Valdemar och räddar dej."

"Måste jag?"

"Om du vill bli drottning av Danmark."

"Det är inte alldeles nödvändigt", sa Birgitta men orden som kom ur hennes mun lät inte alls som hon tänkt.

"Sträck på dej och ta tag med handen här. Håll fast och så tar du och sätter upp foten på den här stenen som sticker ut. Kom igen! Det går fint bara du tar av dej skorna. Släng hit dom. Så ja. Där har du trappstegen. Och så ålar du dej upp på brädgolvet. Nu stannar du här så ska vi hämta din räddare i nöden."

Borgarhustrun försvann och rösterna med henne. Allt som hördes i natten var vinden, vågorna och en skriande mås långt borta. Birgitta la sig ner på avsatsen. Ljuset från gatlyktorna hade följt med en bit upp i tornet. Det låg en blöt uppslagen tidning framför ansiktet på henne och en vit duvfjäder. Hon lät blicken glida upp mot tornets krön där det mötte natthimlen. Kände tyngdlösheten när hon sedan blundade och svävade motsols bort mot sömnen. Hon hörde inte stegen nedanför på asfalten. Inte fötterna som sökte fäste i muren och kroppen som svingade sig över och upp på avsatsen. Kanske ryckte hon till lite när sprutspetsen gick genom huden in i halspulsådern.

När han åter nådde mark stod Mona där. Vit i ansiktet betraktade hon honom. Han ryggade tillbaka som om han fått ett slag i ansiktet.

"Vad har du gjort!" viskade hon. "Vad har du gjort!" Hon slog på honom med knytnävarna, men han tycktes inte känna det.

"Vi hade inget val." Han tog ett stadigt tag om hennes strupe. "Förstår du vad jag säger: Vi hade inget val."

"Jag vill inte ha med dej att göra mer i mitt liv!" stötte hon fram när han släppte greppet.

"Det behöver du inte heller om du har vett att tiga." Hon såg hans ryggtavla när han försvann ut genom Murfallet. Själv blev hon stående orörlig när hon hörde sällskapet närma sig.

39

”DU KUNDE VÄL HA PISSAT bakom vilket jävla träd som helst, du är väl ingen kärring heller.” Munken blängde surt på kung Valdemar som kom raglande från kiosken där han klippt in en ruta för att gå på avträdet.

”Vi adliga är måna om vårt privatliv. Har ni satt Birgitta i Jungfrutornet?”

”Den uppretade folkmobben har *murat in* henne i Jungfrutornet”, sa munken irriterat. ”Vill du ha henne med dej på ditt livs resa, får du befria henne från brännvinsdraken. Det är väl det som är problemet just nu.”

”Hon kan alltså inte klättra ned själv? Fan va jobbigt!” Arne, i kung Valdemars skepnad med trasig guldkrona i papper och sammetsdraperi som släp, såg sig omkring och sökte svar i de andras ansikten.

”Skulle inte tro det”, sa Olov och satte sig på marken med huvudet mot muren. Han var utklädd till spetälsk och lindorna började ge sig här och där. Christoffer gick ett varv och trumpetade i sin flöjt så tonerna slog över i falsett.

”För helvete, sluta!” fräste munken. ”Han hämtar henne utan att du behöver rasera muren med det där oljudet.”

Christoffer gav upp ett flabb och stack upp flöjten mellan benen på svartbrodern bakifrån så rocken fladdrade.

”Du skulle nog gärna hämta henne själv, fast du inte har det rätta ståndet.”

”Valdemar har varit där uppe ganska länge nu. Är det någon som kan se efter vad dom gör?” sa bagerskan och ställde sig på tå.

”Antingen sover dom eller också gökar dom. Ska vi gå hem?” sa Olov och reste sig svajande.

”Hallå där uppe! Vi går hem nu!” pep munken med gäll röst.

"Det skiter den lilla duvan i när hon sitter på sin pinne", sa Christoffer och svängde med flöjten. Munken tog ett hastigt steg åt sidan till allmän munterhet bland damerna.

"Arne, vi går nu!" sa Olov som ställt sig alldeles nedanför tornet. Ett huvud blev synligt och en överkropp.

"God afton vackra mask." Christoffer bugade sig höviskt.

"Hon vaknar inte. Jag får inte liv i henne på något vis", kraxade Arne.

"Det bådar inte gott för bröllopsnatten." Bagerskan satte händerna i sidorna och kisade upp mot tornet.

"Jag menar allvar, för helvete. Hon vaknar inte." Olov klättrade upp med ett par snabba kliv, alert på sekunden.

"Flytta på dej", beordrade han.

"Jag tror hon är död", viskade Arne och grep tag i Olovs arm. Han slet sig fri, sökte pulsen på hennes hals, men fann den inte.

"Ring ambulans! Nu!" Olov lutade sig över henne och påbörjade hjärtåterupplivning. Hjärtkompressioner, inblåsningar, kompressioner och nya inblåsningar medan de andra under vanmäktig tystnad iakttog hans arbete. Christoffer stoppade ner sin mobil i läderpungen efter att ha fått kontakt med SOS-alarmering.

"Dom är på väg." Andlös väntan, en evighet av tid. Först när ambulansen kom la Christoffer märke till sin mor. Hon stod bredvid honom. Hur länge hon iakttagit dem hade han ingen aning om.

"Vad i helvete gör du här?" Hon svarade honom inte. Sjukligt blek stirrade hon mot murkrönet. När Olov klättrade ner med den slappa kvinnokroppen föll Mona ihop på marken vid Christoffers fötter.

Maria Wern hade tagit kontakt med vakthavande redan klockan halv tio på kvällen, då Birgitta Gullberg inte öppnade dörren på avtalad tid. I väntan på Arvidsson hämtade hon verktyg i bilen för att slå loss sprintarna i dörren. Glitter och en blomknopp i trapphuset vittnade om någon typ av festlighet.

"Bra att du kunde komma så snabbt", sa hon när Arvidssons röda kalufs blev synlig nere vid porten.

Efter några kraftiga slag gick dörren att lyfta av. Spåren efter en fest var otvetydiga, stereon var påslagen, glas överallt, ölburkar, cigarettfimpar och ett stråk av chips från bordet och ut över golvet. På sängkammargolvet låg en hög kläder: Jeans, t-shirt, väst och strumpor. Festen måste ha fortsatt någon annanstans. Antagligen en möhippa, tänkte Maria och rynkade pannan. Här hade hon kanske brutit upp dörren helt i onödan. Bilder av Birgitta nedslagen och kanske dödad hade roterat i Marias huvud medan hon arbetade med sprintarna. Birgitta visste något om Wilhelm Jacobssons mördare. Den som med berått mod kan skära av ett finger på en död man för att sätta fingeravtryck i avledande syfte, kan säkert också tysta ett vittne. Birgittas skräckslagna ansikte på begravningen visade tydligt att hon bar på något svårt, något som skrämde henne till bristningsgränsen. Vad är väl en dörr mer eller mindre i det perspektivet, tänkte Maria när sökaren gav ifrån sig en signal.

"Jag hörde av vakthavande att du är i Birgitta Gullbergs lägenhet." Ek hördes otydligt genom larmet av upprörda röster.

"Hon är inte här", svarade Maria.

"Jag vet. Är du i tjänst?"

"Det kan man säga."

"Kom ner och hjälp mej på akutmottagningen. Birgitta Gullberg fördes hit för en dryg halvtimme sedan. Hon är inte vid liv. Mona Jacobsson kom med nästa ambulans. Jag vet inte hur det är med henne. Vi behöver ta hela maskeradgänget till station och höra dom. Birgittas föräldrar har kommit och din hyrestant är här. Det är i det närmaste kaos. Kommer du?"

"Kan jag gå in och höra Mona Jacobsson?" frågade Maria när hon äntligen kom åt att tala med läkaren som sista halvtimmen varit upptagen med en man som vurpat med motorcykel. Läkaren såg ung och sammanbiten ut.

"Ta det kort och varligt", sa han och sjönk ner bakom sitt skrivbord med en djup suck. Maria förblev stående.

"Kan du säga något om vad som hänt?" Mannen vid skrivbordet blundade en stund medan han gjorde en sammanfattning för sig själv.

"Mona Jacobsson har en blodförgiftning. Har blivit biten av en orm och försökt skära ut giftet på något sätt och fått en kraftig infektion."

"Hur länge kan det vara sedan hon blev biten?"

"Tre veckor, sa hon att hon gått med det där. Sen svimmade hon av igen. Hon blev visst vittne till olyckan i Jungfrutornet. Ta det försiktigt när du pratar med henne. Hon är påverkad av sin feber."

"Det ska jag. Birgitta Gullberg har förts hit. Vi har fått uppgifter om att hon inte längre är vid liv. Kan du säga något om hur det gick till?"

"Hon var död redan när hon kom till akutmottagningen. Ambulanskillen som försökte rädda henne uppe i Jungfrutornet sa att han inte ens då såg några tecken på liv. Hon hade druckit en hel del och kräkts. Det troligaste är att hon aspirerat, dragit ner det i lungorna och kvävts."

"Det fanns inga tecken på yttre våld?"

"Jag kan inte svara på det. Hon var, som sagt, död vid ankomsten. Jag var tvungen att ägna mej åt nästa patient, rädda dom som räddas kan. Det är hemskt men så ser det ut! Om du ursäktar tänker jag ta ett samtal med Birgitta Gullbergs föräldrar nu. Vill du höra dom senare kan ni använda det här rummet."

"Tack. Du verkar ha haft en tuff jour."

"Jag har arbetat sen 8 i morse och går av vid samma tid i morgon bitti efter 24 timmars tjänst. Ibland är det övermänskligt. Patienten jag möter i morgon halv åtta väntar sig samma engagerade bemötande som dom jag träffade i början av mitt skift, vare sig dom har pillat in vitlök i örat eller har huggit sej i benet. Händer det något mer i natt begår jag harakiri."

40

OLOV RESTE SIG MOTVILLIGT för att lämna plats åt Maria vid Monas bädd. Liten och blek låg hon hopkurad i fosterställning. Hennes arm låg utsträckt över den gula filten. Ett dropp pågick. Det såg ut som om hon sov. Maria slog sig ner på stolen bredvid sängen. Olov gick fram till fönstret. Hon kunde se hans ansikte spegla sig i den mörka rutan. Ögonen var blanka. Han blundade och höll handflatorna tryckta mot rutan. Fortfarande var han klädd i trasor. Det mesta hängde kring fötterna, kalsongerna lyste röda. Håret var tovigt och ansiktet randigt av smuts och gråt.

”Kan det inte vänta?” sa han häftigt när Maria försiktigt rörde vid Monas arm och sa hennes namn.

”Jag förstår att du tycker det, men vi har ont om tid. Det handlar om mord och det kan hända igen. Får jag be dej vänta utanför. Jag kommer ut till dej i väntrummet om en halvtimme.”

”Jag sitter i fikarummet”, fräste han, gick ut ur rummet och svepte igen dörren.

Maria fattade Monas hand. Den var het och fuktig.

”Mona, hör du mej? Mona!”

”Ja.” Hon rörde sig men öppnade inte ögonen.

”Det är Maria Wern från polisen.” Det fladdrade till i kvinnans ögonlock. ”Du har blivit ormbiten.”

”Det var Wilhelm…”

”Wilhelm?”

”Jag tog sten från röset. Då högg han mej i vaden. Det var inte jag som körde bilen. Han höll i ratten och styrde över kajkanten. Mina barn. En mor gör allt för sin son. Allt! Han får inte drunkna. Jag tappade taget. Jag gav honom ak4an. Var skulle jag annars ha gjort av vapnet? Och jag sprang över myren…”

”Jag förstår inte riktigt.”

”Hon har feberyra”, sa sköterskan som ljudlöst smugit sig in på salen för att se till droppet. ”Fyrtioen grader!”

”Mona, vet du vad som hände Birgitta?” framhärdade Maria.

”Han var tvungen att döda henne.”

”Vem”, frågade Maria och höll andan.

”Ormen”, viskade Mona.

”Hon behöver nog vila nu. I morgon är hon säkert mera talbar. Olov väntar på dej i fikarummet. Han är förbannad för att ni inte låter henne vara när maken just avlidit och allting. Man kan inte gå fram hur hårt som helst.”

”Det gör jag inte. Med tanke på situationens allvar kommer jag att begära polisövervakning av Mona Jacobsson dygnet runt. För hennes egen säkerhet. Hon kan vara vittne till mord. Vi vet inte vad mördaren tänker göra. Det är viktigt att jag får ställa dom nödvändigaste frågorna så fort hon klarnar.”

”Vad tror du om det här, Olov? Du måste ju ha någon fundering om vem som har gjort det. Både din far och din före detta fästmö är döda. Berätta vad du tänker”, sa Maria när Olov lämnat sin redogörelse för kvällen.

”Jag gjorde det. För helvete. Jag hällde i henne mer sprit än hon tålde. Jag var så förbannad för att hon skulle kasta bort sitt liv på den där jävla antikvarieprätten. Jag ville se henne spy. Det är mitt jävla fel alltihop. Det var inte min mening att hon skulle bli medvetslös och kvävas i sina spyor.”

”Vi vet ännu inte vad hon dog av”, sa Maria och sökte ögonkontakt med Olov.

”Vad skulle det annars vara? Hon var ung och frisk.”

”Hur länge var ni borta för att hämta Arne?”

”Jag vet inte. En halvtimme, tre kvart kanske. Nej det måste ha tagit längre tid. Han gick på toaletten och var borta säkert tjugo minuter, minst.”

”Hade någon av er uppsikt över tornet då?”

”Nej vi satt i lusthuset i Botan allihop.”

”Har du några funderingar kring vad som hänt din far?”

”Det är klart jag har. En tanke är att det ändå handlar om arrendet. Han kan ha blivit osams med någon av gubbarna där nere.

Det kan mycket väl ha gått till handgemäng. Ett dråp. Någon blir rädd och gömmer honom uppe i ett röse i Vallekvior."

"Vad gjorde Mona vid Jungfrutornet?"

"Jag vet inte. Hon måste ha följt efter oss ända från Stora Torget annars skulle hon inte ha vetat var vi fanns. Hon kanske var orolig för hur jag och Arne skulle klara att vara på samma fest. Vad vet jag?"

"Var det någon som såg henne utanför Birgittas bostad?"

"Det tror jag inte. Jag tror inte vi skulle ha lagt märke till henne."

"Visste hon att ni skulle ha möhippa?"

"Jag nämnde nog det i telefon sist vi talades vid."

"När var det?"

"I går. Jag har försökt ringa varje dag sen hon blev ensam."

41

GRÅ I ANSIKTET OCH ORAKAD slog sig Trygvesson ner vid bordet. Påsarna under ögonen vittnade om en natt utan sömn. Han stirrade rakt framför sig utan att säga något och snurrade skeden på bordet. Maria Wern bröt tystnaden.

”Jag anser att Mona Jacobsson behöver dygnet-runt-bevakning. Ek sitter hos henne på infektionsavdelningen i väntan på ditt beslut. Hon flyttades nu i morse från akutmottagningen.”

Trygvesson skruvade olustigt på sig och släppte skeden så den studsade i bordet och ned på golvet.

”Jag tror inte vi har resurser till det. Redan i nuläget arbetar dom flesta övertid. Hon har ju sjukhuspersonalen hos sej, borde det inte räcka? Hon har ringklocka precis bredvid sängen. Det är inte långa stunder hon är ensam på rummet. Vad gav ditt samtal med henne i natt? Verkar hon själv tycka att hon svävar i livsfara?” undrade Trygvesson och iakttog Maria bakom halvslutna ögonlock.

”Nej, Mona har inte bett om det själv. Jag tror inte hon är i skick att tänka i dom banorna. Hon talade väldigt osammanhängande, yrade av feber när jag var hos henne. Läkaren sa att hon har blodförgiftning förorsakad av ett infekterat ormbett. Hon talade om att hon blivit biten vid röset i skogen. Förbannelse över den som tar sten från röse. På platsen där vi fann Wilhelm Jacobssons kropp hittades en orm med krossat huvud. Jag tror att hon kan ha varit med och begravt honom där. Själv skulle hon aldrig orkat bära hans kropp, men hon var troligtvis med. Hon stod också utanför Jungfrutornet när Birgitta hämtades med ambulans. Som om hon visste eller anade vad som skulle ske. Jag tror hon vet vem mördaren är och han kommer knappast att låta henne tala. Därför bör hon få bevakning.”

”Det är lätt att säga när man inte sitter med budgetansvar. All övertid ska plockas ut i tid eller pengar. Vi kan inte lägga ned verksamheten under vinterhalvåret för att vi bränner våra resurser nu. Jag tycker att vi lägger krutet på vanligt hederligt oglamoröst utredningsarbete. Det är lätt att låta känslorna rusa iväg när något sådant här inträffar. Nu ska vi arbeta metodiskt, det är sådant som gett resultat förr och kommer att göra det i fortsättningen också. Det finns inget som tyder på att flickstackarn i natt blev mördad. Spriten skördar sina offer. På akutmottagningen brukar dom få in ettan och tvåan efter de riktiga fylletävlingarna, ettan medvetslös och tvåan oregerlig med en svans av likasinnade. Så ser verkligheten ut. Det är inte vackert, men en realitet.”

Trygvesson tänkte resa sig upp efter sitt anförande, men hölls tillbaka av Hartmans blick. Den äldre kollegan hade något att säga.

”Vi kan spara ett människoliv. Jag tycker att hon ska ha full bevakning. Klarar vi det inte med befintliga resurser får vi be om förstärkning från rikskrim. Det kan lika gärna röra sej om två mord. Vi vet inte vad som inträffat. Jag tycker vi tar det säkra före det osäkra.”

De andra biföll Hartmans inlägg. Trygvesson bet ihop käkarna. Han var nog inte van vid mothugg, gissade Maria.

”Får väl bli så då”, muttrade kommissarien. ”Jag tycker vi väntar med att gräva alltför djupt tills vi vet om det som inträffade på möhippan var en olyckshändelse eller ej. Något mer? Vad gav efterforskningarna hemma hos Mona Jacobsson?”

”Inget, inte ett enda dugg”, sa Arvidsson. ”Jag ska väl passa på och erkänna att jag lånade en cykel ur uthuset efter förhöret med Henrik Dune. Jag återlämnade den morgonen därpå.”

”Varför i all världen då?” undrade Trygvesson och såg för första gången på hela morgonen riktigt vaken ut.

”Vi kanske kan ta det sen mellan fyra ögon.” Arvidsson såg på Trygvesson med en underlig min och undvek Marias forskande blick.

”Fanns ak4an i hemmet?” undrade kommissarien.

”Nej, han hade nog vapnet med sej i bilen”, sa Arvidsson. Vi får räkna med att det är på drift. Jag tror också att Mona Jacobsson vet mer än hon säger. Vem skyddar hon? Visserligen yrade hon, men Maria, du fick uppfattningen att hon givit vapnet till någon, eller hur? Hon sa också: En mor gör allt för sin son. Vilken av dom? Tänkte hon på någon särskild eller var det en allmän fundering?"

Arvidsson lutade sig tillbaka och gnuggade ögonen. Trygvesson blundade. Det var som om hans trötthet smittade av sig på dem alla. Hartman gäspade diskret i näven. Maria kände sig allt mer irriterad på kommissariens flegmatiska attityd. Han var väl inte den ende som var trött. Han fick väl ändå försöka skärpa sig, som alla andra. Maria och Hartman hade faktiskt varit uppe hela natten och hört stökiga, onyktra och gråtande ungdomar, en del inte ens i skick att lämna raka ja- eller nejsvar. En ung kvinna utklädd till bagerska hade kräkts så det plaskade på stengolvet. Maria hade inte ens hunnit byta strumpor. I natt hade hon känt sig mer som morsa eller kurator och städerska än som en polis. Trygvesson hade inte varit i tjänst och borde kunna prestera en bättre skärpa än den han just gav prov på.

"Jag hör Mona Jacobsson när hon klarnat till", sa han som om han kunde ana hennes tankar. "Birgitta Gullbergs kropp har skickats till rättsmedicinska nu på morgonen. Det tar väl något dygn innan vi kan få ett preliminärt utlåtande. Har någon kunnat höra hennes särbo ännu, Arne Folhammar heter han?"

"Nej, han fick lugnande på akutmottagningen. Jag tror att jourhavande präst körde honom hem. Jag har försökt ringa ett par gånger men ingen svarar", sa Arvidsson. "Jag tänkte fara dit när vi var färdiga här."

Arne Folhammar stod villrådig mitt på golvet i smedjan. Ryggtavlan var mörk av svett sen han cyklat i motvind till Brissund. Cyklat och lagt hela sin vrede i tramptagen. Birgitta fanns inte här. Ändå var hon så tydlig för honom på den plats där hon arbetat. Han rörde vid städet, valsen och järnhammaren. Bara tiden hindrade deras fingertoppar från att mötas på den plats där hennes händer arbetat. Hennes hade varit här, hans fingrar var här nu. Om tiden plötsligt upphörde skulle han nudda vid henne. Han gick fram till glasskåpet och tog ned brudkronan. Snurrade på den och lät de genomskinliga stenarna fånga ljuset. Han kände tomheten växa och fylla rummet med sin kvävande saknad. Just när han bestämt sig för att någonting var stort och viktigt gled det honom ur händerna. Så blev det gång på gång. För ett ögonblick hade han känt att han var älskad för den han var, ett ögonblick av en livstid. I mötet med Birgitta hade det funnits försoning och en generositet han aldrig tidigare upplevt. Ett ögonblick av lycka och upprättelse upplöst i vinden till ingenting alls.

Arvidsson hittade efter ett par timmars sökande Arne Folhammar på golvet i smedjan. Dörren var uppbruten och en cykel låg slängd utanför på backen. Det var alldeles tyst och solen bröt in genom de stora fönstren på gaveln mot havet. Solgatan fångade dammet, som annars obemärkt skulle ha fallit till golvet. De stora tygstyckena som satt fästade vid taket rörde sig stilla i draget från dörren.

Arne sov inte som man först kunde tro. Han låg på sidan med benen hopdragna mot kroppen. Ögonen stirrade oseende ut över havet. Han rörde sig inte förrän Arvidsson la sin hand på hans rygg. Brudkronan föll ur hans händer och rullade ut över golvet.

”Hur är det?”

”Jag fattar det inte. Jag kan inte fatta att hon är borta! Om jag inte hade hållit i henne själv och sett att hon var död, skulle jag trott att det var lögn. Hon hade så mycket liv i sej. Jag kan bara inte fatta det.”

”Nej.” Det fanns inte så mycket mer att säga. Arvidsson hämtade kronan, satte sig ned i fåtöljen och väntade.

”Det var Christoffers jävla fel. Det var han som hittade på att dom skulle ha möhippa. Nej, det var inte hans fel heller. Det var ingens jävla fel. Det var bara så meningslöst. Vi hade bråkat. Hon skulle aldrig ha druckit så mycket om allt varit bra. Det var mitt fel. Mitt jävla fel var det. Hon kunde inte bestämma vem hon ville leva med. Jag försökte att inte pressa henne, men det var svårt att låta bli. Jag ville så gärna ha henne hos mej.”

”Ibland händer fruktansvärda saker utan att det är någons fel.”

”Inget spelar någon roll längre. Inget av det hon drömde om. Kanske är det en ynnest att få dö medan man fortfarande har drömmar.”

”Vad hade hon för drömmar?” undrade Arvidsson.

”Att bli berömd, att få ställa ut på de fina gallerierna i Stockholm. Nu är allt arbete förgäves. Allt det hon strävade mot. Hon hade just hittat den perfekta formen, sitt uttryck. Ser du den där stenen i glasskåpet? Den runda som ser ut som ett färskt fikon?” Arvidsson tittade genom glasrutan.

”Det är ett fossil.”

”Om hon ändå nöjt sej med att utvecklas som konstnär och accepterat att det hade ett pris, att det krävde uppoffringar och tid. Om hon berättat för mej. Jag skulle ha hjälpt henne på alla sätt. Ta en titt i kistan där borta. Vad ser du?” sa Arne.

”Silversmycken, mynt, skedar. Var kommer det här ifrån? Det kan hon väl inte ha tillverkat själv. Det ser gammalt ut.” Arvidsson blev flammande röd när sanningen långsamt gick upp för honom. Arne skrattade ihåligt.

”Hennes och Wilhelm Jacobssons lilla hemlighet. Först blev jag rasande över vad hon gjort, sen kände jag mej lättad. Jag visste att något var på gång mellan dom, men inte vad. Förstår du mej? Det kunde ha varit värre.”

”Kanske, kanske inte. Finns det någon mer som känner till det här?”

”Christoffer är äldste sonen. Det var meningen att han skulle ta över gården och förtroendet att förvalta skatten till nästa generation. Wilhelm kan ha erbjudit honom det som en paketlösning. Jag vet inte alls.”

”Jag trodde du var äldst.”

”Wilhelm är inte min far. Jag tror aldrig han ens funderade på att adoptera mej. Fader okänd står det i födelseattesten. Lika gott det kanske. Jag är inte säker på att jag vill veta vem som är min far. Får jag vara ifred nu?”

”Jag skulle önska att jag kunde säga ja, men det du just har berättat kräver en del utredning på plats. Nu vill jag skjutsa dej till stationen. Vi har en del att prata om.”

42

MARIA WERN VAKNADE AV VEGAS RÖST nere från gården. Först som ett avlägset eko i drömmen, sen blev den allt mer påträngande. Behovet av att tala om det som inträffat var bottenlöst. I timtal hade Maria lyssnat och lämnat de uppgifter hon hade befogenhet att ge. Vega var otröstlig, hennes röst nedifrån hallen fick det att knyta sig i Marias mage. Hon kurade ihop sig till en boll och drog täcket över huvudet. All kraft var slut. Hon orkade inte mer. Nu stod Vega överst i trappan.

”Du har telefon. Maken vill tala med dej!”

Maria tog sin mobil från nattduksbordet. Hon hade stängt av den när hon gick och la sig för att försäkra sig om ett par timmars ostörd sömn.

”Ja, jag sa att du sov men han envisades. Han har framhärdat hela förmiddagen ska jag säga dej. Och inte tänker han säga vad det är han vill. Han väntar på dej i kökstelefonen.”

”Det är okej, jag ringer honom härifrån.”

”Jaha.” Vega lät besviken på rösten. Hon kallade på Tjelvar för att ha någon att dricka eftermiddagskaffe med. Maria kände otillräckligheten som en tyngd i kroppen.

”Hej, så du är hemma nu”, sa Krister med en besk underton.

”Jag sov.”

”Jaha, hur dags kom du i säng då?”

”För tre timmar sedan.”

”Häftigt nöjesliv i Visby? Det kan man kanske unna sej när man är fri från barnen. Vega sa att du skulle på grottutflykt med någon som heter Arvidsson. Hade ni trevligt? Jag kanske inte ska tala så högt. Han kanske sover.”

”Du får väl komma hit och se efter.” Ett ögonblick tänkte

Maria trycka av telefonen mitt i örat på sin man. Det här behövde hon inte ta emot.

”Det kanske jag gör”, sa han.

”Genom sej själv känner man andra. En enda gång har jag på allvar tänkt lämna dej. Minns du? Det var första gången jag träffade din mamma. Hon ville förvissa sej om att jag var en *bra flicka*, att jag dög åt hennes son. Frågor som hennes ställs inte ens inom sedlighetsroteln, ska jag säga dej.”

”Glömmer det inte så länge jag lever. Du hann springa ända bort till tågstationen innan jag fick tag på dej.”

”Tur att du hade cykel, annars hade du nog gett upp efter hundra meter.”

”Jag skulle ha förföljt dej till jordens ände”, bedyrade Krister.

”...undrar om jag inte längtar lite efter dej i alla fall?”

”Det var väl något sådant jag ville höra dej säga. Man går här hemma och tänker när barnen sover, du vet.”

”Jag vet”, sa Maria.

”Mamma har tillfrisknat förresten.”

”Så undrens tid är inte förbi?”

”Nej. När vi varit på akutmottagningen, hos hjärtspecialist, på kirurgen och ortopeden ordnade man en träff med kuratorn. Man ville diskutera om hon kunde bo kvar i huset när hon var så orkeslös och hjälpkrävande. Kuratorn undrade hur i all världen pappa skulle klara att vårda henne i hemmet. Och pappa blev allt mer tveksam till om han kunde ta det ansvaret, när hon var så sjuk. Han kanske skulle fundera på att sälja och se sej om efter en liten lägenhet i stället, tyckte kuratorn. För mammas del skulle det ordna sej ändå. Tursamt nog fanns en sjukhemsplats ledig. Du förstår!”

”Jag tror att jag kan gissa.”

”Jädrar vad arg hon blev. I dag är hon hemma. Hon har skrivit en insändare till fria ord, ringt landstingsdirektören och klagat på vårdpersonalens nonchalans och inkompetens, putsat fönster och kokat långkok.”

”Kommer ni hit då?”

”Så fort vi kan få plats på färjan. Det är fullbokat en vecka framöver. Jag vill inte fara ner till Nynäshamn och chansa på att vi får plats, inte med barnen. Men vi kommer så fort vi kan, om du fortfarande vill dela rum med mej. Jag älskar dej, vet du det."

"Jag tror det. Hälsa mamma och krama barnen från mej. Är dom i närheten så jag kan få prata med dom?"

Vid 18-tiden stängde Maria av datorn efter att ha studerat straffrihetslagen på Intranet. Under tiden hade samvetet utfört en otillåten åtgärd. Skrivbordet var fullt med godispapper efter tre påsar chokladkola, tvärt emot alla föresatser om att gå ner tio kilo under semestern. Varför var det så omöjligt?

Maria for ner till lasarettet för att byta av Hartman. Vinden friskade i från havet när hon steg ur bilen och gick mot den röda tegelbyggnaden. I väskan hade hon en stor chokladkaka och en roman hon hoppades att få läsa, om Mona Jacobsson sov och allt var lugnt. Det är lättare att hålla sig vaken om man läser, intalade hon sig. Hur många gånger hon börjat på just den här romanen visste hon inte. Vad den egentligen handlade om var svårt att få grepp om när man hela tiden blev avbruten. De avundsvärda människorna i filmens idealiserade värld satt ofta på kafé i kvällssol och läste romaner. Klädda i dräkt med snäv kjol och hatt vinkade de på kyparen och fick in en rykande kopp kaffe, vinkade igen och fick en liten kaka eller avec. Ingen störde dem i läsandet. Varför är det aldrig så i verkligheten?

Maria tittade in i det ljuslila personalrummet på infektionsavdelningen och hälsade. Det var dags för kvällsfika. Några av tjejerna hade redan slagit sig ner i de gröna tresittssofforna. Balkongdörren stod öppen och släppte in kvällssolen och ljudet av en bil som startade på parkeringen. Maria blev erbjuden en kopp kaffe och en macka, nästan lika flott som på kafé, fast självservering. Med hjälp av en liten bricka fick hon med en kopp till Hartman också, en dubbelmacka med marmelad, skorpor och landstingets Mariabakelser på rulle.

"Det ringde en man alldeles nyss och frågade efter Mona Jacobsson. Hon har inte begärt sekretess så jag upplyste om att hon finns här på sal 4", sa en av de vitklädda som just kom ut från expeditionen.

"Sa han vad han hette?" undrade Maria.

”Nej, det gjorde han inte. Jag frågade vem jag fick hälsa ifrån, men han svarade inte. Det lät som om han tänkte komma omgående. Jag berättade vilka tider som är lämpliga för besök och sa att Mona behövde vila.”

”Du kunde inte få en uppfattning om i vilken relation dom stod till varann?”

”Nej, han var väldigt korthuggen, talade gotländska. Det är allt jag kan säga.”

Hartman satt med näsan i en damtidning som han skyndsamt la i korgen på golvet när Maria öppnade dörren. Salen var stor och ljus. Fönstret och en balkongdörr vette mot havet. Utanför fanns en ramp, så patienter kunde skjutsas in direkt utifrån till sitt rum, utan att passera hela avdelningen med sin infektion. Huskroppen måste vara byggd i suterrängstil för rummet låg till skillnad från fikarummet nästan i markplan. Maria höll undan den ljusa gardinen och såg ut över parkeringen. Om några timmar skulle baksidan vara mörk.

”Sover hon?” viskade Maria.

”Ja.” Hartman reste sig stelbent och borstade bort några smulor från byxorna. Svultit hade han inte gjort på sitt pass.

”Har du kunnat prata med henne?”

”Hon svarar på personalens frågor men inte på mina”, sa han. Maria berättade om telefonsamtalet till Mona.

”Hur förhåller vi oss till det?” undrade hon.

”Jag stannar kvar.” Hartman tog en klunk av det heta kaffet och grimaserade. ”Om den som ringde var en nära anhörig, borde han väl ha presenterat sej i någon form. Till exempel: ’Min mor ligger hos er…’ Tycker du inte?”

”Ja. Varför ligger hon på den här salen? Den är inte särskilt strategisk.”

”Håller med dej. Enligt Ek var det den enda plats som fanns ledig.”

”Finns det möjlighet, tycker jag att vi flyttar henne.”

”Så här gjorde vi förra året på första april”, sa nattsköterskan och granskade sitt verk. ”Vi tillverkade en patient med hår av fårskinn och en nylonstrumpa fylld med vadd till ansikte. Hon hade till och med dropp, slangen gick under täcket till en kateterpåse. Benen rullade vi av filtar. Ser inte så tokigt ut, va? Jag hade skrivit medicinlistan själv: Ödletänder 3 kapslar x 4, Snokfötter 2 till natten. Dagsyrran trodde det var naturmedicin. Aprilpatienten hade sondvälling också med en speciell droppräknare som krävde bruksanvisning. Samt ett specialblandat trekomponentsantibiotikum ingen hört talas om. Dessutom var hennes sociala förhållanden trassliga då maken tillfälligt bodde hos grannfrun utan telefon. Fin start för dagpersonalen i gryningen den första april. Dom gick faktiskt på det. Hon levde nästan ett helt dygn och rapporterades från skift till skift. Släcker vi ner belysningen nu så ser det ut som en riktig människa, eller hur?"

Hartman gläntade på fönstret och satte sig att vänta i mörkret. Han hoppades innerligt att Trygvesson inte skulle få nys om det hela. Om inget inträffade under natten skulle ett löjets skimmer lägga sig över manövern i dagsljus, det var han övertygad om.

"Det är en bra film på fyran i kväll", sa Maria och sneglade på Mona som satt i sängen och drack kvällste. "Andarnas hus. Har du sett den?"

"Nej." Maria såg för första gången en liten gnutta entusiasm i kvinnans ansikte.

"Jag tror du skulle tycka om den. Den handlar om hur onda och goda gärningar blir som ringar på vattnet, vågor som alltid kommer igen. Bitvis är den väldigt romantisk. Meryl Streep spelar den kvinnliga huvudrollen."

"Är det en utländsk film? Nej då får det vara. Jag ser ingenting utan mina glasögon. Jag vill sova nu."

Maria hjälpte Mona som haltade ut till toaletten i nattskjorta med droppstång och handduk. Lite nytta tänkte Maria att hon kunde göra när hon befann sig på salen. Mona var avvisande i hela sin hållning. Inte ett ord utöver det nödvändigaste kom över hennes läppar.

"Någon ringde och sökte dej. Vet du vem det kan vara, någon som inte ville säga sitt namn?"

Mona tappade tandborsten på golvet och böjde sig sakta för att ta upp den. Maria böjde sig också och deras ögon kom att mötas i knähöjd. Mona slog bort blicken.

”Jag vet inget”, sa hon kyligt. ”Låt mej vara.”

”Vi tror att du vet en hel del. Om du berättar har vi möjlighet att skydda dej.”

Mona himlade med ögonen. ”Från vem?”

”Det tänkte jag att du skulle få berätta. Det blir bara värre om det får fortsätta, eller hur? Det måste vara svårt att bära alltihop ensam.”

Mona svarade inte. Hon kröp ned och la sig med ryggen åt Maria och släckte ljuset. Snabba steg hördes i korridoren. Nattsköterskan kom in, satte sig på en stol bredvid Mona och sprutade antibiotika, spolade nålen och satte ett nytt dropp. I dörren ut tvekade hon och vinkade till sig Maria utom hörhåll för Mona.

”Jag tycker det här är lite otäckt.”

”Jag förstår att du tycker det. Hartman har markerat närvaro på salen, om någon försöker ta sig in larmar han och jag är där på sekunden. Säkrare än så har det aldrig varit här.” Maria tyckte inte hon lät så övertygande.

”Det är sant, fast nu tänker man på att någon kan ta sej in. Om det ringer på 4:an håller vi oss undan. Vet du vad? Gun, som är i köket nu, har slagit av halsen på en ciderflaska att försvara sej med om det kommer någon.”

”För allas säkerhet är det bäst om polisen får sköta det här”, sa Maria.

43

OÄNDLIGT LÅNGSAMT SLOCKNADE SOLNEDGÅNGEN och mörkret och tystnaden la sig över salen. Monas andetag hade djupnat och rytmen var rent sövande. Maria hade flyttat ut på en stol i korridoren med uppsikt över Monas säng, trots att det ur infektionssynpunkt fanns önskemål om att dörren skulle vara stängd. Det var farligt nära att hon somnat vid ett par tillfällen då hon tappat huvudet med en duns mot bröstet och ryckt till i hela kroppen. Romanens bokstäver flöt ihop till en enda gröt och det sved bakom ögonlocken. Hur kan människor arbeta natt frivilligt? Timme efter timme medan kroppen skriker sova, sova, sova och alla organ ställer in sig på att arbeta med inre processer som matsmältning, återuppbyggnad och hormonproduktion.

På salen bredvid hörde Maria personalen med oändligt tålamod försöka övertyga en dement farbror om fördelarna med att stanna kvar på rummet. De hade just hämtat honom på salen bredvid där han krupit ner hos en vilt främmande dam. Han vägrade ha några kläder på sig överhuvudtaget och tänkte jädrar låta dem smaka käppen för de var luder och tjuvar allihop. Om Maria hade varit uniformerad skulle hon ha gått i god för deras heder. Hartmans arm blev synlig när han tog emot en kopp kaffe som räcktes honom. Klockan var två. Maria kände hur hela kroppen värkte av trötthet. Ingen ställning på stolen var längre att betrakta som bekväm. Vid den här tidpunkten på dygnet var Maria benägen att hålla med Trygvesson om att det kanske var överambitiöst att sätta in bevakning. Om sex timmar skulle hon bli avbytt. Hartman tänkte gå så fort det blev ljust. Sex evighetstimmar! Snart skulle hon behöva bita sig i armen för att hålla sig vaken.

Maria reste sig upp och gick en bit i korridoren, tvingade sig själv att sortera tankarna och fokusera på utredningen. ”En mor gör allt för sin son", hade Mona sagt i feberdvalan. Ingen av sönerna hade ett hållbart alibi för morgonen då Wilhelms liv tog slut. Om det nu var på morgonen, annars ljög Mona om frukosten de ätit tillsammans. Arne hade sovit ensam i sin lägenhet och varit på arbetet först klockan nio. Christoffer kunde varken minnas namnet på kvinnan eller adressen där han befunnit sig under natten. Tunnan och Burken, som han delat filt med i Östergravar, hade ingen pejl på den aktuella morgonen. Inte ens på månaden när, visade det sig. Vid åttatiden samma morgon hade en dagisfröken ringt och bett att få alkisarna flyttade från lekplatsen. Tunnan sov på gungbrädan. De andra hade krupit in under taket på klätterhuset. Arvidsson hade mycket riktigt tagit in dem för tillnyktring. Snudd på ett alibi, alltså.

Och så var det Olov. Han hade befunnit sig i Martebo, men hade dessvärre ingen som kunde styrka det. Arbetade kvällstur på akutmottagningen och hade funnits på plats till eftermiddagsrapporten 14:30. "Det som är värt att leva för, är värt att dö för", hade Olov sagt till Henrik Dune. Är det som är värt att leva för också värt att döda för? Kärleken till Birgitta? Rätten att få leva utan att bli kränkt? Vad annat?

Mitt i den tanken såg Maria displayen i taket visa larm på sal 4. Nu, nu händer det, tänkte hon och kände adrenalinet rusa genom kroppen och bli till nålstick i fingertopparna. Plötsligt var tröttheten försvunnen. Tanken svindlade. Ett misstag? En felringning? Nej, det var verkligen larm på sal 4! Hon hoppades att sköterskan i samma stund larmet gick ringde på förstärkning, som de kommit överens om. Muskelstel sprang Maria i sin skottsäkra väst med handen på tjänstevapnet, klev fram som i deg mot den blinkande skylten ovanför dörren. Pulsslagen pressade allt snabbare ut i kroppen när hon ställde sig med ryggen mot väggen och lät händerna forma sig om vapnet. Tyst gled hon in i rummet, för en stund bländad av ljuset från korridoren innan möblerna framträdde ur gråheten. Hartman stängde av larmet. Maria hukade ned bakom sängen tills ögonen vant sig vid mörkret. En bildörr slog igen. Tystnad. Det hördes steg ute på rampen. Tveklöst var det så. Långsamt, ett steg i taget, om man lyssnade noga. Hartman kröp ned bakom en fåtölj. Maria smög utmed väggen och ställde sig intill det öppna fönstret. Kände nattluften från havet mot sitt ansikte. En svart skugga mot den mörkgrå natten blev allt tydligare. Rörelserna var nu smidiga och snabba. En hand grep om fönsterkarmen och pressade varsamt upp rutan. Maria kunde tydligt höra sina egna andetag, sin egen puls genom huden. Munnen var så torr att hon inte kunde svälja. Ett ben med en grov känga trängde in i rummet. Med största svårighet pressade sig resten av kroppen igenom den smala fönsteröppningen. Det ringde på en annan sal. Maria hörde snabba steg i korridoren och viskande röster. Nu var han i rummet. En man i Hartmans storlek. Han höll något i handen utmed benet, ett långsmalt vapen. Sömngångaraktigt trevade han sig närmare sängen och rörde vid täcket.

”Mona! Vakna!” Han böjde sig över tygdockan.

”Polisen här! Släpp vapnet”, dånade Hartmans röst genom tystnaden. Maria var över inkräktaren på sekunden och vred vapnet ur hans hand. Det fanns ingen riktig tyngd i det. Med en lätt duns som en toapappersrulle föll det mot golvet.

”Va i sakran!” väste han när Maria vred upp hans arm på ryggen och lampan i taket tändes. På golvet låg en blombukett inlindad i grönt omslagspapper. På långt avstånd hördes polissirener. Maria gissade att Arvidsson och Ek, i den mån det var möjligt, hade uppehållit sig i området.

44

”HUR FAN KUNDE NI SLÄPPA MONA JACOBSSON UR SIKTE?” muttrade Trygvesson.

Ändå såg han rätt så nöjd ut över nattens fångst. Maria tyckte det. Han satt på ett annat sätt, mer energisk på något vis.

”Mona krävde att få avvika från sjukhuset direkt när jag lämnat hennes rum. Hon måste ha vaknat av larmet. Personalen har inga befogenheter att hålla kvar någon mot sin vilja. Dom försökte övertala henne, men hon slet av sej droppet och sprang sin väg. Hon hade hunnit till Kärleksstigen nedanför Galgberget när Arvidsson fick tag i henne.”

”Och nu är hon tillbaka på infektionsavdelningen?” Trygvesson dolde ett leende i sin knutna näve, men korrigerade ansiktsdragen när han såg Marias forskande min.

”Ja. Ek tog med henne till lasarettet. Han blir kvar där.”

”Är det helt nödvändigt när vi gripit en skäligen misstänkt, tycker du?”

Maria hörde en gnutta ironi i Trygvessons röst men var för trött för att ge igen med samma mynt. ”Det är din sak att bedöma. Jag anser att risken är stor att hon gör sej själv illa, eller att hon förstör bevismaterial”, svarade hon sakligt.

”Jag har talat med åklagarn om husrannsakan hos Henrik Dune. Det låter sej göras. Vi kommer också att bryta upp vägarbetet i Tofta. Jag vet, vägverket har synpunkter på det, men polisiärt arbete måste gå före turisternas bekvämlighet. Han kan ha plockat ned både det ena och det andra under asfalten. Gå hem och sov du, Maria. Du ser förfärlig ut. Ta Hartman med dej förresten och gå hem. Han har spillt kaffe på skjortkragen. Ingen prydnad för kåren.”

Maria log motvilligt. I medgång var han ändå hyfsad, Trygvesson.

Henrik Dune skruvade på sig där han satt på den gröna förhörsbänken, fråntagen sina privata tillhörigheter in på bara bältet. Han stirrade envist ned i bordet, besvärad av bandspelaren. På andra sidan satt Hartman och upprepade den nyss ställda frågan med tålmodig röst.

”Vi har funnit Wilhelm Jacobssons ak4a hemma hos dej. Hur fick du den?”

”Han glömde den väl.”

”När då?” Hartman kände hur tröttheten fick honom att vilja ruska om karln.

”Vet inte”, sa Dune släpigt.

”Enligt din egen utsago umgicks ni inte alls. Du hade aldrig varit hemma hos Wilhelm Jacobsson och inte han hos dej, inte på dom senaste tio åren. Det står i förhörsprotokollet som skrevs hemma hos dej för en vecka sedan.”

”Jaha.” Henrik Dune petade bort lite smuts under tumnageln.

”Hur fick du vapnet?” frågade Hartman i hårdare ton. Svaret dröjde.

”Det bara fanns där. Jag har ingen aning om hur det kom in i mitt hus. Jag är inte så petnoga med att låsa dörren som stadsbor och fastlänningar. På landet litar vi på varann.”

”Sen har vi vägbygget. I torsdags var du först på plats, säger dina arbetskamrater. Tydligen brukar det inte vara så. Därför minns dom det med säkerhet. Ni skojade om det resten av dagen.” Hartman gjorde en paus i väntan på en kommentar.

”Ja, vadå?” sa Henrik. ”Vad är det med det?”

”Vi lät gräva upp den bit som nu är asfalterad. Där du la ut fibermatta och vägfyllnad nu i torsdags.”

”Det var väl jävla onödigt.”

”Det tycker inte jag. Vi hittade en spiskrok, om det säger dej något.”

”Gratulerar. Det är nog den dyraste spiskrok som funnits i hela Gotlands historia.” Henrik log brett.

”Kanske det. Har du lagt dit den?”

”Nej det har jag inte.”

”Har du någon annan förklaring?”

”Nej, för helvete.” Hartman kunde se svetten samlas till små droppar på Dunes överläpp.

”Vi har visat den för Mona Jacobsson. Spiskroken försvann från strandboden i samband med mordet på maken. Såret i Wilhelm Jacobssons huvud överensstämmer med vapnet. Har du lagt ner den i vägen?” Hartman betonade varje stavelse.

”Absolut inte!” Henrik var på väg att resa sig från bordet, men satte sig igen.

”Med stor sannolikhet kan du bli dömd på dom indicierna. Var det du?”

”Jag har ingen aning om hur spiskroken hamnade där.”

”Var befann du dej i måndags kväll klockan 21?” Henrik Dune funderade och mötte för första gången Hartmans blick.

”I stan. Jag har inget att göra med Birgittas död!”

”Vad gjorde du i stan?”

”Du skulle inte tro det.”

”Gör ett försök.” Hartman lutade sig bakåt och slog ett bågvalv med fingertopparna under hakan.

”Jag blev uppringd av någon som ville ha ett grävjobb utfört, det gällde stora pengar. Han ville att vi skulle träffas och komma överens.”

”Svart?”

”Det vet jag inte. Jag blev nyfiken. Vi skulle ses på Stora Torget utanför systemet. Men han dök aldrig upp. Så jag for hem igen. Jag vet inte vad det var för något. Konstigt var det.”

”Kände du igen rösten?”

”Nej. Det lät som om han talade i en burk, det var en sorts eko.”

”Om vi då övergår till nattens händelser. Vad gjorde du på lasarettet?”

”Jag ville träffa Mona.”

”Mitt i natten! Varför?”

Henrik Dune såg ut som om han skulle börja gråta.

”Jag ville säga…” Den kraftige grävaren vred händerna. Den pondus och stolthet han visat prov på på egen lagårdsbacke svek honom helt. ”Helvete.”

”Vad ville du säga till Mona?” undrade Hartman.

”Jag ville ge henne en blombukett… bara. För att hon är så fin.”

”Tror du honom”, undrade Maria och såg forskande på Hartman som redogjort för förhöret vandrande av och an i arbetsrummet. Nu sjönk han ned på stolen mitt emot Maria och stirrade ut i intet.

”Jag vet inte. Jo det gör jag nog, mot allt förnuft. När det gäller vapnet talar han inte sanning. Det kan jag nästan gå ed på. Har han och Mona en relation är det inte orimligt att dom skyddar varann. Men varför lät han vapnet ligga nästan öppet hemma, medan han på ett så förslaget sätt grävde ned spiskroken?”

”Säg det? Tio röda rosor lär betyda vill du gifta dej med mej”, sa Maria. ”Jag har arbetat i blomsterhandel, mycket kan sägas med blommor.”

”Det låter farligt. Man kan ju råka ge bort något utan att förstå vad man säger.”

”Det är det vi har florister till. Nu tänker jag gå hem och sova.” Maria reste sig upp och stängde av datorn.

”Det kanske är bäst. Om pressen får nys om silverskatten från Valdemar Atterdags tid lär vi inte få vara ifred. Kan du föreställa dej vilket pådrag det blir?” Hartman skakade på huvudet. ”Jädrar, vi kommer inte att få en lugn stund. Det är en världsnyhet. Förr eller senare läcker det ut, jag hoppas vid alla helgon att det blir senare!”

”Tror du att det är den? Skatten som skulle ha sjunkit i havet.”

”Jag orkar inte spekulera i det. Arne Folhammar verkade övertygad. Det är i så fall seklets största helgerån. Ett svek mot hela Gotlands befolkning! Hade mobben fått tag i Birgitta Gullberg hade dom kunnat mura in henne i tornet, den dag som i dag är.”

”Det kanske är så. Jag menar, det kanske är precis det som har hänt.”

”Menar du att Arne skulle ha gjort det?”

”Kan du tänka dej en större intressekonflikt. Han är antikvarie. Gotlands historia är hans liv, hela hans profession. Han om någon hade väl motiv.”

45

"DET PRELIMINÄRA OBDUKTIONSPROTOKOLLET har kommit från rättsmedicin." Trygvesson drog i sin mörkblå polokrage och svettades ymnigt. Han satte på sig läsglasögonen han burit i pannan och försökte fixera texten. Rummet var kvavt trots ventilationen. Han öppnade fönstret och släppte in ljudet av skriande måsar, som kivades över kvarlämnade matrester på parkeringen. Hartman lutade sig fram för att höra bättre. "Kvinna med normal kroppsbyggnad etc. etc... Den yttre besiktningen visar blåmärken på vänster sida av halsen och på vänster kind. Stickmärke i huden över arteria carotis communis, på halsen alltså, rakt in i en pulsåder. Våld mot underlivet kan inte uteslutas... en tillbakabildad och lätt sårig hymen... deflorerad någon till några dagar före dödsfallet?... Alkoholhalten i blodet 2,2 promille. Omätbart lågt blodsocker. Trolig dödsorsak: hypoglykemi. Insulinhalten i blodet överstiger vida det normala."

"Var hon diabetiker?" undrade Arvidsson.

"Nej. Om hon haft en oupptäckt diabetes skulle blodsockret varit högt", påpekade Trygvesson. "Det här går bara att förklara på två sätt, enligt rättsläkaren. Antingen har hon en insulinproducerande tumör någonstans i kroppen, vilket är ytterst ovanligt. Eller också har någon injicerat insulin, vilket stickmärket på halsen skulle kunna tyda på."

"Vad säger Mona Jacobsson?" undrade Ek. "Såg hon något?"

"Om hon gjorde det så tiger hon. Den som blivit biten av ormen skyr skuggan av repet, heter det ju."

Trygvesson bet sig i underläppen och lutade huvudet i handen. "Jag gjorde ett nytt försök att höra henne i morse. Hon släpper oss inte en millimeter in på livet."

"Enligt Christoffer stod hon bakom ett träd, här." Hartman pekade på blädderblockets skiss. ”Härifrån hade hon uppsikt över Jungfrutornet och Murfallet, där man kan komma in från Strandpromenaden till murens insida.”

”Kan någon ha tagit sej in med stege från strandsidan i tornet”, undrade Maria.

”Det är betydligt högre där. Folk passerar. Jag tror inte någon skulle ta en sådan risk. Att klättra in från landsidan går på ett par minuter. Det finns till och med en trätrappa på insidan av tornet bara man klättrat upp till grinden”, menade Hartman. ”Det är nog inte ens två meter.”

”Om någon klättrade in borde Mona ha sett det. Hon borde kunna ge ett tydligt signalement från det avståndet. Om hon vill. Jag har en känsla av att män minns utseende, huvudform, näsans form bättre än vad kvinnor gör. Är det så?” undrade Ek.

”Jag håller med, fast kvinnor minns färger och kläder bättre. Det är inte sällan män vittnar bort i tok om en gul tröja som i själva verket är lila”, sa Arvidsson.

”Vet ni, jag tror inte hon såg något alls på det avståndet”, sa Maria plötsligt. ”Hon är fruktansvärt närsynt och hade inga glasögon. Det går säkert att kolla med hennes optiker, men hon hade svårt att hitta sina saker på salen för att hon ser så illa, än mindre se på teve.”

”Vad gjorde hon utanför Jungfrutornet?” Hartman höll fortfarande spritpennan på den punkt som symboliserade Mona.

”Hon kanske följde efter mördaren och anade vad han skulle göra.” Arvidsson sjönk ner i soffan så han liknade en spretande spindel med sina långa ben.

”Vad säger att hon inte tog livet av Birgitta själv? Det är inte helt omöjligt att hon har lyckats klättra upp i tornet”, sa Trygvesson. ”Eller att hon på sitt närsynta vis höll utkik åt Henrik Dune, som klättrade upp och tog Birgittas liv med en insulininjektion.”

”Mona Jacobsson hade tillgång till insulin.” Maria såg på Hartman. ”Anselm är diabetiker. Hon ger honom insulin flera gånger om dagen. Hon vet att man inte bör sticka i en artär.”

”Finns det egentligen någon av dom misstänkta som inte med lätthet kan skaffa sej insulin?” undrade Hartman.

”Henrik Dune”, föreslog Ek.

”Han kan ha fått det av Mona”, inflikade Trygvesson. ”Precis som Olov och Christoffer. Olov har dessutom tillgång till det på jobbet.”

”Arne Folhammar?” Maria prövade tanken för sig själv. ”Var skulle han ha fått insulin ifrån?”

”Jag tror inte han har någon kontakt alls med sin mor”, sa Arvidsson. ”Inte sen han var i tonåren och åkte på stryk av Wilhelm. Han tyckte att hon valt sida.”

”Han kom inte ens på Wilhelms begravning.” Maria tog en klunk av sitt kallnade kaffe och ställde ifrån sig muggen igen.

”Vad kan vi erbjuda Mona om hon talar?” undrade Ek. ”Vad riskerar hon för straff? Hur bör det rubriceras?”

”Medhjälp till mord, skyddande av brottsling, undanröjande av bevis, kanske.” Trygvesson såg mycket trött ut. Svetten glänste på hans panna och glasögonen fick han ideligen skjuta upp på näsan för att de gled ner.

”Jag har tittat lite på straffrihetsregeln”, sa Maria. ”Kapitel 17 11§. Enligt HD:s prejudikat är det möjligt att hon kan beviljas straffrihet om hon står i nära relation till och känner sej hotad av mördaren. Man väger samman omständigheterna. Naturligtvis ses det som en förmildrande omständighet om hon vill samarbeta med polisen.”

”Hon kan slippa fängelse om hon samarbetar, ska vi gå ut med det?” undrade Ek.

Trygvesson såg tveksam ut. ”Det kan vi knappast lova henne. Det är rättens sak att bedöma.”

Maria hade stämt träff med åklagaren i polishusets cafeteria, som sköttes av handikappade till allas belåtenhet. Hon köpte kaffe och en chokladkaka och slog sig ned vid samma bord som polisaspiranten. Han såg lite ensam ut i sitt hörn. De andra satt ute.

”Hur trivs du?” frågade Maria välmenande. Han tvekade med svaret.

”Så där.”

”Är det något särskilt? Du kan berätta för mej, om du vill. Vi kanske kan hjälpas åt.”

”Alla är jättehyggliga men…” Maria väntade.

”Men…” sa Maria i ett försök att hjälpa honom på traven.

”Ja, Trygvesson petar i allt jag gör. Jag tror inte han vill ha mej här”, sa aspiranten uppgivet.

”Han kan vara lite kärv ibland. Jag tror att han är rätt slutkörd. Han har ett stort ansvar.” Maria log lugnande och la ifrån sig bananskalet. ”Vi är nog stressade lite var. Jag tycker du gör ett bra jobb.”

”Det är inte det. Jag vet inte hur jag ska säga det här. Alla vet att jag inte gillar Trygvesson och att han inte står ut med min åsyn. Därför är det inte någon som kommer att tro på det jag har att säga.”

”Hur menar du?” sa Maria, med ens allvarlig.

”Han letar fel, som om han hade hittelön. Jag blir så stressad så jag gör fel bara av den anledningen. Saker kan göras på olika sätt och mitt är alltid fel.”

”Vad vill du säga egentligen?”

”Eftersom det är som det är, kanske ingen kan tro det jag måste berätta. Jag hade hoppats att du skulle sätta dej här. Jag lovade mej själv att om du gjorde det skulle jag berätta för dej vad jag vet. Tidigt den morgon Wilhelm Jacobsson försvann på Gotlandsbåten kom en gubbe från Eksta hit och sa att han sett en bil stående i skogen, strax ovanför fiskeläget. Den hade stått där nästan ett dygn. Inget konstigt med det. Jag kollade med bilregistret, det var Trygvessons bil!”

”Det är väl inte så anmärkningsvärt om han far till brottsplatsen i egen bil?”

”Först tyckte inte jag det heller, men sen kom jag att fundera på det. Bilen stod där på kvällen *innan* Wilhelm Jacobsson försvann. Gubben hade sett den här bilen vid ett par tillfällen tidigare på sidan av grusvägen vid fiskeläget. Av ren nyfikenhet kom han in och frågade vems den var medan han ändå var i stan. Jag skrev en PM om saken. Men den ligger inte i akten. Någon har plockat bort min promemoria. Vad gör vi nu?” sa polisaspiranten som följt förändringen i Marias ansikte från ett milt förstående leende till full vaksamhet och planering.

”Har du namnet på mannen från Eksta?”

”Jag skrev upp det på en lapp och la det i byxfickan. Vad ska jag göra, tycker du?”

”Försök att få tag i honom. Vet du var Trygvesson är just nu?”

”Han gick hem, tror jag. Frun sökte honom. Han skulle återkomma om någon timme. Säg inget till honom, han kommer att mörda mej!”

Maria blev stående med kaffemuggen i handen. Det tog tid för tankarna att hitta nya banor. Var det så? Kunde det vara så illa?

46

”JAG TYCKER DET VERKAR VÄLDIGT LÅNGSÖKT”, sa Hartman. ”Det måste finnas en naturlig förklaring till att hans bil stod där, om det så är att han håller sej med älskarinna. Eller också tog gubben fel på siffrorna. Det är klart att det inte är han. Kanske till och med så att grabben i receptionen vill sätta åt honom. Trygvesson har inte varit särskilt trevlig. Blir han föremål för en internutredning försvinner han ett tag. Det skulle säkert passa aspiranten utmärkt.”

”Du sa ju själv att du inte kunde tro att Henrik Dune var skyldig till båda morden. Har han något motiv? Kanske till dråp på Wilhelm, men inte till mordet på Birgitta. Jag är benägen att hålla med dej om det”, sa Maria. ”Och ändå tyder allt förnuft på att Dune är den vi söker. Det är klassiskt att skylla på en tredje okänd man, någon som ringer anonymt. Hur många gånger har vi inte hört valsen om den okände och ändå… ändå känns det som om han talar sanning.”

”Då skulle alltså någon ha planterat vapnet hemma hos honom och spiskroken under asfalten. Väl långsökt. Jag får inte ihop det.”

”Vems idé var det att vi skulle bryta upp asfalten?”

”Trygvessons.” Hartman såg bestört ut.

”Ja, och han är diabetiker. Följer du med mej?”

”Det är klart jag gör. Men vi tar det väldigt försiktigt. Jag tror faktiskt att du har fel. Att tröttheten spelar dej ett spratt. Det måste finnas en gångbar förklaring.”

De sa till i receptionen och gick mot parkeringen. Polisaspiranten följde dem med blicken, vit i ansiktet och illamående av anspänning. Nu var det för sent att ångra något. Han litade på Maria Werns diskretion, åtminstone till en del. Han litade i alla fall mer på hennes omdöme än på någon annans. Om han hade fel skulle han lämna sin plats och aldrig mer komma tillbaka. Det lovade han sig själv.

De parkerade utanför Kruttornet och promenerade över Fiskarplan mot Fiskargränd. Det slog Maria att de nu var alldeles i utkanten av Botaniska trädgården, och att Trygvesson bodde bara ett par minuters väg från Jungfrutornet.

Fiskargränd såg ut precis som den i alla tider avbildats på vykort. En smal gränd, med ett överdåd av klängrosor och klematis. De små låga husen stod tätt tryckta intill varann med pyntade fönsterlådor och insynsskyddade fönsterrutor. Ytterdörren stod på glänt. Maria ringde på, men ingen svarade. Hon steg in i den mörka hallen och hörde ett svagt ljud från husets inre. Vad skulle hon säga när hon träffade Tommy Trygvesson? Det var inte alldeles enkelt. Maria rörde sig i riktning mot ljudet, passerade ett trivsamt litet kök med kryddväxter i fönstret och blev stående i dörröppningen till sängkammaren. Hon gjorde en gest åt Hartman att stanna där han var.

"Maria Wern, polisen", presenterade hon sig för kvinnan som packade kläder i två stora resväskor. Hon hade ljust hår i page och var klädd i en blå batikklänning utan ärm. Såg ut att vara runt de femtio, lite rund och rödkindad.

"Lillemor Trygvesson", sa kvinnan.

"Du packar, ser jag." Maria slog sig ned på sängkanten. "Ska ni resa bort."

"Inte vi, jag lämnar honom nu." Lillemor sjönk ihop på sängen. Hon såg förtvivlat ledsen ut. "Jag trodde det var han som kom."

"Är han inte hemma?"

"Nej. Jag bad att han skulle komma hem så jag kunde ge honom nyckeln. Jag skulle bara hämta mina kläder. Resten får vi dela upp senare. Jag orkar inte längre." Maria nickade, men sa ingenting. Lillemor vek omsorgsfullt ihop blusen hon hade i handen. Slätade ut varje liten skrynkla. "Det är så konstigt… när man har levt ett helt liv ihop med någon, så tror man att man känner varann. Men så är det inte. Inte för oss. Jag har alltid förstått att det fanns en del av Tommys liv dit jag inte ägde tillträde. Något som hände innan han träffade mej. Och till en början accepterade jag det. Först var det bara som en skugga, en vag aning om något obehagligt. Sen växte det sej större och större. Det slukade honom helt när vår dotter gick bort. Han fanns inte längre hos mej. Något i det förflutna tog större plats än nuet. För hans skull bestämde jag att vi skulle flytta till Gotland, så han kunde ta tag i det som plågade honom. Det kanske var fel. Jag vet inte. När vi kom hit blev han så förändrad. Jag känner inte igen honom längre. Det skrämmer mej. Hans nätter är fulla av mardrömmar. Han vaknar och skriker rakt ut. På dagarna arbetar han och sen är han borta till sent på kvällen, utan att säga var han varit. Ibland ljuger han för mej. Jag orkar inte längre när han inte vill anförtro sej åt mej."

"Har han bott på Gotland tidigare?"

"Ja, varje sommar under hela sin uppväxt. Men något hände. Jag tror att han träffar en annan kvinna. Men han mår inte bra av det. Om han hade varit förälskad och lycklig hade jag kanske känt mej sviken, men jag hade i alla fall förstått hur det hängde ihop. Nu vet jag inte alls. Förra veckan la jag vigselringen och silverarmbandet han gav mej på köksbordet och gick." Lillemor sjönk ihop ännu mer där hon satt.

"Kan jag få se på armbandet", undrade Maria försiktigt.

"Det ligger på byrån."

Med en enda blick på avstånd såg Maria att smycket som låg under den ovala spegeln bar samma mönster som Birgitta Gullbergs alster.

"Vet du något om var han fick tag i smycket?"

"Han hade köpt det på torget. Jag kanske blandar ihop, men precis när vi flyttade hit talade han ofta i sömnen om silver. Att han skulle sätta dit någon. Sen blev det tyst om den saken, hans drömmar på senare tid har varit av mycket värre slag. En gång frågade jag honom vem Mona var, han nämner henne ofta i sömnen. Ibland kallar han henne Cikoriaöga. Jag brukar kunna prata med honom när han drömmer, styra över till lugnare tankar. Jag har aldrig sagt det till honom, men jag tror att samtalen kan hjälpa honom att komma till ro när mardrömmarna plågar honom som värst."

”Vad är det, Maria? Varför springer du?”
”Vi måste ner till lasarettet. Trygvesson får inte vara ensam med Mona.”

47

MED LÖGNENS HJÄLP KAN MAN KOMMA FRAMÅT, men aldrig återvända. Tommy Trygvesson svängde förbi rondellen vid Norrgatts konditori på sin cykel och tog backen ned mot lasarettet. Allt det gamla kom över honom, utan att han kunde värja sig. Luften fastnade i halsen som en stor klump. Den växte i bröstet och värkte ut i vänsterarmen. Han hade känt det förut. Det var straffet.

Hon hade varit som en drog i hans blod på 70-talet. Han hade vetat att det var fel, men han kunde inte få nog. Hade han kunnat förutse vilka konsekvenser det skulle få, hade han aldrig bjudit henne på en cigarett där hon stod och hängde utanför stängslet till festplatsen. Det långa ljusa håret nådde ner till midjan. Hon hade en minimal knytblus och en kortkort vit kjol. Ögonen inramades av kraftiga kajalstreck. Läpparna var målade i silver. Det fanns något sårbart och skört över hela hennes väsen, när han iakttog henne i smyg. Hon stod där ensam och bet på knogen, lite kalvbent och lite kutryggig. När han gick fram till henne sträckte hon upp sig och kastade luggen åt sidan genom att slänga med huvudet. Hon låtsades inte se honom, men sneglade ett par gånger i sidled. Intresse förelåg.

”Dom spelar bra”, sa han och nickade mot dansbanan. Hon ryckte till och han förvånade sig över hennes kraftiga reaktion. Som om hon väckts ur otillåtna tankar. ”Skrämde jag dej?”

”Nej, va då?” Det blev tyst en stund. Hon slog ned blicken och svalde. Hennes rosa midjekorta knytblus var djupt urringad och bysten fyllig. Kjolen hängde på höfterna och hölls på plats med ett brett svart läderbälte med grova nitar. Naveln var bar. Huden guldbrun. Det ljusa fjunet på armarna reste sig. Han utgick från att hon frös och la armen om henne. Hon backade ett steg.

”Vill du ha en cigarett?”

”Visst.” Hon log och kastade håret bakåt igen. Han tände en och räckte henne den. Hon satte den världsvant till sina ljusa läppar. Ögonen smalnade. Hon sköt ut hakan lite. Han iakttog henne roat när hon försökte blåsa ut och inget hände. Först med en lätt luftstråle, sedan allt kraftigare. Ingen rök, bara lite glöd. En uppenbar nybörjare. ”Du ska suga inåt.” Hon drog in med samma intensitet och exploderade i en hostattack. Tårarna rann, mascaran följde med nedför kinderna i svarta rännilar. Redan där kunde han ha stoppat det, om han hade tänkt sig för. Redan där, om han hade haft ett uns självbevarelsedrift. Men efter ett par mellanöl var medvetandet grumligt som mäsk. Han drog upp en näsduk ur sina gråblå uniformsbyxor, tog henne under hakan och torkade bort det värsta, som om hon varit hans lillasyster. Hon luktade vanilj.

”Hur gammal är du, egentligen?”

”Sjutton. Går på Natur. Du då?” ljög hon.

”Jag heter Tommy Trygvesson och gör lumpen på A7. Mina föräldrar hyr en stuga här. Vill du dansa?”

”Till Curt Görans? Skulle inte tro det.” Efteråt hade han förstått att hon varken haft pengar till inträde eller kunde ta ett enda danssteg, men just då var det honom fjärran. Han såg bara hennes ljusblå Cikoriaögon, den bruna platta magen med sin lustiga lilla navel och det tjocka ljusa håret, som doftade vanilj.

”Jag kunde hämta några mellanöl och så sätter vi oss nere vid vattnet. Vill du hänga med?” Han pekade på en sommarstuga uppåt vägen. Hon log mot honom och från den stunden fanns ingen återvändo. Han ville se det där leendet igen. Hon hade en så söt överläpp, lite utstående. Han ville hålla henne kvar. Röra vid henne och kyssa den där överläppen. Efteråt tänkte han att det blev med henne precis som med sommarkatten. Han älskade den och kelade med den, men när kylan kom blev den kvar och fick klara sig själv.

”När lumpen är slut ska jag börja på polisskolan. Jag har kommit in till hösten.”

”På fastlandet?” Hon lät besviken. Han hörde det på hennes röst även om leendet låg kvar.

"Ja." Han höll burken och cigaretten i samma hand, den andra hade smugit sig om hennes axlar. Tonerna av "Min barndomstjej" ekade ut över stranden. Hon lutade huvudet mot hans axel. Han började känna sig pissnödig, men ville inte bryta förtrollningen. Sju tomma burkar låg vid hans fötter, två hade hon druckit och nu smuttade hon försiktigt på den tredje. Han böjde sig fram för att kyssa henne, hittade inte munnen på en gång. Näsorna slog ihop. "Här på stranden ser jag dej ligga i sanden", sjöng det ur högtalarna, följt av "Denna sång är min kärleksförklaring till dej. Denna sång är min kärleks förmaning till dej, tänk på mej." Det var precis så det kändes. Han tänkte att det var det bästa som någonsin skrivits. Varje ord fick en ny och insiktsfull mening. Natten var ljum. Karlsöarna låg i solnedgångens förföriska ljus. Från den röda solen genom det mörka vattnet gick en eldgata in mot stranden och satte gräset i brand. Han dolde sitt ansikte i hennes hår och mumlade sånt som kvinnor vill höra, samtidigt som hans händer knäppte upp hennes blus. Hon protesterade inte, bara la sig ner i sanden och såg upp mot himlen förbi hans ansikte. En vit mås seglade ut över havet på stela vingar. Hon följde fågeln med blicken. Ljudet av hotfulla röster närmade sig. Någon skvalade i busken intill. Ett gällt kvinnoskratt och en hes målbrottsröst.

"Fan, där är du ju, Trygvesson." En finnig och flinande yngling borrade in sitt ansikte i deras synfält och slickade sig om munnen. I handen höll han en varmkorv. "Det är inte korven man blir tjock av utan såsen, som flickan sa. Säg till om du tröttnar så tar jag över." Han snubblade fram mot dem och klämde henne på bröston. "Gud vilka tuttar!"

Själv hade Trygvesson varit alltför berusad för att reagera på kränkningen då. Men efteråt hade det förvånat honom att hon inte rörde en min. Alla tjejer han dittills träffat skulle ha blivit rentut sagt förbannade. Men hon bara låg där, utan att skyla sina bröst, och såg måsarna glida förbi, som om det som hände inte angick henne. När hon skulle cykla hem frågade han om de kunde ses igen. Hon nickade.

"Vad heter du?" hade han frågat. "Du har inte sagt vad du heter."

"Mona." Och så var hon försvunnen, uppslukad av sommarnatten. Bara tonerna av Curt Görans sista låt för kvällen dröjde sig kvar som en märklig och lite fadd eftersmak. Nästa gång de träffades hade han köpt skivan åt henne, Curt-Görans. Föga insåg han att hon aldrig skulle komma att lyssna på den. Just då var det otänkbart att investera i en skivspelare och sen, efter det som hände, bröt hon skivan i stycken trots att den kostat 33:50 på Tempo.

Hon var som ett gift i hans blod. Någonstans borde han ha anat vart det skulle barka hän. På 70-talet var vägen till mänsklighetens fortbestånd ingen hemlighet för någon. Det fanns till och med ett obligatoriskt avsnitt i läroplanen som under rubriken "Att leva tillsammans" behandlade den saken. Ett ämne som ledde till ett kraftigt manfall bland ordinarie lärare och därför nästan uteslutande bedrevs av för tillfället inringda vikarier, men ändå tydligt nog redogjorde för livets villkor.

En tidig augustimorgon bad hans far att få tala med honom i enrum. Han hade stängt dörren bakom dem och visat honom på stolen på andra sidan bordet i sitt arbetsrum, som om han var en gäst och främling. Ett samtal man och man emellan. På sin mors ansikte hade han avläst att det inte handlade om goda nyheter. Han behövde bara se hennes händer som vred en snibb av förklädet i knäet för att förstå allvaret. Ändå hade han inte väntat sig att världen skulle rämna, att han omtumlad och illamående av ånger skulle gå ut från samma rum med löfte att aldrig återse Mona. Han som trott att alla tjejer åt p-piller om de inte gjorde motstånd, det var ett understatement. Det var vad som gällde. Alla visste det. Men hon var bara ett barn. Fjorton år! Hon hade lurat honom.

"Hur kunde du vara så tanklös?" Trygvesson den äldre hade svårt att hålla rösten stadig. "Det är ett brott mot svensk lag. Hon är minderårig. Hur tror du att du ska komma in på polisskolan nu? Det får inte finnas en prick på dej i brottsregistret. Det visste du. Vad tänkte du med egentligen?"

"Hon kanske gör abort?" Han hatade redan sig själv för de orden, för fegheten. Hatade henne också och det system som tilldelade honom skuld, inneslöt honom i en snara han inte kunde ta sig ur. Hur kunde något som varit så vackert i en handvändning bli ett brott?

”Hon gör inte det. Hennes far vägrar låta henne göra det. Han vill ha betalt!”

”Va!” Det tog en stund innan orden landat. Huvudet susade. Han ville fly.

”Fattar du? Han vill ha jävligt bra betalt för att dom ska säga: ’Fader okänd’. Ett villkor till: Att du aldrig mer, aldrig mer söker upp henne. Det handlar om hela din framtid! Vi har inget val. Jag har redan talat med banken om ett lån.”

48

TOMMY TRYGVESSON HADE EN SON. Efter Erikas begravning hade den tanken slukat honom helt. Livets hela mening och innehåll låg i detta faktum. Hans gener skulle leva vidare, hans men inte Lillemors. Han hade hört Arne Folhammar föreläsa på fornsalen. Känt stoltheten och längtat efter att få ge sig till känna, livrädd för att mötas med förakt. Det hade inte varit svårt att hitta Mona trots att hon hade gift sig och bytt efternamn. De hade träffats ett par gånger och legat med varann i buskarna nere vid fiskeläget. Hastigt och glädjelöst för dem båda. Det hade bara blivit så, egentligen var det oförklarligt. Han älskade ju Lillemor. Kanske var det ett sätt att slå mot Wilhelm, att ge igen för det han gjort mot Arne. Som i krig när man förnedrar fienden genom att ta hans kvinna. Det lilla pojkansiktet från de gulnade färgfotografierna i arkivet hade stirrat anklagande på honom, rakt in i fadershjärtat. Var fanns du då?

I hat hade han förföljt Wilhelm, ända in i bankfacket. Sett silversmycken och kontanter i högar och ställt honom mot väggen. Wilhelm hade naturligtvis hört historien av Anselm och visste vem som var far till Arne. Visste allt om mutan som betalats för tystnaden. Här fanns mer pengar att kräva. Den girige får inte nog förrän munnen är full av jord. De hade träffats i strandboden för att göra upp. En gång för alla. En ny summa pengar mot tystnaden, hade Trygvesson trott. Men Wilhelm gick för långt när han krävde Trygvessons beskydd för att kunna fortsätta att smälta ner det gotländska kulturarvet till massproducerat krimskrams. Och det som inte kunde hända, hände. Ett slag i vredesmod och han var dömd till evig skuld.

Det förvånade Trygvesson att han kunnat handla så metodiskt, så utan känslor. Kanske hade de många åren inom våldsroteln härdat honom. Det var som om han själv stod bredvid och såg på hur någon tog Svea av daga, som om hon varit en ålderssvag hund... och så Birgitta. Vad skulle han ha gjort? Det fanns inte längre någon återvändo. Hur skulle han kunna veta att Arne och hon...? De bodde ju inte ens ihop. Och om han vetat, skulle han ha tvekat då? Angivit sig själv och sparat hennes liv för Arnes skull? Kanske. Nu var det bara Mona kvar. När hon var ur vägen skulle allt vara slut. Henrik Dune skulle få skulden. Alltför imbecill för att skaffa sig ett alibi. Hans bil stod redan felparkerad på lasarettets parkering. När media brakade loss på Valdemar Atterdags skatt, skulle det krävas en snabb rättegång och en skyldig. Han skulle vara öppen och tillmötesgående mot dem och Dune skulle åka dit av bara helvete. Sen skulle det vara över. Bara den jävla krampen i bröstet ville släppa, skulle det snart vara ordnat.

Tid för lunch och halva personalstyrkan låg ute på lasarettets gräsmatta i solen. Annonserna som värvade arbetskraft över sommaren lovade högre antal soltimmar än på fastlandet, men inte högre inkomst. Nu låg de i flockar på gräset och inkasserade sin lön. Ingen verkade lägga märke till honom, han var väl för gammal för de unga damerna.

Trygvesson visste var klädförrådet fanns i källaren sen de jagat en ficktjuv på försommaren. Det var bara att följa med någon in som öppnade med sitt passerkort. Ser man bara vanlig och prydlig ut är risken för kontroll obefintlig. Han kunde ju gå för att vara en läkare från fastlandet. Vem bråkar med en sådan?

I vit läkarrock steg han in på infektionsavdelningen. Korridoren låg öde. Några röster hördes från personalrummet. Han passerade snabbt. Ingen tycktes reagera. Enligt uppgift låg Mona på sal 10, utan egen utgång mot gården. Det var halvskumt där inne. Persiennen var neddragen och ett stilla surrande ljud från fläktsystemet låg som en sövande sång över rummet. Tio röda rosor stod i en rostfri vas på nattduksbordet. Det låg någon i sängen med ansiktet vänt mot fönstret. Svårt att veta om hon sov. Andningsrörelserna under den gula filten var lugna och långsamma. Hur länge kan en människa klara sig utan syre? Tre minuter minst, tre minuters kamp innan hon skulle förlora medvetandet och sen en stund till för säkerhets skull. Trygvesson såg på klockan ovanför fåtöljen. Om han slapp se hennes ansikte, om hon inte fick en chans att tala med honom skulle han klara det. Trycket över bröstet tog nästan andan ur honom nu. En hjärtinfarkt eller instängd gråt? Han fick inte tänka på det. Trygvesson tog upp handskarna ur byxfickan och trädde dem med möda över sina svettiga fingrar. Mona rörde lite på sig i sängen, sparkade av filten från fötterna. Trygvesson tog ett djupt andetag. Nu...

”Hallå där! Vad gör du?” Han hade inte hört de mjuka stegen. Nu stod hon där i dörröppningen, som en ljusets ängel. En oönskad uppenbarelse i vitt. Trygvesson rusade mot dörren och sköt henne ifrån sig med sådan kraft att hon for i golvet. Kvinnan skrek, Mona skrek inifrån salen, från köket kom en annan kvinna emot honom. Ingen späd liten varelse, en jämlike i samma viktklass.

När Maria Wern och Tomas Hartman fem minuter senare nådde avdelningen fann de Trygvesson i köket, upptryckt mot väggen av en bastant undersköterska med en avslagen ciderflaska i handen.